新潮文庫

悪なき殺人

コラン・ニエル
田中裕子訳

新潮社版

11837

この世界の足元で、
ぼくの内側に潜りこんでる、
ちっぽけなレディ、シャルロットへ

悪なき殺人

主要登場人物

アリス・ファランジュ……………………農協のソーシャルワーカー
ミシェル・ファランジュ………………アリスの夫
エヴリーヌ・デュカ……………………失踪した女性
ギヨーム・デュカ………………………実業家、エヴリーヌの夫
ジョゼフ・ボヌフィーユ………………羊飼い、アリスの愛人
マリベ（マリー＝ベランジェール）…デザイナーの卵
アルマン…………………………………ネット詐欺を働く青年

ALICE

アリス

物事には必ず始まりがある、と誰もが思う。そして、始まりがあるなら必ず終わりもある、と考える。さあ、吹雪がおさまった、これでいつもの生活に戻れる、ようやく解放される、というふうに。確かにそうだ。悪くない。それに、そう思うと少しはほっとするし。そりゃあ、ほっとしたいに決まってる。とくに今年は、みんな不安な思いをしてきたんだから。山の麓《ふもと》の連中は、朝市でも見本市でも、いまだに例の話をしつづけてる。まあ、半分は作り話だけどね。一人ひとりがなんらかの小さな嘘《うそ》をつけ加えながら、数カ月かけてそれらしいストーリーをでっち上げた。あたしだって、同じ立場にいたらそうしてただろう。だって、あれは格好の噂《うわさ》の種だもの。みんな常に噂の種を探してるんだ。噂話は生きてる実感を与えてくれる。人間ってそういう生きものだ。とにかく、みんなにとってあの事件の始まりは、テレビニュースだった。

一月十九日。

エヴリーヌ・デュカが失踪《しっそう》した日。

あたしがそれを知ったのは、翌日の二十日だった。冬真《ま》っ只中《ただなか》で、山々がシーツのような白い雪で覆《おお》われていた。谷間には風が吹きすさんでた。夜になると、うちの農場のまわりでも風のうなり声が聞こえた。あの朝、フロントガラスの曇りを取るために暖房を最強にしながら、ゆっくりと車を走らせた。危ないからもちろんチェーンをつけてはいたけれど、それでも慎重を期して運転した。山の斜面に点在する花崗岩《かこうがん》の巨石の下を縫うようにして、幾重にも曲がりくねった道を降りていく。子どもの頃は、強風が吹くと巨石が落ちてくるような気がして怖かった。車を走らせながら、前日のことを考えていた。だから、県道沿いに青い車が数台停まっていたことに気づかなかったんだ。地図を片手に、電波が入りにくい携帯電話に悪戦苦闘しながら、憲兵たちは忙しそうにしていたらしい。もし気づいていたら、何があったか聞きに行っただろう。出しゃばっちゃいけないとわかっていても、きっと好奇心を抑えられなかっただろう。でも気づかなかったあたしは、そのままスピードを落とさずに走りつづけ、麓の村のマルシェ広場のそばに車を停めた。

朝市にはあまり人がいなかった。歩道の上のほうに、産直品の屋台が三、四軒出ているだけだった。何人かのむかしなじみとすれちがう。子どもの頃から知っていて、年々歳《とし》を取っていくのを見てきた連中だ。そういう相手とは、とりあえず挨拶《あいさつ》だけは交わす。取り立てて話したいこともないけれど、まだくたばっちゃいないよと、互いに知らせ合うために。そうやって寒さに震えながら歩いているうちに、何かがいつもと違うことに気づいた。手を叩《たた》いて呼びこみをしながら仔羊肉《こひつじにく》や栗《くり》ジャムを売ってる人たちも、フード付きの防寒コートを着こんだ買い物客たちも、誰もが同じ話をしている。みんなが吐いた息で、あちこちに白くて小さな雲ができていた。もちろんエリアヌもいた。野菜が入ったカゴをぶら下げて、話に花を咲かせてる。そして、あたしの姿を見つけると、いきなり「やばいよねえ、あたしが思うに、絶対見つかんないと思うわ」と言った。あたしのきょとんとした顔を見て、事情を把握していないことに気づいたらしく、冬眠から起きてきたばかりの獣を見るような目でこっちを見た。

真冬に開いているたった一軒のカフェに入る。客はあたしたちふたりだけだった。そこでようやくエリアヌは、何があったかを教えてくれた。

「女の人がひとり失踪したんだよ。憲兵たちが総出で探してる。あんた、昨夜のニュースを観《み》なかったの？」

いや、昨日はテレビを観なかった。でもミシェルは観てた。ローカルニュースと天気予報を食い入るように観ていたはずだ。地域のほかの畜産家たちと同じように、これから数日間、牛たちをどうやって世話すればいいか、考えながら天気予報を凝視していたはずだ。でもその間、あたしは自分の考えに没頭してた。テレビの音には耳を傾けていなかった。

「エヴリーヌ・デュカって聞いたことない?」

「デュカって、この地方がルーツの名前だよね?」

「そう。でもさ、これがそんじょそこらの女じゃないんだよ」

失踪した女性の夫は、このあたりではちょっと名の知れた実業家だった。生まれ育ったのはこの村だけど、成人してからパリに移り住み、外国で大金を稼いだのちに生まれ故郷に帰ってきたらしい。つまり、大金持ちだ。ああそうか、だからみんなこの話題でもちきりなんだ。あたしは合点がいった。もしこれが、あたしが担当してるような、誰にも助けを求めずに破産寸前に陥ってしまった農業従事者なら、これほどの騒ぎにはならなかっただろう。いずれにしても、こんな話にはあまりのめりこむべきじゃない。じゃないと、時間がいくらあっても足りなくなっちまう。

実業家が最後に妻を見たのは、昨日の午後、トレッキングをするために家を出るところだったという。ひとりでウォーキングをする習慣があったらしい。丘の上まで行くのか、山の斜面を歩くのか知らないけど、この真冬にトレッキングとは命知らずだ。いずれにしても、それ以来帰ってこないらしい。車は村のはずれで見つかった。道端に乗り捨てられていたのだ。

凍《い》てつく寒さの一月、春の訪れを待ちながら、誰もがこの話に夢中になった。みんながみんな、好き勝手な憶測をした。なかでも最悪なのは、今も村に言い伝えられるかつての事件の再来なんじゃないか、という説だ。

猛吹雪。

そう、エヴリーヌ・デュカは猛吹雪にやられたんじゃないかって、言ってる連中がいるのだ。あの時のように――このあたりでは、真冬に山の上で時折猛吹雪が発生する。暴風を伴うこうした吹雪は、巨石の後ろに吹きだまりを作りだすが、下手をすると死人が出るほど危険らしい。がんに罹《かか》るより致死率が高いとさえ言われる。そして一九四〇年、ふたりの女性教師が実際に命を落とした。あたしが子どもの頃から聞かされてきた事件だ。村からわずか二キロの学校に歩いて行く途中で、ふたりは猛吹雪に巻きこまれた。見つかった時は全身凍っていて、樹氷に覆われた木の根元で重なり合うようにして倒れてたという。この事故のあと、村人たちは鐘楼を建てて、吹雪になったら鐘を鳴らし、ホワイトアウトで歩けなくなった人たちを音で導くようになった。だが、今やこれもおとぎ話だ。今よりずっと不便だった時代のむかし話にすぎない。もう猛吹雪で死ぬ人なんていない。それでもエリアヌは、毎年この時期になると猛吹雪を怖がっていた。

もちろん今回も、エリアヌは猛吹雪説を支持してる。

「ねえ、あんたはどう思うのよ」エリアヌが尋ねた。

あたしは彼女をじっと見た。ダウンジャケットを着こんだエリアヌの頬はきれいなピンク色で、そのせいで実年齢より若く見える。いつでもあたしの意見を聞きたがる。でもあたしは答えなかった。

「なによ、今日はずいぶんおとなしいね。嫌なことでもあったの？」

「ううん、何もない」

もちろん、嘘だ。正直に言うと、暖房が効きすぎたカフェでエリアヌが話していたことを、あたしは半分しか聞いてなかった。この先数日間は地方新聞の三面記事を賑《にぎ》わすであろう事件に夢中になり、全国ニュースにもなるかも、と興奮するエリアヌの姿を、ただぼんやりと眺めていた。しかたがない、だって興味が持てないんだから。いや、興味を持つべきだったのだ。でもこの時のあたしは、自分がこの事件に深く関わっていたことをまだ知らなかった。もし知っていれば、このあとで起こることを防げたのかもしれない。だけど、あたしは心ここにあらずだった。ある意味では、あたしも猛吹雪の中で道に迷っていた。エリアヌが話し終えると、興味があるふりをするために自分から少し質問をして、それからまた頬が凍るほど寒い外に出ていった。訪問予定のない日だった。だから麓の村で買いものをして、二、三の用事を済ませた。たいして頭を使わずに済むことばかりだ。そして暗くなってから、雪に覆われた山頂に向かってまた車を走らせた。山の上には、あたしが生まれ育ち、死ぬまで住みつづける予定の集落がある。花崗岩造りの壁に覆われた、小さくてがっしりした家々が建ち並び、一枚岩を削って作った共同水汲《みずく》み場がある。坂道の上に車を停めた。眼前には灰色の霧が立ちこめている。霧は大河のように蛇行しながら谷底まで落ちていき、麓の小さな村を呑《の》みこもうとしていた。家の中に入ると、荷物を置いてため息をついた。それからすぐに静まりかえった台所に立って、ジャガイモを茹《ゆ》でて、二本のソーセージを焼いた。

食事のしたくを終えてしばらくすると、ミシェルが帰ってきた。あたしは背中を向けていたけど、玄関先でつなぎを脱ぎ、シャワーを浴びるために浴室へ向かう足音が聞こえた。会話は交わさなかった。台所とひと続きになった食堂には、一方の窓から反対側の窓まで届くほどの大きな木製テーブルが、部屋をふさぐようにして置かれている。ミシェルは濡《ぬ》れた髪のまま、テーブルの前に腰かけた。セーターの下から、農業組合の〝若き農業従事者たち〟のロゴ入りTシャツが覗《のぞ》いている。仕事を終えたあとの夜にいつも着ている服だ。ソーセージの端をナイフで切り、口に入れて咀嚼《そしゃく》している。そのあとで、ようやくことばを発した。

「どうだい、調子は」

「いいよ」あたしはいつものように答えた。

あたしはしゃべりだした。今の自分にできる一番ましなことが、しゃべることだったからだ。今日どこへ行って、誰に会って、何を買ったか。ミシェルは相槌《あいづち》を打つ代わりに両眉《りょうまゆ》を上げた。あたしはミシェルを見つめた。くすんだ色の顔、左右のこめかみまで一本につながった眉、何色なのかいまだによくわからない瞳《ひとみ》。

「あんたは？　どんな一日だったの？」

ミシェルはナイフを握りながら、肩をすくめる。

「分娩《ぶんべん》」

分娩。それだけ。それ以上の説明はない。必要ないからだ。あたしが知っているとわかってるから。確かにこの仕事のことなら、自分でやってきたかのようによく知っている。子どもの頃からこの仕事と共に生きてきた。牛の分娩。つまり、あまり眠れてないということだ。牛たちを見守るためにほとんどの時間を牛舎で過ごし、飼い葉桶《おけ》を洗ったり、干し草を敷きつめたりする。時々村まで下りて顧客に会ったり、作業上の問題点を専門家に相談したりする。夫にとっては多忙な時期だ。あたしがそれを知っているとわかってるから、それ以上何も言わないだけだ。でも、会話を弾ませるために、あたしのために、いや、あたしたちのために、もっと話をしてくれてもよかったのに。食事を終えると、ミシェルは口元をぬぐった。ナフキンを置いて立ち上がり、自分の皿を流し台まで運ぶ。

「仕事に戻る」ミシェルは穏やかな口調で言った。「書類仕事があるんだ」

ミシェルは玄関から外に出た。地下室を改装した事務室には、外からじゃないと入れない。ミシェルはいつもそこで、申請書に必要事項を記載したり、パソコンにデータを打ちこんだりしている。あたしはそのまま食堂にとどまって、壁に掛かった額入りの写真をぼんやりと眺めた。甥《おい》っ子たちがビーチで遊んでいる写真。静かなところでひとりで過ごすのに、とっくに慣れっこになっていた。

ミシェルとあたしは、家の用事以外の話を一切しなくなっていた。正直言って、このところのあたしにとってはそのほうが都合がよかった。とくに今夜は。なぜって自分の考えに没頭してたから。いやむしろ、取り憑《つ》かれてた。もちろん、エリアヌや麓の村の人たちのように、エヴリーヌ・デュカの失踪について考えてたわけじゃない。そうじゃなくて、前日からひとつのことしか考えられなくなっていた。ジョゼフだ。

カルスト台地に住んでいる男のことだ。

ジョゼフ、あたしが恋に落ちた男。

ジョゼフ、もうあたしを必要としていない男。

その時はまだ、テレビでも取り上げられている例の事件に、あたしの不倫相手が関わっているとは夢にも思っていなかった。


ジョゼフ──農業組合のメンバーのひとりにすぎなかったはずの男。あたしの担当地域に住んでたから、ほかの組合員と同じように、ほぼ毎日自宅を訪れた。それが、あたしとエリアヌ、そしてほかの三人の仕事だ。四千人の組合員たちを、あたしたち五人のソーシャルワーカーで手分けしてサポートしてる。担当地域に点在する農家から農家へと走り回り、ほとんど他人に会わないような人たちにも会って、いやあなたはひとりじゃないんですよ、あなたには権利がある、家政婦を雇うための補助金も、家畜を他人に預けて最低一週間のバカンスを取るための制度もありますよ、と説明する。農家の内情は他人にはよくわからない。専門家たちが時々出入りする程度だからだ。でも、あたしたちは彼らを知り尽くしてる。農業で成功した人はいるかって？もちろん、話に聞いたことはある。新規参入した若者が、新しいことを始めて、たくさんの従業員を雇って、ネットで事業を拡大して、すごい実績を作ったとかいうやつ。そういう話を聞くと元気をもらえる。でも、実際には見たことがない。

あたしたちが知ってるのは、夫婦や家族で細々とやってる農家ばかりだ。妻は子どもを欲しがってるのに旦那《だんな》が牛舎の新築を優先させたせいで大げんかをした夫婦とか、仕事の重圧のせいでうつになった男とか、片割れが死んだり子どもが田舎暮らしに嫌気がさして出ていったりして落ちこんでる高齢者とか、そういうのばかり。そんな時、二年前に村長から電話をもらった。カルスト台地でひとりきりで羊を飼育している、ジョゼフ・ボヌフィーユという男の話。その時は、そういうこともあるだろうな、くらいにしか思わなかった。

「悪いやつじゃないんだ」村長は言った。「でも、おっ母《か》さんが死んじまってから、どうもようすが変なんだ。せっかく刈った牧草を干さなかったり、柵《さく》の外に出た羊を放ったらかしたりしてさ」

牧草を干さなかったり、柵の外に出た羊を放置したり。そう、兆候はそういうところに現れるのだ。間違いない。村長と同じくらい、あたしもそういう事例はよく知っている。こういう時、SOSは本人以外の誰か、たとえば子ども、隣人、地方議会議員などからもたらされることが多い。ジョゼフという男が、自分から助けを求めて連絡してくるとは思えなかった。

朝からからりと晴れた、酷暑の夏の日だった。これから自分の人生が大きく狂わされることになろうとは夢にも思わず、あたしはカルスト台地へ向かって車を走らせた。自分が住んでいる山の上から、麓の村を経由して台地へ向かう。車のギアをセカンドに入れて、断崖《だんがい》絶壁の台地の上の集落まで曲がりくねった道を進んだ。すでにシャツが背中にくっつくほどの、大量の汗をかいていた。少しでも風を入れたくて、窓ガラスを全開にする。右手の眼下に谷間が見えてきた。両側に切り立つ斜面には樹木が生い茂り、尾根の影が落ちている。さらに高所まで上ると、南のほうのずっと奥に、斜面にしがみつくようにして村が点在しているのが見えた。正面にはあたしが住んでいる山がある。なだらかな斜面の上にいくつかのちぎれ雲が浮かび、まるで仔羊を探している雌羊のように、上に向かって移動しつづけていた。

ギアをローに落としてカーブを切り、直線に入るたびにアクセルを踏んだ。ようやく灰色の断崖絶壁の頂上付近にやってきた。空高く上りつつある太陽の光線に、山が明るく照らされている。そして道の傾斜が急に緩やかになったかと思うと、いきなり目の前に平らな台地が現れた。夏の空の上にぽつんと浮かぶ、大きくて平べったい島。まるで別天地にやってきたかのようだった。頭上では三羽のハゲワシが、巨大な翼を大きく広げて強風に乗りながら、青空を切るように飛んでいる。樹木がない広々とした高原に、曲がりくねった道が伸びている。黄ばんだ牧草地には、所有地を分割するための柵や石垣が点在する。ひとりの畜産家が、群れを伴って放牧地に向かっていた。よく動き回る犬と茶色いロバが、家畜たちを巧みに誘導している。

集落の入口には、白い岩を削って作った巨大な十字架が立っていた。カトリック教徒の土地であることを示すためだろう。四軒の家を通りすぎる。いずれもよろい戸が閉まっていた。巨石群を通過すると、その奥に隠れるようにして大きな建物があった。カルストならではの石灰岩造りの家だ。強風を避けるためか、小高い丘を背にして建てられている。不気味なほど静かだった。もし外壁に沿って車が停められていなければ、きっと廃屋だと勘違いしていただろう。

あたしは前庭に車を停めた。組合の資料を手にして、玄関へと続く階段を上る。ドアをノックした。返事がない。もう一度ノックした。木製のドアの奥で、床を擦るような足音がした。掛け金をはずす音。扉がきしみながら開いて、掛け金の軸が現れた。半開きになったドアの向こうに、ひとりの男がいた。よれよれのジーンズを履き、染《し》みがついた灰色のシャツを着て、ぼさぼさの髪をした、疲弊しきった男。のちにあたしの不倫相手になる男。でもその時、あたしの目に真っ先に飛びこんできたのは、男が両手で抱えていた猟銃だった。通せんぼをするかのように、横にして掲げ持っている。とんだおもてなしだこと、とあたしは思った。

ところが、ちっとも怖くなかった。本当に、まるっきり。危ない男だとは少しも思わなかった。今になって思えば、それがそもそもの間違いだったのだ。この手の男に、多少の免疫《めんえき》があったのがよくなかった。でも怖くなかった一番の理由は、その瞳に敵意ではなく、悲しみが宿っているとわかったからだ。ひそめた眉の下に並ぶふたつの黒い瞳は、活気をなくしたこの家のように空っぽだった。中から犬の鳴き声がした。外で何が起きたのかを知りたくて、あちこちを跳ね回っている。

男はひと言も発さずに、あたしを頭から足先までじろじろと眺めた。あたしは自己紹介をした。はっきりとわかりやすい口調で、自分が何者で、どうしてここに来たのかを説明した。それから、相手を安心させられるはずの台詞《せりふ》をいくつか口にした。

「問題がないかどうかを確かめるために来たんです」、「何かお手伝いできませんか」、「もちろん、あなたが了承してくださればですが」、「いかがでしょう、ほんの少しだけお時間をいただけませんか」。最初のうち、男は猟銃をつかんだまま、疑わしげな顔をしていた。だけどあたしはしばらくして、これはいけそうだ、と確信した。ひそめていた眉が緩みはじめて、表情が柔らかくなっていったからだ。白髪交じりの顎《あご》ひげがなければ、男はむしろ子供っぽい顔をしていた。男はとうとう室内をちらりと見てから、持っていた猟銃を下ろした。そして、長いこと話をしていないような声で言った。

「どうぞ」

あたしにとっては、これが始まりだった。こうやって、この男の世界に入りこんだのだ。

ジョゼフはこの家にひとりで暮らしていた。両親ともすでに亡《な》くなって、結婚もしていない。地域にいた幼少時代の友人たちもほとんど残っていない。そばにいるのは、常にご主人につきまとっている犬一匹と、世話をしている二百四十頭の雌羊たちだけだった。カルスト台地にあるこの小さな集落に、一年を通してずっと住んでいるのはジョゼフだけだ。ほかの家はすべて別荘として使われている。あたしは、台所と居間がひと続きになった広い部屋に入った。床はひんやりした石造りで、頭上は丸天井になっている。流しのまわりはタイル張りで、黄ばんで汚れていた。奥の壁には、調理も可能な暖炉が備えつけられている――とはいっても、今どきのクッキングストーブではない。最近の都会からの移住者たちのモダンな家にあるのとは似ても似つかない、むかしながらの古くさい暖炉だ。きっとこの間まで、母親のボヌフィーユ夫人がこの暖炉で夕食を作って、独身の息子に食べさせていたのだろう。右手の壁ぎわには、巨大なキッチンボードが置かれていた。その上に吊《つ》り戸棚が備えつけられ、壁の隙間《すきま》にはルルドのポストカードがたくさん貼《は》られていた。もしかしたら、母親が奇跡を求めて巡礼に行った時に買ったものかもしれない。家の中は想像していたよりずっとましで、犬が堂々と寝そべっているほかはだいたい片づいていた。

あたしたちは、木製テーブルを挟んで、ベンチシートに向かい合わせに座った。ジョゼフが、卓上に置かれた新聞、雑誌、未開封の郵便物などをどかして、溜《た》まっていた埃《ほこり》を手で払う。あたしは書類フォルダのゴムバンドをはずして、「スターターキット」を取りだした。クリアファイルに入った書類、クリップ、蛍光ペンなどが入っている。それから、相手が反感を抱かないよう、注意深くことばを選びながら話しはじめた。

「まずは、あなたが組合でどういう支援が受けられるか、調べてみましょう」

ジョゼフは、わかった、と言った。その声には、大きな期待がこめられているように感じた。ようやくこの難破船から救助してもらえると、安堵《あんど》しているようだった。そう、ジョゼフは今まさに、自分の農場もろとも海の底に沈もうとしていた。あたしたちはさっそく仕事に取りかかった。ここ数カ月ほど放置していたという郵便物の束を戸棚から取りだすと、協力し合って仕分けをした。あたしは、健康保険給付や、羊の飼育法に関する農業技師によるサポートについての説明をして、収入が激減した場合に備えてRSA（積極的連帯所得手当：フランスの生活保護制度）の話もした。必要書類への記入も済ませた。話をするのは主にあたしのほうで、ジョゼフは返事をするだけだった。あたしの話に耳を澄まして、顎を小さく動かしながら相槌を打ち、顎ひげをじょりじょりと掻《か》いたり、「うん、そう」あるいは「いや、やってない」と口を挟んだりした。

　こうして、お役所ことばでやり取りをしながら、あたしはジョゼフの暮らしぶりを垣間見《かいまみ》た。

　あたしはこの仕事ではベテランだ。我ながらよくやってるほうだと思う。問題を解決するために全力を尽くし、相手の話にもきちんと耳を傾ける。まあ、ちょっとしゃべりすぎかもしれないけど。危うくなった農場経営を再び軌道に乗せるには、時間がかかることも知っている。だいたい二年くらいだろうか。ジョゼフの場合、すでにその半分くらいまではたどり着いていた。

　最初の数カ月間はしょっちゅう家に通って、本人に代わって書類仕事を片づけた。時折、季節ごとに済ませておくべき作業についての質問をした。冬越しのための干し草はもう買ったのか、生まれた仔羊の届け出は済ませたのか、といったことだ。ジョゼフは無口だった。目の前に座ったたまま、ずっと黙っていることもある。最後にあたしが訪れた日以来何があったかを考えながら、どんな話をしようか迷っているようにも見えた。そういう時は、あたしから話の糸口をつかんだ。話題を探して、ひとり言のようにおしゃべりをする。ジョゼフはそれを聞きながら、笑みに似た何かを口元に浮かべていた。ある時、肩をすくめながらこう言われたことがある。

「おれは普段、家畜や犬にしか話しかけないからな」

おそらく、言い訳のためにそんなことを言ったんだろう。でもあたしにとって、そんなことはどうでもよかった。内気で口下手だけど、ジョゼフなりに、ちょっとした言動で気持ちを示してくれてるとわかったからだ。それに、母親が亡くなってしまった今、ジョゼフがプライベートなことを少しでも話せる相手は、あたししかいないはずだった。獣医や業者などほかの人たちとは、家畜の話しかしていない。体重、病気、料金、味のことばかり。

家に行くたび、ジョゼフの歩み寄りが感じられた。あたしの訪問に備えて、ある程度は身なりを整えたり、場所を確保するために犬を追いはらったりしてくれた。いつもやさしかった。時折、おもしろいことを言おうとさえした。たとえ出来のよくないジョークでも、その気持ちが嬉《うれ》しかった。でもこの時はまだ、恋をしているとは言えない状態だったと思う。はっきり言って、それほどすぐには燃え上がらなかった。

でも、好感は抱いていた。

あたしに対するちょっとした気づかいが嬉しかった。こんな辺鄙《へんぴ》なところに女性がやってくるのが大事件でもあるかのようなふるまいで、自分が大事にされてる気がした。でも、彼に対する一番強い感情は、やっぱり憐《あわ》れみだった。羊飼いのパートナーとして共に生きてくれる女性が見つからず、ひとりきりでいるのが気の毒だった。だって、あたしにはわかったから。あたしの仕事が滞りなく進んで、これまでの苦境から少しずつ抜けだし、牧羊の仕事が軌道に乗りはじめてからも、その目の奥に潜んでいる苦しみの色は決して消えなかったからだ。

ジョゼフ、孤独に打ちのめされた男。彼は見るからに、誰もがよく知るあの病、うつに侵されていた。あたしは一度、心理カウンセラーに診てもらうことをやんわりと勧めてみた。ところが、ジョゼフは即座にきっぱりと拒絶した。

「おれはイカれちゃいない」

そこであたしは、資格は持っていないけれど、自分がジョゼフの心理カウンセラーの役割を担《にな》おうと決めた。たぶん心のどこかでそうしたかったんだと思う。

ジョゼフの家に通って一年ほどすると、短い会話を少しずつ積み重ねてきた結果、彼のことをすっかり理解できた気になっていた。もしかしたら、この世界で彼を一番よく知っているのは、自分かもしれないとさえ思った。今思い返してみても、当時のジョゼフがあんなことをしでかす前兆は、ほんの一瞬たりとも感じられなかった。いや、というより、彼がやったとあたしが思うことの前兆、というべきか。

そしてもちろん、彼の口から、エヴリーヌ・デュカという名前が発せられたことも一度もなかった。

今でも時々、自分たちの結婚生活について考えさせられることがある。こうなる前のあたしたち夫婦のことだ。そして、後悔にさいなまれる。そう、いろいろあったけど、やっぱりあたしは後悔している。今振り返ってみると、責任はあたしにある。こうしてミシェルがいなくなってしまったのは、すべてあたしのせいなのだ。

出会った時のことを今も覚えている。それほど遠くないむかし、道に迷った巨人のような風情《ふぜい》のミシェルを、いい男、と思ったものだった。あの日、ミシェルは初めて農場にやってきた。坐骨《ざこつ》神経痛が悪化してからだが不自由になった父さんが、分娩の助手として雇ったのだ。地元の人間ではなかったが、もともと農業をやっていて、牛のこともよく知っていた。牧牛が盛んな地域の出身だった。こうしてミシェルはある朝、大きなからだには小さすぎる緑色のつなぎを着て、起きぬけのような寝癖の髪で目の前に現れた。あたしはすぐに好感を抱いた。

そう、あたしは夫を愛していた。それは誰も反論できない事実だ。結婚生活を始めたばかりの頃、ミシェルが農場を継いで、あたしが家の改装を手がけていた時は、ふたりとも幸せだった。自信があったし、やりたいことがたくさんあった。この農場で一国一城の主《あるじ》となる。学校を卒業したら出ていこうと思っていたこの集落に居場所を見つけ、ここで子どもを産み育てるのだ、と。ミシェルは、買い替えたり買い足したりすべき機械をリストアップし、父さんから引き継いだ設備をリニューアルする計画を立てた。牛舎の自動化を進めて時短をしようとしたのだ。そうすれば、毎年、少なくとも八月の一カ月間はバカンスが取れる。それだけでも大きな進歩だ。あたしたちは遠い未来の旅行について話し合った。アフリカ旅行だ。そう、いつかきっとアフリカに行く。あたしたちはそう信じていた。田舎からはほとんど出たことがないが、世界に羽ばたくのは怖くない。時間や金もどうにかなる。すべては意志の問題なのだ、と。

ところが、あたしたちにはその意志こそが不足していた。ミシェルはもともとそういう人間だったのだ。そのことにあたしが気づくのに、ずいぶん時間がかかった。アイデアはたくさんあった。計画も立てはしたが、実現できるかどうかは別の問題だ。結局、設備のリニューアルはされなかった。父さんが築いてきたものをそのまま利用するだけだった。」あたしに対して、「あんたにも責任がある」と言う人たちもいる。「あんたが旦那を追いつめたんだよ」と。なんと言われようが構わない。でも実際は、ミシェルに野心が足りなかったのだ。

あたしがジョゼフと会っている間に、夫婦の愛情は消えつつあった。毛糸玉がほどけるようにして、少しずつ小さくなっていった。子どもを作って、旅行をして、といった新婚時代の夢を、あたしたちはもう語らなくなった。いや、思いだしさえしなくなっていたと思う。食卓で向かい合っても、あたしはひとりで話をして、ミシェルはほとんど何も言わない。だんだん無口になっていった。軽快におしゃべりをしていたかつての姿は見る影もない。でも決してさみしそうではなかった。むしろ上機嫌な日さえあった。牛の飼育のことで頭がいっぱいらしく、いつも心ここにあらずだった。夫の世界に、どうやらもうあたしの居場所はないようだった。

離婚という文字が、脳裏にちらつくこともあった。ふつうの夫婦なら、当然そういう選択肢もあっただろう。ある日、夫婦で話し合って、この結婚は間違いだった、これからは別々の道を歩いていこう、と結論する。それで終わりだ。ところが、うちの場合はそれができない。絶対に止《や》められないことを始めてしまったからだ。そして、毎週日曜に行なわれるある儀式によって、途中で投げだすことは許されないのだと、繰り返し思い知らされた。

毎週日曜、昼食を終えると、あたしは車で山を下りて施設へ向かう。谷間のはずれにひっそりと佇《たたず》むこの高齢者向けヴィレッジに、父さんはひとりで暮らしていた。月々二千ユーロの費用と引き換えに、人生の最後の日々をここで過ごすと自分ひとりで決断していた。近代的な建物の階段を上り、父さんの部屋に入る。いつ訪れても同じ場所にいた。額のしわでネジ留めしたように同じハンチング帽をかぶり、電動リクライニングチェアに座って、窓の外を眺めている。あたしの姿を見て、会えて嬉しい、待ちわびてたぞ、と言わんばかりの顔をする。その頰にキスをして、椅子《いす》に腰かけ、近況を知らせる。農場で常にからだを動かしていた人間がこんなところでじっとしているのは、さぞかしつらいだろう。それはよく理解できる。だから、施設の料理がいかにまずいかをくどくど語るのにも、黙って耳を傾けた。うん、そうだね、父さん、よくわかるよ。それから、今度はあたしが一週間の報告をする。でも父さんは、ソーシャルワーカーなんて仕事が何の役に立つのかさっぱりわからない、といつも言う。

むかしはそんなものは必要なかったのに、と。

こうした軽めの話題が出尽くした頃、父さんは、重みのある口調を作りだすために咳払《せきばら》いをする。そして灰色の瞳であたしの目を覗きこみ、ヘビースモーカー特有のしゃがれ声でこう言うのだ。

「ところで、あれだな、どうだ、農場は？　ミシェルはうまくやってるのか？」

すると、小さな部屋は沈黙に包まれる。ブリュジエ農場――代替わりした今も誰もがそう呼んでいる――は、父さんの唯一《ゆいいつ》の関心事だ。強迫観念に近いかもしれない。あたしの祖父から受け継いだこの農場を、よりよくするためだけに人生を費やしてきた。雌牛を五十頭に増やし、自分よりも牛の健康により気を配った。土地を買い足して農地を拡大し、区画間のデッドスペースをなくして、建屋のまわりにすべてを集中させることで、家畜を移動しやすくした。もちろん、農地面積当たりに支払われる補助金も多く受けとれる。この補助金制度のせいで小規模農家は淘汰《とうた》されつつある。

父さんは、よい土地を手に入れるために命をかけてきた。隣の農家が廃業するという噂を聞くと、通りの隅に立って、ベレー帽の下から鋭い目つきでその土地を眺めた。土地の売買がうまくいった時は、満足げに微笑《ほほえ》んだ。逆にうまくいかなかった時は、タバコをくわえながら、ちくしょう、あの土地は絶対に欲しかったのに、と悔しそうに地団駄を踏んだ。

だけど、あたしにとって今までで一番印象的だったのは、引退を決める数カ月前の父さんのことばだった。農場を見下ろす坂の上に立って、まるで領国の君主のような口調でこう言ったのだ。

「ほら、アリス。こうしておまえが見下ろしているすべてが、いまやうちのものになった。これでおれも思い残すことなく、老人ホームに行けるぞ」

もう自分の夢はすべて叶《かな》った。父さんはそう言いたかったのだ。

いや、それだけじゃない。父さんはこの日、もうひとつ別のことを言外に匂《にお》わせていた。必ず牛農家を続けるのだぞ、と、あたしに、いやむしろ、あたしたち夫婦にそう訴えていた。実の息子は若いうちに機械エンジニアの道に進んでしまい、娘は牛ではなく人間相手の仕事を始めた。だから父さんは、いずれ赤の他人にこの財産を譲渡せざるをえなくなるのを、ずいぶん前から恐れていた。最悪の場合、小区画ごとに切り売りされて、山の上から紙ふぶきを飛ばすように散り散りにされてしまいかねない。だからミシェルの登場は、単に娘の伴侶《はんりょ》が現れた以上の喜びを父さんにもたらした。天の救済と言ってもよかった。

こうして、思いがけない婿《むこ》の登場が、ブリュジエ農場を散開から救った。

あたしはこの時から、家業の牛飼育にどっぷりと浸《つ》かるはめになった。罠《わな》にかけられたのだ。つまり、あたしたちの離婚は、父さんが命をかけて築いたものを崩壊させることにつながる。

そして、この結婚を神の恵みのように喜んでくれた母さんの思い出に、泥を塗ることにもなる。

あたしがレールを踏みはずしたきっかけは、ポパイの自殺だったと思う。あの時は、あたしたち全員が打ちのめされた。

ポパイは、エリアヌが担当していた組合員だった。県の北部で酪農を営んでいた男だ。いつも口の端にパイプをくわえていたから、あたしが〈ポパイ〉とあだ名をつけたのだ。そのことで同僚たちと笑い合った。仕事の息抜きのための、ちょっとしたネタのつもりだった。まさかあんなことになるとは、誰も想像すらしなかった。

ポパイは四十三歳だった。四年前に離婚していたが、その理由をみんなで勝手に噂した。離婚後は、隣に住む両親と時々顔を合わせながらも、基本的にひとりで暮らしていた。ひとりでたくさんの乳牛を飼育していた。経営は厳しいようだった。父親が現役だった頃に投資をしすぎて、かつては家族経営の小さな農場だったのが、いまや大きな会社になっていた。そのため、収益を上げる努力をしたり、業者に多額の支払いをしたり、機械の減価償却を考えたりしなくてはならない。ポパイひとりでこなすには、あまりに荷が重すぎた。そんな状態にとどめを刺したのが、行政だった。EUの共通農業政策《CAP》の農地調査の際に、牧草地の面積が過剰申告されていると言われたのだ。わざとやっている人もいるという。いまやフランスの農家はEUに依存しきっていて、収入のほとんどがEU頼みの状態だ。なるべく多くその恩恵に与《あずか》りたいと思う者がいてもおかしくない。でもポパイの場合は、おそらく単なる間違いだったのだろう。あまりにも雑草が高く生えすぎて、正確に測定しそこねただけなのだ。正直言って、たいしたことじゃない。あたしたちが知っている限り、過去三年分の補助金の一部を払い戻しするよう、政府から通告されただけのはずだ。しかもたいした額じゃない。その方面に詳しい人たちによると、数千ユーロを支払えば済む話だったらしい。ところが、お金では済まない問題があった。ポパイの胸の中で静かに膨れ上がっていた羞恥心《しゅうちしん》だ。そこには誰ひとり気づかなかった。そしてある朝、搾乳室《さくにゅうしつ》を訪れた獣医によって、ポパイが発見された。牛舎に連れ帰ってくれなかったことに対して鳴きながら不満を訴える、たくさんの牛たちに囲まれていた。

ポパイは天井の梁《はり》で首を吊《つ》った。

葬儀へは、あたしが代表して出かけた。エリアヌは怖気《おじけ》づいて行けなかった。タイトスカートとハイヒール姿で花崗岩造りの教会に入り、木製のつるつるしたベンチシートに腰かけた。集まった少数の人たちはみな、平凡な農夫が自殺したことに大きなショックを受けていた。一列目にはきょうだいや親戚《しんせき》などの近親者がいて、みな一様にことばを失い、どうしてこんなことになったのかと自問自答しているようだった。その後ろには、村長、商店主、小学校時代の旧友といった同じ村の人たち。幼い頃のポパイは、夜間に搾乳の手伝いをしたことを、彼らに自慢げに話していたかもしれない。あたしたちがいたのは最後尾だ。外部の人間で、地味な団体に属していて、故人をあまりよく知らない者たち。同じ業界の仲間が亡くなったことに衝撃を受けて、連帯意識からここにやってきた者たち。誠実でありながら、どこか冷めている者たち。

身廊の奥で祈りのことばを唱える神父を見ながら、いろいろなことを考えた。なぜか突然、自分の人生やまわりの世界について、細かい分析をしはじめた。まずは、自分の仕事について考えた。人助けをしたいという意欲だけは一人前の、できそこないの武器を携えた、われらがへっぽこソーシャルワーカー軍団について。あたしたちが毎日のように会っている、すべてのポパイたちについても考えた。ひとりきりでの生活を余儀なくされ、どんなに苦しんでいても、プライドが邪魔して他人に助けを求められない人たち。それから、危機に瀕《ひん》しているあたしたち夫婦についても考えた。ミシェルは、ポパイとは違って運よく伴侶を得られたのに、夫婦愛をはぐくむ努力をちっともしてくれなかった。

最後に、ジョゼフのことを考えた。あたしに示してくれる、ちょっとした気づかい。あたしのおしゃべりによってつらい日常を忘れたのか、時折見せてくれる控えめなほほ笑み。彼のことを思いながら、あたしは気づいた。あたしは、あの人を愛《いと》おしいと思ってる。

そして、その愛しさが心地よかった。

ポパイの埋葬の翌日、ある考えが脳裏から離れないまま、カルスト台地へ向かった。カーブを曲がるたびに、本当にそんなことをする気なのか、と自問した。アリス、あんたは馬鹿《ばか》だよ、そんなのよくないに決まってる。収穫を終えたばかりの穀物畑に沿って車を走らせる。苔《こけ》に覆われて緑色になった石灰岩の巨石群を通りすぎると、ジョゼフの家が現れた。車を停めて、玄関に続く階段を上る。ここを訪れるたびに何度も繰り返している、いつもどおりの行動。

ドアをノックする。その瞬間、留守ならいいのに、と思った。心臓が高鳴った。三百人の聴衆を前に、演壇でスピーチをさせられる時のように動悸《どうき》がした。ドアが開くのに少し時間がかかった。あたしは、きっとまだ羊小屋にいるんだ、やっぱりやめよう、と踵《きびす》を返しかけた。ところが、ジョゼフは家の中にいた。あたしが踵を返すより早くドアが開き、中から巨体の男が現れて、やあ、と言って軽くほほ笑んだ。シャツにアイロンをかけていたのだという。差しだされた手に触れ、握手を交わした。ざらついた手のひらだった。ジョゼフのあとについて、部屋の中に入る。ゴムバンドつきの書類フォルダを、小さな盾のようにして胸の前に抱いた。フォルダから書類を取りだす。今日はこれから、クリスマスシーズンに労働者をひとり派遣してもらうための書類を書かなくてはならない。そのあとは、ここから百キロ離れたところに住む、ジョゼフの叔父のところへ行かなくてはならない。

あたしはためらっていた。実際に行動に移しはじめた時、そのことに気づいた。ジョゼフの隣に座る。すぐそばに息づかいを感じた。そして、機会を窺《うかが》った。そうしたいのと同時に、そうするのが怖かった。だって、今までそんなことはしたことがない。夫を裏切るなんて、あたしはそんな女じゃない。唾液《だえき》を呑みこむ。まるで砂を嚙《か》んだようだった。

そして突然、覚悟を決めた。

ジョゼフがこちらに顔を向けた途端、その唇に自分の唇を押しつけた。キスをしたのだ。そう、何かを考える間もなく、いきなり行動に移した。何カ月も前から担当してきた組合員の男にキスをした。少し前まではどん底に落ちていたけど、ようやく再び歩きはじめたばかりの男にキスをした。その瞬間、ジョゼフはあたしを引きはがした。訳がわからないという表情だった。かつてないほど目を大きく見開き、思いきり眉をひそめてこちらを見ている。その唇は、キスのせいでまだ濡れていた。

そして、口ごもりながら言った。

「いったい何を……」

その口をふさぐために、再びキスをした。後悔なんかしていない、もっとこうしていたいのだ、と示すために。今度は、ジョゼフは抵抗しなかった。まるで甘い果実を味わうように、幸せだった遠いむかしを思いだしているように、両目を閉じた。

その日にしたセックスは、それほど素晴らしいものではなかった。リードしたのは終始あたしだった。ジョゼフのチェックのシャツのボタンをはずし、服を脱がせた。想像どおりのからだだった。浅黒くて、がっしりしていて、上半身が分厚い灰色の毛で覆われていて、からだのラインがくたびれたトランクスまでまっすぐに伸びている。身だしなみに気を使っているようすがなかったので、体臭が心配だったけど、それは杞憂《きゆう》に終わった。ジョゼフのからだは羊の匂いがした。あたしが来る直前まで羊の世話をしていたのだから、当然といえば当然だ。だけど、よく知っている匂いだったので、ちっとも気にならなかった。あたしはゆっくりした動きで彼をリードした。安心させるために性器をやさしく愛撫《あいぶ》すると、興奮した表情であたしの白いからだを舐《な》めるように見た。その瞳には、ことばにならないいくつもの感情が浮かんでいた。彼があたしの中に入ってきた時、あたしは顔を上げてほほ笑んだ。

ジョゼフは決してうまくはなかった。動きが少し乱暴だった。でも、無理もない。かなり長い間、こういう行為をしてなかったらしいから。それでもあたしは満足だった。求められてるとわかったからだ。ミシェルとではもう得られなくなっていたものが、ジョゼフとの間には見いだせた。心地よくて、なんだか生まれ変わったような気がした。している間じゅう、ジョゼフはあたしの目を見なかった。今起きていることに驚いていた。いきなり日常が奪われて、カルスト台地の放牧地で待っている羊たちから引き離されたことに、戸惑っているみたいだった。子どもの頃から生活してきた広い部屋のソファの上で、あたしとこんなことをしてるのが信じられないようだった。そうして彼は目を閉じながら達した。

その日はずっと、オーガズムに達した時のジョゼフの歪《ゆが》んだ顔が忘れられなかった。ほかの組合員たちを訪ねている間も、脳裏から離れなかった。小石だらけの草地を通りぬけながら、農家から農家へと飛び回っている間も、ずっと考えていた。アリス、あんたは夫を裏切ったんだ。あたしは繰り返し自分にそう言った。あんたは夫を裏切ったんだ。

あたしは、自分が恥じているのか幸せなのか、よくわからなかった。

こうしてジョゼフはあたしの不倫相手になった。二週間に一度の割合で家を訪れて、最初の時と同じように居間でセックスをする。ジョゼフはほとんどしゃべらなかった。こっちを見もしない。そして、あたしをイカせようとはしてくれない。エクスタシーもなければ、爆発的な快楽もない。何もない。でも、別に構わなかった。そういう期待はしてなかった。あたしが欲しいのはそういうものじゃない。正直言って、オーガズムならひとりでするほうがずっと達しやすい。とにかく、そんなことはどうでもいいのだ。そう、それでもあたしは嬉しかった。ジョゼフのそばにいて、互いの肌が密着してるのを感じられるだけでよかった。それから、誰にも知られていない、禁じられた関係を結んでいることにも喜びを感じた。

我ながら、とんでもないことをしていると思った。もちろん、世の中にはもっととんでもないことがたくさんあるのは知っている。だけどあたしにとっては、これだけでそうとうなものだった。自分が十代の頃にはできなかった十代らしいことを、四十二歳になって初めてやっていた。カルスト台地を車で走っていると、遠くのほうにジョゼフの家が見える。ひと気のない数軒の空き家のすぐそばだ。そういう時、今あの人は何をしているんだろう、と考える。秋が深まり、日が短くなってきた。夕方になると、地上すれすれをかすめる太陽の光が、石垣、ドリーネ（石灰岩の陥没孔《かんぼつこう》）、区画分けされた草原のゆるやかなカーブなど、高原のちょっとした起伏を際立《きわだ》たせる。夏の刈りとりのあとで再び生えてきた雑草を、冷たい風が揺らす。雌羊たちは、外の空気を吸うことができる最後の数週間を満喫している。

ミシェルとの会話はどんどん少なくなっていった。夫にとって、秋は狩猟シーズンだ。牛の世話が少し落ち着くので、空いた時間に集落の仲間と狩りをする。もちろん、この時期にもすべきことはある。牛たちに異常がないかどうかを確認し、いくつかの群れに分けて高所から連れ戻し、冬を越す建屋のそばに移動させる。納屋《なや》での仕事としては、越冬のために飼料の干し草をたっぷりと備蓄し、敷きわらを購入し、ベールを積み重ねて、設備の点検とメンテナンスをする。それでも、全体的に見れば仕事量は少ないほうだ。とりわけ今年の夏は、干し草を圧縮する機械のベーラーが故障してしまい、干し草作りが難航した。ようやく時間ができたのだから、狩りくらい楽しんでも一向に構わない。必然的に、ミシェルの顔を見る機会はめったになくなった。毎日遅い時間に帰宅して、疲れはしても充実しているように見えた。でも話はほとんどしなかった。おしゃべりなあたしでさえ、話の種が見つからなかった。怪しまれないよう普段どおりにしないと、と思いつつ、何を話したらいいのかわからなかった。でも、ジョゼフと関係を持っているなんて、ミシェルは想像もしていないだろう。たとえこの不倫を打ち明けたとしても、何を言われたのか理解できないにちがいない。

この時期、ジョゼフがあたしより優位に立っているとか、あたしがジョゼフに支配されているとは、これっぽっちも感じていなかった。あたしがジョゼフを必要としている以上に、ジョゼフはあたしを必要としていると信じていた。それに、自分がジョゼフと寝てるのは、単に憐憫《れんびん》からだと思っていた。ジョゼフは、仕事上サポートしている組合員のひとりにすぎない。最初に会った時と比べて、すでにずいぶん元気になっていた。だけど、あたしにできることは限られている。あたしは傷ついた人たちに小さな絆創膏《ばんそうこう》を貼ってはあげるけど、本当の傷口はもっとずっと大きい。そう、彼らが血を流しているのは心臓だ。心臓から血液が一滴残らず流れ出てしまっている人もいる。でも少なくともジョゼフは、人の温かさを味わって、以前より心地よい眠りにつけるようになったはずだった。

そう、あたしは彼を助けたかった。そして、そうしていると信じてた。

冬がやってきて、クリスマスが過ぎた。

そして一月十九日、すべてが突然終わった。

悪天候だったので、峡谷経由でカルスト台地に向かった。そのほうが安全だからだ。透き通った氷が張った川の上方で、岩壁が垂直に切り立っている。いつもより色が暗く感じられた。ごつごつした黒い巨石が恐ろしげに迫ってくる。石橋を渡り、眠っているように静かな村の反対側の坂を上る。峡谷の底が灰色の霧の中に消えていくのを見下ろしながら、ゆっくりと車を走らせた。いや、むしろ、山の上に漂う霧の中に姿を消したのはあたしの車のほうだったろう。

まるで白い砂漠だった。雪が三十センチほど積もっている。起伏に沿って地表を覆《おお》いつくす積雪は、巨大なカーペットのようにも見えた。ひどい吹雪だった。愛車の〈ダチア〉のフロントガラスに、今まで経験したことがないような強い風が吹きつけている。北西の風。どんな風よりも冷たい風だ。雌羊たちは一匹も外に出ていない。ボヌフィーユ家の農地を迂回《うかい》しながら敷地内に入り、玄関に続く階段の下に車を停めた。コートのファスナーを上げて、首元のボタンを留め、襟元を片手で締めつけながら外に出る。階段を上り、こぶしでドアを叩《たた》いてジョゼフが出てくるのを待った。ブーツのかかとを壁にぶつけて、靴底にこびりついた雪を落とす。早く開けてくれないかと思いながら、両手を擦り合わせた。ところが、いつまで経《た》ってもジョゼフは現れない。もう一度ドアを叩き、扉を開けようとした。錠前がかかっていた。数歩後ずさって窓を見上げ、何か見えないかと目を凝らした。それから叫んだ。

「ジョゼフ！」

その声は風の音にかき消された。いったいどうしたんだろう。あたしが今日来ることは知っているはずだ。二週間前に最後に会った時、一緒に日にちを決めたはずだった。いや、決めたのはあたしだ。あたしが日にちを決めて、ジョゼフに同意を求めた。確かそうだったはずだ。急に心配になってきた。何か恐ろしいことが起きたにちがいない。こんなふうに高原のど真ん中で、たったひとりで暮らしているのだ。いつ何があってもおかしくない。あたしは後悔した。こんなことになったのは自分のせいだ。

「ジョゼフ！」

階段を下りて、家の裏手へ回る。灰色の石造りの外壁にいくつかの小さなアーチが設けられ、その下にガラス窓が嵌《は》めこまれている。だが、いずれもよろい戸が閉められていた。越冬用の薪《まき》の束の上にトタン板がかぶせられ、その上に雪が積もっている。

さまざまなことを思いながら、右を見て、それから左を見た。救えたと思ってたのに、自殺させてしまった――つい、そんな考えが脳裏を駆け巡る。ジョゼフが見つからない理由が、それしか思いつかなかった。

その時、物音がして振り返った。

雌羊の鳴き声だ。羊小屋は家から百メートルほどのところにある。小屋まで続く泥道は、霜で固まっていた。フードを深くかぶり、下を向いて、できるだけ風を避けながら歩く。きっと羊にトラブルがあったにちがいない。早歩きをしながらそう思い、少しだけ安心した。小屋の扉は閉じられていた。引き戸がレールの端まで引かれている。金属製の扉の向こうで、雌羊たちが競い合うように鳴いていた。

「ジョゼフ！」

扉を開けようとしたけど開かない。こぶしで叩いた。

「ジョゼフ！」

ようやく、金属の扉が溝の上を滑るけたたましい音がした。半開きになった大きな扉から、雪が内側に吹きこんでいく。ジョゼフが顔を出した。愛想のかけらもない表情だった。暖かそうなフリースのジャケットには、干し草の屑《くず》がくっついている。真一文字に唇を結び、険《けわ》しい顔をしていた。こんなジョゼフは見たことがない。ほとんど見違えるほどだった。

　ジョゼフは小じわの寄った目でこちらを凝視し、鼻をすすった。

「大丈夫？」あたしは尋ねた。

「ああ」

　ちっとも大丈夫そうじゃない。

「約束してたから、あたし……」

「忙しいんだ」

　そう言った途端、自分の口調があまりにもぶっきらぼうだと気づいたのか、つぶやくように「悪い」と言った。もちろん、あたしは納得できなかった。ふたりで数秒ほど見つめあう。本当の理由を探ろうとしてジョゼフの目の奥をじっと見た時、その固い決意をこめた視線にたじろいだ。どうやら本気であたしを追い払いたいらしい。あたしは動けなかった。冬用ブーツは溶けた雪でぐちゃぐちゃになっている。ジョゼフも黙ったまま立っていた。目を伏せて、風邪も引いていないくせに再び鼻をすすった。そして無言のまま、ゆっくりと扉を閉めはじめた。あたしは首を傾けて、中で何をしていたのか覗《のぞ》こうとしたが、不機嫌そうに鳴いている羊たちしか見えなかった。羊小屋の奥に続く納屋には、干し草ベールの山があった。直方体に圧縮された干し草が、まるでレゴブロックのように壁に沿って積み重ねられていた。

扉が完全に閉じられたあとも、しばらくその場に立ち尽くした。カルスト台地の凍《い》てつく寒さの中、ひとりで自問していた。扉をこぶしで叩きたかったけど、そんなことをしても無駄だとわかっていた。仰向いて真っ白な空を見上げる。次々と落ちてくる雪片は、地面に着く前に風に飛ばされていった。あたしはようやく踵を返し、自分の車に向かって歩きだした。どう名づけていいのかわからない、奇妙な感じがしていた。

あたしは車を走らせた。周囲は霧に覆われて、道路がよく見えなかった。淡い色に雪化粧した小高い丘も見えなかった。その日はずっと、どうしてこんなことになったのかと考えつづけていた。

それから数日間、県内は騒然となった。もちろん、ジョゼフがあたしに会ってくれなくなったからではない。それは個人的な問題だ。そうではなく、その翌日、エヴリーヌ・デュカが失踪《しっそう》したと報道されたからだ。騒ぎはなかなかおさまらなかった。山の上で雪が降りつづいているせいで、捜索は難航していた。報道番組のパリのスタジオでは、同じ検事が何度も出演して、深刻な表情で状況の困難さを語っていた。ニュース番組では、エヴリーヌ・デュカの写真が公開された。年齢は四十九歳で、背が高く、髪はブロンドで、気品がある女性だった。夫は裕福な実業家で、物腰が堂々としている。憲兵たちは近隣の山々を駆けまわり、森林監視員、狩猟家、ボランティアも捜索に加わった。上空では一台のヘリコプターがずっと飛んでいた。どうやら手がかりが見つからないらしい。住民や近親者たちにも聞きこみが行なわれ、夫のデュカ氏が最後に姿を見てからの足どりが追跡されていた。

次の月曜、あたしは車で麓《ふもと》の村に下りていった。雲がたれこめた空からフロントガラスに落ちる雪を、ワイパーがひっきりなしにぬぐう。崖沿《がけぞ》いの道の先は、雲に隠れて見えなくなっていた。樹木に覆われた山の斜面の上に、純白の雪と漆黒の森とのおぼろげな境界線が描かれている。おそらくここを通る人は誰もがそうしているように、憲兵たちがいるところに差しかかった時、あたしも車のスピードを落とした。道端に、二台の車が無造作に停められている。ひとりの憲兵の姿に気づいて、あたしは車を停めた。路肩に立って、手袋をした両手をこすり合わせている憲兵――あれは、セドリック・ヴィジエだ。近くの村で生まれ育ち、中学で一緒だった。やさしい少年だった。よい印象が残ってる。でも確か、当時のあの子の家は大変だったはずだ。毎日のように呑《の》んだくれた父親が、母親に暴力を振るっていた。だからセドリックは逃げるようにして軍隊に入り、自分の生活を取り戻そうとしたのだ。あたしは窓を開けて、セドリックに挨拶《あいさつ》をした。ケピ帽の下の顔は、かつての少年そのままだった。頬も鼻もきれいなピンク色をしている。ほかにふたりの同僚がいて、全員フード付きの防寒コートを着ていたが、みんな寒くて凍えそうな顔をしていた。

「失踪した女性を探してるの？」

セドリックは眉《まゆ》を上げ、疲れたような表情を見せた。吐いた息が白い雲になってその顔を包みこむ。

「まあね。憲兵隊が最前線で捜索してる。できることなら代わってほしいよ。もう三日も寝てないんだ」そう言いながら、顎をしゃくって山の上を指し示す。「これからあの山に上るんだ。本人がたまに歩いていたトレッキングコースらしい」

あたしはセドリックが示したほうを仰いだ。頂上は雲に覆われて見えなかった。

「いなくなった場所からはちょっと遠すぎない？」

「だよね」セドリックはため息をついた。内心では、そんなところを探してもしかたがないと思っているようだった。「捜索範囲を広げることにしたんだ。夫のデュカ氏によると、このあたりによく来てたっていうからさ」

「じゃあ、まだ何も見つかってないんだ？」

「うん、何も。手がかりがないんだよ。携帯電話のGPSの追跡もできない。だからあちこちで捜索してる。それにマスコミの記者たちは、まるで当然の権利のように、まだかまだかとプレッシャーをかけてくる。本当に厄介だよ」

「わかる気がする」

「今も農業組合の仕事をしてるの？」

「うん。またこれから一週間、頑張らないと」

「そうか、いろんな人と会って話をするんだよね。もし行方不明者のことで何か聞いたら教えてよ。ぼくたちなんかより、農家の人たちのほうがずっと情報通だから」

あたしはほほ笑んだ。なんだか少し気の毒だった。

セドリックは、不承不承といったようすで同僚たちのところへ戻っていった。これから三人で、雲に覆われて見えない山の頂上まで行くのかと思うと、想像するだけでこっちが凍えそうだった。あたしはエンジンをかけ、再び麓へ向かって車を走らせた。

何軒かの家を訪問してみて、今週は忙しくなりそうな予感がした。組合員たちはみなエヴリーヌ・デュカの事件に夢中だった。誰もがまるで探偵になったかのように、自らの推理を熱く語っていた。

最初に会ったのは、デュヴァル夫妻だった。ふたりとも高齢で仕事は引退していたが、本人たちの希望で、もはやひと気のほとんどない小谷で暮らしつづけている。一本道の行き止まりにある古い家に住んでいて、ここでふたりで一緒に死ぬと言っている。感動的なほど仲のよい夫婦だ。数カ月前、浴室をバリアフリーにするための補助金を受けとっていた。ほとんど誰にも会っていないらしいが、ふつうの家と同じように居間にはテレビがあって、テレビを通して外の世界とつながっていた。エヴリーヌ・デュカの事件についても、毎日そうやって情報を収集していた。そんじょそこらの刑事ドラマよりずっとはまっているようだ。ふたりの年齢を考えると、かつて猛吹雪のせいで行方不明になった、あの女性教師たちのことも知っているはずだった。あたしはキッチンに通された。奥さんは近頃、からだが不自由になって上手に片づけができないという。ベンチシートに腰かけて、フォルダから書類を出そうとした時、ご主人が例の事件について話しはじめた。

「わしらの両親の時代には、誰もが猛吹雪の話ばかりしてたもんだよ。冬になると、不要不急の外出はするなと言われた。家の中に閉じこもって、まるでこっちを恨んでいるかのような風のうなり声を聞いていた。両親は、家畜のようすを見に行くのさえ嫌がってた。毎年のように、どこそこの誰それが危ない目に遭ったとか、一キロほど歩いたところで誰かが立ち往生したとか、何かしら話題になった。そしてあの年にあの事件が起きて、木の根元であのふたりが倒れてるのを見つけた時、この話を広めつづけていこうとみんなで決めたんだ。今後の教訓にするためにね」「ところが今では」今度は奥さんが話しはじめた。「誰もあの話をしなくなった。若い人たちは冬なんて怖くないと言って、ちっとも用心しようとしない。そんなふうだからこんなことになったんだよ」

デュヴァル夫妻のむかし話を聞くのは好きだった。今回の失踪事件の原因はこの冬の寒波にあると、ふたりとも信じていた。その話に耳を傾けながら、あたしとこうしておしゃべりができるのを、ふたりが喜んでくれているのがわかった。だけどあたしはこの時はまだ、この事件が始まりにすぎないとは知る由《よし》もなかった。

今さらこんなことを言ってもしかたがないけれど、この時、もっとみんなの話をよく聞いておけばよかったのだ。みんなが言っていたことにきちんと耳を傾けていれば、もっと早く気づけたかもしれない。そうしたら、もっと早く行動に移せたかもしれない。セドリック・ヴィジエにも早めに連絡できたかもしれないし、ミシェルを巻きこまずに済んだかもしれない。だって農家の人たちは、憲兵たちの前では言わないようなことでも、あたしには教えてくれるのだから。彼らの一見たわいのないおしゃべりに、もしかしたらエヴリーヌ・デュカを発見する手がかりが隠されていたかもしれない。本人の知り合い、会ったことがある人、話を聞いたことがある人、噂《うわさ》を耳にしたことがある人にも、あたしは会っていたというのに。そう、村のはずれで家禽《かきん》を飼育している、ゴシップ好きなあの女性だってそうだ。

「ねえ、ちょっと聞いてくんない？」家禽飼育者の女性は、形だけはそう尋ねながら、あたしが返事をする前に勝手に話しはじめた。「あの事件ってさ、実は恋愛関係のもつれなんだよ」

「へえ、そうなの？」

女性は、何年前から吸ってるんだろうと思うくらい短くなったタバコを、思いきり吸いこんだ。

「教えてあげるよ、あのエヴリーヌ・デュカってのがどういう人間かを。あれはとんでもない女だよ。子どもを立派に育て上げた母親の鑑《かがみ》だ、夫が世界じゅうを駆け回ってる間にしおらしく絵なんか描いてるブルジョワだ、なんて報道されてるけど、そんなの嘘《うそ》っぱちさ。テレビに出た写真を見て、美人だ、感じがいい、清純そうだ、とてもアラフィフには見えない、なんて言ってるやつらもいる。でもあたしが聞いた話はそうじゃない。アフリカ出張だかなんだかしらないけど、夫が家を出た途端にどこか大きな町に繰りだして、気に入った相手をことば巧みに誘惑するんだ。あの家に誰かを連れこんでるのを見たことがあるやつもいる。あの女もそれを否定しなかったってさ。しかもさ、それだけじゃないんだ」

そう言うと、もったいぶるようにわざと一呼吸置いた。そして小さく頷《うなず》き、再び話しはじめた。

「どうやら相手は男だけじゃないんだよ。わかるかい、この意味？」

あたしは、へえ知らなかった、という表情を作り、ショックを受けたふりをした。何にでもあたしは、この家禽飼育者の女性がどういう人間なのかを知っていた。尾ひれをつけて話をする癖があるので、話半分に聞いておく必要がある。しかし今になって思えば、誇張と憶測の間に、少しは真実がまぎれこんでいたかもしれない。彼女の話は、エヴリーヌ・デュカの実像とそれほど遠くなかったのかもしれない。

でも、より重要な情報を提供してくれたのは、つまり、当時もっと真剣に聞いておくべきだったのは、クーダ爺《じい》さんの話だろう。たいした人だった。生涯独身を貫いて、たったひとりでずっと牛の飼育をしつづけてきた。自分が死んだら、農場を継いでくれる者は誰もいない。わかってはいたけど、どうしようもないと諦《あきら》めていた。農場が分割されて売り飛ばされるのは、もはや避けようがないだろう。いつも悲しげで、放っておけないタイプの老人だった。ある時、女を一度も抱いたことがない、とあたしに打ち明けてくれた。八十歳を少し過ぎた頃、小声でそう言われた時、あたしは胸が締めつけられた。残念だ、本当に残念だ、と爺さんは繰り返しつぶやいて、くたびれたアームチェアに沈みこんだ。クーダ爺さんもアームチェアと同じくらいくたびれていたけど、決して自分を見失わず、いつだって堂々としていた。このあたりの老人はみんなそうだ。ところがこの日、爺さんは涙を流した。残念な自分の人生を嘆いてさめざめと泣いた。あたしは爺さんの手を取った。ほかにどうすることもできなかった。この時ばかりは、なんて声をかけたらいいのかわからなかった。

この日から、この話はふたりの秘密になった。あたしたちを一生つなぎとめる見えない絆《きずな》になった。一生、というか、少なくとも爺さんが生きている間は。あたしは月に二回は爺さんに会いに行った。とくに用事がなくても、前回会った時から仕事上の進展がなくても、とりあえず顔だけは出した。そしてクーダ爺さんの場合、あの失踪事件の話をしたのは、悪口を言うためでも、忘れられたむかしの事件を思い出させるためでもなかった。爺さんは、しゃがれてるけれどやさしい声で、よどみない口調で話をした。

「なあ、アリス。わしはあの女の人の旦那《だんな》を知ってるんだ。ギヨーム・デュカ。まだよちよち歩きをする前の、ちっちゃな頃から知っていた。本当はわしらのように畜産をやるはずだったんだ。頭のいい子だったから、やればうまくいっただろう。ところが、本人がそれを嫌がった。学校にいた時から、ほかの子たちより優位に立つのが好きだったんだ。ここでは絶対に手に入らないような、大きな権力や大金を欲しがった。だから成人したらすぐに出ていった。パリで経営の勉強をしたらしい。仲間のひとりからたまに近況を聞いたけど、何をやらせてもよくできたそうだよ。そうやって大金持ちになって、美しい女性と結婚して、子どもたちを大学に入れて……欲しいものをすべて手に入れてから、ようやくここに戻ってきた。半分はわしらを馬鹿にするためにな。どんなことでも徹底的にやり遂げるやつなんだ」

花崗岩《かこうがん》の分厚い壁に覆われた家の中は、真冬でも暖かかった。爺さんは、赤ワインを注いだグラスを手元に置いて話をした。その表情は、口から発することばと同じくらい雄弁だった。

「デュカ家のことはよく覚えてるよ。カルスト台地に住んで、農場を経営してた。市場で見かけることはあまりなかったな。父親はわしと同年代だが、気難しい男でね。友だちがいないだけじゃなく、まわりとずいぶんいざこざを起こしたらしい。いろんな噂があったよ。自分の土地に関することでほかの農家の連中を大いに困らせた、とかね。まあ、それも遠いむかしの話さ。パリから息子が戻ってきたと聞いたから、こうしたことを久しぶりに思いだしたんだよ」

この日、あたしはクーダ爺さんの話にきちんと耳を傾けた。ギヨーム・デュカがジョゼフと同じカルスト台地の出身だったこと、地元で嫌われていたこともしっかり聞いていた。それなのに、たいして注意を払わなかった。エヴリーヌ・デュカとジョゼフの関係性に気づかなかった。だって、ジョゼフはほとんど外に出ないのだから、あんなブルジョワの女性と関わりがあるはずがない、共通点なんかひとつもないし……そう思いこんでいたのだ。今となっては不思議だけど、組合員たちが進んで教えてくれたこうした話に対して、あたしは何もしようとしなかった。

手がかりはすぐそばにあったのに、右から左へ聞き流してしまったのだ。

誰もがエヴリーヌ・デュカの事件について、持論を展開した。凍え死んだんだ、恋愛沙汰《ざた》で殺されたんだ、夫を憎むライバルによる犯行だ……。その間、あたしの脳裏にはたったひとつの疑問しかなかった。どうして突然、なんの説明もなく、ジョゼフはあたしたちの関係を終わらせようとしたのか？　だけど、いくら考えてもその答えはわからなかった。

最初の数日間は、きっとタイミングが悪かったのだ、と自分に言い聞かせた。あの時は羊にトラブルがあって、だからあんなにそっけなかったのだ。もしかしたら、誰かの手助けが、サポートが必要かもしれない。だとしたら、それはあたしの仕事だ。何が起きたのかを知っておく必要がある。そこである日の昼頃、家にひとりでいる時にジョゼフに電話をかけた。この間の態度に傷ついたことは知られたくなかった。何でもないふうを装《よそお》って、近況を聞くために電話をしたふりをした。ところが、電話口でその声を聞いた途端、あたしは凍りついた。なんて言ったらいいかわからなくなった。当然だ。まるで知らない人のようだったから。あまりに冷淡な口調だった。あたしは尋ねた。いったい何があったの？　あたしが何か気に障《さわ》ることをした？　ところが、にべもなかった。あくまで頑《かたく》なで、まるで初めて会った日に戻ったようだった。玄関の前で猟銃を抱えていたあの日と同じ。ジョゼフが口にしたのは、忙しい、というこ とばだけだった。あたしが理解できたのはただひとつ、もうジョゼフはあたしと会ってはくれない、ということだけだった。あたしにわかったのはただそれだけだった。

家の廊下に佇んだまま、あたしは唇を嚙んだ。白い天井を仰ぐと、涙で目の前がかすみはじめた。泣くのをこらえるために、大きく息を吸った。

組合員たちの家を巡回している途中、何度もジョゼフの家の前を通りかかった。すでに雪が解けかかっていて、夜の間に風によって作られた白い塊があちこちに斑点のように残っている。高原の真ん中を貫くこの一本道は、この数カ月間、ジョゼフに身を預けるために通っていたのと同じ道だった。石灰岩の巨石群を通りすぎると、見慣れた建物が現れる。車の窓ガラス越しに、かつての愛人の姿をつい探してしまう。羊小屋のそばか、あるいはその隣の草地か……。時折、遠くのほうに、小山を背にしてあのがっしりしたシルエットが見えることもあった。今頃は、干し草の束を運んでいるのか、機械のメンテナンスをしてるのか、はたまた建物の修繕をしてるのか——天気にもよるが、この時期に農家の人たちがしそうなことを想像する。やがて、彼の家の前を通るたび、少しずつ苛立《いらだ》ちを募らせている自分に気づいた。こんなふうに何も言わず、顔も見せずに放ったらかしにするなんて、あまりにもひどすぎる。

夫を裏切る行為を何度もしたあの家に、もう二度と入れないのがつらかった。ジョゼフと過ごした日々を思いだす。どん底から這《は》い上がれるよう、一生懸命サポートしてあげたのに。あの広い居間で、何回もセックスをしたのに。あたしの目を避けながらあたしの中に入ってきて、ざらざらした手であたしの胸を撫《な》でた。抱き合ったあとは、こしてしまったことにようやく気づいて急に恥ずかしくなったかのように、こちらに背中を向けながら服を着た。

ふとした思いつきから始めたこの習慣を、突然失ったのが悲しかった。どうしようもなく悲しかった。この気持ちを何度も否定しようとした。そもそも、ジョゼフを救うために始めたことだ。ポパイの自殺を知って心配になって、憐憫から行なっただけであって、あたしにとって必要な行為ではなかったはずだ。そう、ジョゼフは一度だってあたしをイカせてくれなかったし——と自分に言い聞かせた。

でも、駄目だった。

愛車の〈ダチア〉の窓から、農場内をあちこち移動しているシルエットを眺めて、あたしはこれまでにないほど狂おしくジョゼフを欲していた。どうしようもなく一緒にいたかった。ただそばにいたかった。もう一度、荒々しいのと同時に繊細な、あの人特有のやり方で、あたしの中に入ってきてほしかった。

一月十九日までの数カ月間、ジョゼフとの不倫は、あたしにとって最重要機密事項だった。でも、本当は誰かにすべてを打ち明けたかった。自分が感じたことを、ほかの人と少しでも分かち合いたかった。もし母さんが生きていたら話していただろう。もちろん最初はためらっただろうけど、結局は全部話してしまっただろう。話さずにはいられなかったはずだ。母さんがどういう反応をしたか、容易に想像できる。きっと何も言わず、背中を向けたまま、黙々と家事を続けただろう。母さんはいつも家事をきちんとする人だったから。もちろん、賛成はしてくれなかったと思う。眉間《みけん》にしわを寄せて、非難の気持ちを示す姿が想像できる。それでもきっと、途中で口を挟むことなく、あたしの話に最後まで耳を傾けてくれただろう。それだけでもよかったのだ。だって、他人の話に耳を傾けられる人はそれほどいないから。そう、本当の意味で他人の話を聞ける人はあまり多くない。そしてもちろん、施設を訪問するたびに、父さんはそういう類《たぐ》いの人ではないと思い知らされる。父さんにとって関心があるのは、自分の農場と、ミシェルが農場でしたことと、あたしたち夫婦がうまくやってるかどうかだけ。自分の人生の最後の計画を実現するのが、あたしたち夫婦だからだ。そんな相手に、羊飼いとの不倫の話なんかできるはずがない。

　エリアヌに対してさえ、何も話さなかった。ソーシャルワーカーたちの月例会で提出する報告書にも、ジョゼフを訪問した日時をすべては記入しなかった。怪しいと思われたくなくて、できるだけジョゼフの話をしないようにした。ポパイの自殺はよく話題に上ったが、そのたびにエリアヌをはじめとする全員が動揺をあらわにした。埋葬からしばらくの間は、地元の新聞に記事が掲載された。専門家たちが駆りだされて、「フランスでは二日にひとりの割合で、農業従事者が自殺している」といった、さまざまな統計データが公表された。そういうのがどのくらい続いただろうか？　一週間くらい？　そしてその後はぱったりと途絶えた。ポパイが死んだことには変わりないのに、話題はすでにほかのことに移っていた。新聞はいつだってそうだ。でも、あたしは忘れなかった。だから当時、ジョゼフのことを考えると清々《すがすが》しい気持ちになったものだ。あたしは少なくともひとりの人間を救った、自分の役割を果たしたのだ、と。自分が恋に落ちたなんてこれっぽっちも思わなかった。関係が終わった時に、自分がこれほど苦しむことになろうとは、まったく思いもよらなかった。

一度だけ、エリアヌにバレそうになったことがある。晩秋のある朝、麓の村の市場に出かけた時だ。ジョゼフの訪問日を数日後に控えていて、その日が来るのをひそかに心待ちにしていた。すでに刺すような寒さが到来していた。商品の陳列台の後ろにいる生産者たちは、手のひらを擦《こす》り合わせながら接客をしている。あたしは山の上の養鶏業者から丸鶏《まるどり》を一羽買い、麓の生産者から野菜を買った。そのあと、ハンドメイド作家たちの作品が売られているコーナーをぶらついた。奇妙なデザインのアクセサリー、刺繡《ししゅう》を施した布、ふたつの顔が交差した絵画など、さまざまなものが並んでいる。まさに玉石混交で、きちんと選り分けながら買ったほうがよさそうだった。

あるスタンドの前で立ち止まった。若い女性が、古着をリメイクして作った服を販売している。最近移り住んできた子だ。二、三週間ほど前から、彼女自身と彼女の作品をたまに見かけていた。目立つ子だった。長い黒髪で、卵型のかわいらしい顔をしている。やや品がなさそうなのが玉に瑕《きず》だろうか。そして何より目を奪われたのが、その丸くて大きな胸だった。すでに地域の農家の間で噂になっていた。完璧《かんぺき》すぎる形なので、おそらく作りものだろう。通りかかった男たちは、例外なく彼女を振り返る。はしたないと思った。でも、本人はやさしくていい子だ。彼女が作った服もきれいだった。暖色系で、配色が美しい。一着欲しいと思った自分に驚いた。そんなことはこれまで一度もなかったからだ。あたしはファッションにこだわるタイプじゃない。そう思いながらも、ハンガーにかかっていた服を手に取って、自分のからだに合わせてみた。針金で柱に掛けられた鏡に全身を映して眺める。

「似合うじゃないの」

驚いて振り向いた。エリアヌだ。真後ろに立って、まん丸な顔に笑みを浮かべている。

「自分用？」

あたしは慌《あわ》てて、ええと、そうね、もしかしたらね、などと口ごもった。きっと顔を赤らめていただろう。エリアヌは眉をひそめた。

「あんたがおしゃれするなんて、本当にミシェルのためなのかい？」

鋭い指摘だった。エリアヌは自分の台詞《せりふ》に笑いころげた。あたしは困惑し、何も言い返せなかった。エリアヌが冗談を言ったのか、それとも本気であたしの浮気を疑っていたのか、まったくわからなかったからだ。すぐに返事をしたかったのに、適切なことばが見つからなかった。その時に助け舟を出してくれたのが、服を売っていたその女の子だった。

「よくお似合いですよ。お客さんの髪の色にぴったりです」

あたしはそう思わなかったし、おそらく彼女自身も本気でそう思ってはいなかっただろう。だけど、おかげで空気がやわらいだ。一気に状況が自分に有利に傾いた気がした。あたしより二十歳ほど若い、胸にシリコンを入れた女の子が、あたしを見つめてほほ笑んだ。あたしも笑みを返して、エリアヌに別の話を切りだしながらその場を立ち去った。

あたしの不倫が危うく公《おおやけ》の場にさらされそうになったのは、この時だけだった。このことがトラウマになって、この秘密は何があっても隠しとおすと心に決めた。

そしてすべてが終わってしまった今、今度はこのつらい気持ちを何がなんでも隠しとおさなくてはならなかった。

エヴリーヌ・デュカの失踪から数週間経った頃、憲兵がうちにやってきた。あたしが仕事に出る前の時間帯だ。昼頃に、休業中の組合員の自宅を訪れる予定があった。所有地の松の木を伐採しようとして、チェーンソーで怪我《けが》をしたらしい。牛舎から戻ってきたミシェルは、熱いコーヒーが置かれたテーブルの前に座って、台所の壁を凝視していた。顔がやつれている。分娩《ぶんべん》のために早起きしたので寝不足なのだろう。昨日は若い雌牛が子宮捻転《ねんてん》を起こして、獣医を呼ばなくてはならなかった。今年はここ数年にも増して、夫は自分の世界に閉じこもっている。考えなければならないことが山ほどあるようだけど、それをあたしに打ち明けてくれる気配はなかった。

その時、玄関ドアに嵌めこまれたガラスを叩く音がした。あたしは不意を突かれて飛び上がった。セドリック・ヴィジエだった。彼を「ヴィジエ准尉《じゅんい》」と呼ぶ同僚たちは、坂道の途中に停めた車にもたれている。どうやら外で待っているらしい。あたしはドアを開けてセドリックを招き入れた。疲れた顔をして、寒さで頬が赤くなっている。かじかんだ両手に息を吹きかけていた。短髪のミリタリーカットのせいで、実年齢より十歳ほど若く見える。ミシェルは立ちあがろうとさえしない。憲兵が好きではないのだ。だからといって、礼儀をわきまえないのはいただけない。コーヒーを手渡すと、セドリックは礼を述べて、すごい寒さだね、と言いながら少しだけ飲んだ。そして防寒コートを脱ぐと、ようやくひと息つけたというようにくつろいだ表情になった。

「失踪事件の調査を始めて、もう数週間になる」セドリックはため息をついた。「すでにあらゆるところを探して、エヴリーヌ・デュカの知り合い全員に話を聞いた。まあ、彼女はここの出身じゃないから、そんなにたくさんじゃないけどね。実家の家族、息子たち、隣人たちにも話を聞いた。でも、誰も彼女がどこへ行ったかわからない。ぼくの同僚たちは、細い山道をくまなく歩き、洞窟《どうくつ》やポノール（河川の吸い込み穴）の中、山の頂上までも探し回った」

そう言うと、まるで不動産鑑定士のように、上を向いて天井をじっと見つめた。すっかり気落ちしているようだった。

「彼女の旦那はなんて言ってるの？」あたしは、力になりたいという気持ちを見せるために尋ねた。「自分の妻が行きそうな場所の心当たりはないの？」

セドリックは首を横に振った。ミシェルはなんの反応もしなかった。でも話を聞いてはいたらしい。このすぐあとにそうだとわかった。

「だからこそ、ここに来たんだ。アリス、きみはこのあたりでとても顔が広い。何か手がかりになりそうなことを聞かなかったかい？」

今回ばかりは、本当に助けを必要としているようだった。どこか気まずそうだった。まるで、尋ねてはいけないことを尋ねているような、地元の慣習や職務上のルールに反してしまったような口調だった。あたしはセドリックの正面に座って、これまでに聞いた話を思いだそうとした。

「でもこのあたりの人たちは、事実をかなり脚色して話す癖があるからね」

「うん、知ってる」

「あたしも正確なところは知らないよ。でも、猛吹雪のせいだって言ってる人たちがいる」

「うん、ぼくたちもそれは考えた。でも、もし吹雪のせいで道に迷ったとしたら、もう積雪は解けてるから、とっくに見つかってるはずなんだ。まあ、おそらく生きてはいないだろうけど」

あたしは口を開きかけて、一瞬ためらった。組合員が言ってたことを憲兵に教えるのは守秘義務に抵触しないだろうか、と不安に思ったのだ。

「あの夫婦に関する悪い噂も聞いたよ。夫は外出ばかりして妻をろくに構ってやらなかったとか、妻が浮気してたとか、夫にはかつて敵が多かったとか」

「うん、そういうのも全部聞いた。エヴリーヌ・デュカとよく会っていたという若い女性からも話を聞いた。でも、何もわからなかった。もっと具体的な何か、たとえば彼女を当日見かけたとか、手がかりになる情報を探してるんだ」

あたしは眉を上げながら記憶を探った。それから、何も知らない、と言った。その時は心の底からそう思っていた。まったく心当たりがなかった。セドリックは少しの間、もしかしたら何かを思いださないかと期待する目で、じっとこちらを見ていた。それからネイビーブルーの制服をよじって、ミシェルのほうに振り向いた。

「ご主人はどうです？　何か見ませんでしたか？」期待はしないが試しに聞いてみた、という口調だった。「どんなことでも構いません。ほんのささいなことから手がかりが見つかる場合もあるので」

ミシェルはセドリックを見もせずに答えた。

「おれは、こんなことにかかずらってる時間なんかないんだ」

一瞬で場が凍りついた。外の寒さが室内まで入りこんだかのようだった。夫はいったいどうしたのだろう、こんな言い方をするなんて。あたしは困惑し、どうフォローしようかとうろたえた。でもセドリックは落ち着いていた。

「じゃあ、もし万一何かあったら、ということで」

食堂は静寂に包まれた。裏手の牛舎に、風が叩きつける音が聞こえてくる。セドリックが立ち上がった。ケピ帽をかぶり、防寒コートのファスナーを上げて、「ありがとう」と言いながら外に出る。車のほうへ戻っていく姿が、玄関ドアのガラス越しに見えた。外で待っていた同僚たちは、きっと凍えるほど寒かっただろう。やがて青い車が出発して、県道のほうへ上っていった。

そのようすを見届けてから、あたしは後ろを振り返った。ミシェルはまだじっと座っている。あたしは言うべきことばを探した。わざわざ家に来てくれた人に対してどうしてあんな態度を取るのかと、問いただしたかった。

ところが、最初に口を開いたのはミシェルのほうだった。

そのことばは、正直言って、まったく思いもよらないものだった。

「おまえだって、こんなことにかかずらってる時間はないだろう？」

「どういう意味よ？」

「カルスト台地のあの男の家にせっせと通うのに、忙しいだろうからな」

いったいミシェルは、いつからあたしとジョゼフのことを知っていたのだろう？まったくわからない。あたしにわかっているのは、憲兵が来たあと、あたしの秘密なんてお見通しだとあたしに伝えようとしたことだけだ。この日以来、ミシェルの態度は変わった。いや、少なくともこの時初めて、ミシェルの態度が変わったことに気づいた。今までとは違う目であたしを見ていた。その目の中にたくさんの矛盾した思いが読みとれた。あたしが浮気していたと知って、嫉妬《しっと》してるのだろうか？　あるいは怒ってる？　それとも失望してる？　あたしを避けてるようでもあった。いつも牛舎か地下の事務室に引きこもった。常にひとりになりたがった。それが、あたしたち夫婦に起きたことへの、あの人なりの対処法だったのかもしれない。時折、麓の村へ出かけていた。そしてそれから数週間のうちに、奇妙なことが起こるようになった。詳しくはわからないけど、どうやらジョゼフとあたしのことに関係しているようだった。ある日の夜、ミシェルの携帯に電話がかかってきた。今思えば、すべてはここから始まったのだ。ミシェルは大仕事を終えて、家に戻ってきたばかりだった。苗を移植する準備段階として、牧草地に堆肥《たいひ》を散布してきたのだ。わざわざ廊下に出てから電話に出たところを見ると、電話があることを予想していたようだった。その時、あたしは台所で夕食の準備をしていた。赤の他人同士のようになっても、まだ同じテーブルで食事はしていた。電話口の会話ははっきりとは聞こえなかったが、断片的に耳に入ってきた。どうやら相手は警官らしい。ミシェルが「警察」と言っている。あたしが耳を澄ましているとは知らずに、真剣な声で何度もそう口にしていた。そして、次のことばにあたしは自分の耳を疑った。

「いや、告訴をするつもりはない」

当然のことながら、不審に思った。そして、ジョゼフを思いだした。電話を切ったミシェルが食堂に戻ってくる。あたしはその姿を目で追ったが、ミシェルはそれに気づかないふりをした。こっちを見もせずに、逃げるように部屋から出ていく。いったい何をたくらんでいるのか、さっぱりわからなかった。

もはや、不倫がどうこうという話ではないらしい。この時、あたしはそう感じた。あたし自身が始めたはずのことなのに、もうあたしには関係のない段階に入ってしまったのだ。そして、これは始まりにすぎなかった。

それから数日後、ソーシャルワーカーたちの月例会があった。少し前からあたしの元気がないことに、エリアヌやほかの同僚たちは気づいていたようだった。かつては積極的に議論に加わっていたのに、今では黙ってみんなの話を聞いているだけ。それでも、誰も何も言わなかった。遠慮しているのか、無関心なのかはわからないが、誰ひとりとしてあたしを元気づけようとする者はいなかった。

月例会から帰宅すると、すでに外は真っ暗になっていた。テーブルに書類を置く。

忙しい一日を終えて疲れきっていた。鶏肉のソテーにライスを添えた食事をひとりで摂る。今日はミシェルの姿を一度も見ていない。おそらく牛舎にいるのだろう。そう思った時、玄関ドアに嵌めこまれたガラス越しに、静寂を切り裂くエンジン音が聞こえた。ヘッドライトの明かりが闇《やみ》を貫く。ドアを乱暴に閉める音。どうやら何かがあったらしい。ミシェルは気に入らないことがあると、いつもこういう音を立てるのだ。家の前の小道を苛立たしげに歩く足音が聞こえる。玄関マットに靴底をこすりつけてから、ドアを開けて中に入ってきた。顔を隠しながら部屋を通りすぎようとする。でも、あたしの目は節穴じゃない。右目の下が大きく腫《は》れ上がっているのが見えた。殴り合いをしたのだ。千里眼じゃなくてもそのくらいはわかる。

あたしはすぐには動かなかった。浴室に駆けこんでいくミシェルの姿を、黙ったまま見送った。しかし数分後、ふと思い直した。どんな状況であっても、あの人が夫であることに変わりはない。すべての夫が妻を必要としているように、ミシェルもあたしを必要としているはずだ。突然、むかしながらの夫婦像の典型といえる、うちの両親の姿が脳裏によみがえった。母さんはどんな時でも父さんの隣にいた。両親が住んでいた古い家の台所で、黙ったまままそばに立っているだけで、どんなことばよりも雄弁に父さんを慰めていた。

あたしは、妻としての義務感にかられるようにして、椅子《いす》から立ち上がった。浴室のドアを開けると、ミシェルが腫れた右目を鏡に映していた。あたしはそのようすをしばらく眺めたあと、ここ数カ月間は発したことがなかったやさしい口調で「座って」と声をかけた。ミシェルはかぶりを振って拒絶した。

「いいから、座って。あたしがやってあげる」

ミシェルは両手を洗面台の端に投げ出したあと、数秒ほどためらっていた。それからとうとう、晴れた日の夕刻に渋々と牛舎に戻りはじめる牛みたいに、しかたなさそうにバスタブの縁に腰かけた。顔を上に向けて、あたしに患部を示す。眉をひそめたくなるほど、ひどい腫れだった。下瞼《したまぶた》が大きく膨らみ、瞳《ひとみ》の半分が見えなくなっている。赤いあざが頬まで広がり、眉のそばには小さな切り傷もあった。あたしはガーゼを手に取り、殺菌消毒液を浸してから患部に押し当てた。ミシェルはされるがままだった。それからアルニカエキス配合の軟膏《なんこう》を指に取って、マッサージをするように皮膚に塗りつけた。患部が燃えるように熱を持っている。ミシェルは唇を嚙《か》んだまま、何も言わなかった。

こうして狭い浴室に向かい合っていると、むかしのことがよみがえってきた。かつては夜になると、一日の出来事を報告しあったものだった。あたしは組合員たちについて何時間でも話をし、ミシェルは気難しい牛たちに対する愚痴をこぼした。仔牛《こうし》を顧みない雌牛、放牧地で勝手なことをする牛……。人生設計についても話し合った。ふたりでアフリカを旅する計画を立てた。日常から遠く離れて広大なサバンナに佇《たたず》む、自分たちの姿を想像したものだ。そうか、あの夢はもう決して叶《かな》わないのだ。

この一年、かつてないほどいろいろなことがあった。あたしはすべてを台なしにしてしまった。そう考えると一抹のさみしさも感じたが、それでも夜になるたびにジョゼフを想《おも》って苦しんだ。あたしはごくりと唾《つば》を呑んでから言った。

「あの人なの？　ねえ、あの人がこんなことをしたの？」

ミシェルは答える代わりにため息をついた。尋ねても無駄だ。どうせ夫は答えない。ジョゼフだ。夫を殴ったのはジョゼフに決まっている。ミシェルのほうが頭ひとつ背が高いけれど、ジョゼフのほうがからだはがっしりしている。これ以上問いつめても、ミシェルは白状しないだろう。自分の名誉のために口をつぐみ、喧嘩《けんか》の原因を打ち明けようとはしない。これは男同士の問題なのだ。ふたりの田舎の男が、ひとりの女——この場合はあたしだ——を巡って喧嘩をしたのだ。

あたしは黙ったまま、ミシェルの顔のあざをマッサージした。もう何も言うことはなかった。

あたしがジョゼフの家を再び訪れたのは、単なる偶然からだった。でなければ、一生行こうとは思わなかっただろう。

その日、カルスト台地で、飛行機の滑走路に沿った道を走っていた。寒さはすっかりやわらいで、風の吹きすさぶ草地ではイネ科植物が成長しはじめていた。ドリーネの底にも、みずみずしい緑色の草が生えている。その時、道の向かい側から一台のトラクターが現れた。牽引《けんいん》しているトレーラーに干し草ベールを積んでいる。きっと、一年ぶんの備蓄を使いきってしまったのだろう。そういう場合、次の収穫シーズンまでは、ほかの農家から譲ってもらうしかない。トラクターの車種までは見ていなかったので、すれちがう瞬間まで気づかなかった。ジョゼフだ。見上げる位置にある操縦席に、あの見慣れた角ばった顔があった。タバコをくわえ、まっすぐ前を向いて、ゆっくりと車を走らせている。遠ざかっていくその後ろ姿を、あたしはバックミラー越しに見送った。そして少したためらったのち、Uターンしてあとを追いかけ、真後ろにぴたりとくっついて走った。

トラクターの速度に合わせてゆっくり車を走らせながら、あたしは胸を高鳴らせた。小石を積み重ねた石垣、栗《くり》の木材を使った杭《くい》、ボヌフィーユ家の所有地のまわりに張り巡らされた有刺鉄線などに沿って走りつづける。十五分ほどして、ようやくジョゼフの家にたどり着いた。

一年以上の間ずっとそうしていたように、家の玄関に上る階段の下に車を停める。ジョゼフは積荷の運搬をしやすいよう、トレーラーを納屋《なや》の入口に近づけた。キャビンから降りると、あたしのほうを振り返ってうんざりした顔をする。それから何事もなかったかのように、荷下ろしに取りかかった。ハンチング帽を脱いでトラクターキャビンに放り投げると、トレーラーの上に乗って干し草ベールを留めていた紐《ひも》をほどく。数週間ぶりの再会だった。すり切れたズボンを履いて、色あせたスウェットシャツを着て、あたしのほうなど見もせずに黙々と仕事をしている。そんな姿を見るのがつらかった。しばらくすると、ジョゼフは干し草ベールを抱えて納屋に運びはじめた。

不安で胸をいっぱいにしながら、あたしはジョゼフのほうに近寄った。

「ジョゼフ」あたしはさりげない口調で言った。「話がしたいの」

「時間がない。忙しいんだ」

「ねえ、どうしてあんなことをしたの」

ジョゼフは答えなかった。まるで、あたしの夫を殴るなどたいしたことじゃない、説明する必要はない、とでも言わんばかりに。「忙しいんだ」。一月十九日以降、ジョゼフはそれしか言わない。「忙しいんだ」。もう聞きたくなかった。干し草を抱えてあたしの前を通りすぎても、立ちどまりさえしない。

「ジョゼフ、待って。ちゃんと説明してよ。ねえってば」

ジョゼフは平然としたまま、あたしの前を行ったり来たりした。あまりに腹が立ったので、一瞬、殴りつけてやろうかと思った。こぶしで叩《たた》いたり、足で蹴《け》ったりしたくなった。でもできなかった。ずっと忘れられなかったのだ。今となっては遠いむかしのことに思えるが、またふたりで一緒にいたい。ひと言でいいから何か言ってほしい。あるいはちょっと笑ってくれるだけでいい。そうしたら、もう何も聞かない。何も聞かず、あたしは再びジョゼフのものになる。あたしはジョゼフのあとをついていった。トレーラーから納屋に向かって背後を歩きはじめた。

ところが、あたしが納屋に足を踏み入れた途端、ジョゼフはからだを硬直させた。すごい勢いでこちらを振り返り、険しい目つきであたしを睨《にら》みつける。瞳孔《どうこう》が見えるほど激昂《げっこう》していた。

「出ていけ！」ジョゼフは干し草を抱えたまま、命令口調で言った。

「でも」

「出ていけと言ってるんだ！」

その口調には、これまで感じたことのない敵意がこめられていた。あたしは訳がわからないままジョゼフを見つめた。激しく傷ついていた。

ゆっくりと首を回して納屋の内部を眺めた。

サイロや機材一式が収納されていた。中央にコンクリート製の板が敷きつめられ、その上に干し草の塊が載っている。三十個ほどの干し草ベールがきれいな立方体になるように積み上げられていて、ジョゼフはそのまわりに新たに干し草を追加しようとしていた。干し草を保管するにしては奇妙なやり方だった。しかもそれだけではない。臭《にお》いだ。鼻を突く強烈な臭い。でも、何の匂いかはわからない。

「アリス、出ていってくれ」ジョゼフは、気を取り直したかのように、さっきよりやさしい口調で言った。

あたしはその顔を見つめて、内側に秘められた感情を読みとろうとした。でも何もわからなかった。

「ジョゼフ」あたしはそっと彼のほうへ忍び寄った。「お願いだから説明して」

いつの間にか、目から涙が溢《あふ》れでていた。そう、あたしは泣いていた。だって途方に暮れていたから。わからないことだらけだったから。あたしはまだジョゼフを愛してたし、以前のように一緒にいてほしかった。ミシェルをどうして殴ったのか、納屋に何を隠してるのか、知りたくてたまらなかった。もう一度彼の人生に寄り添って、手を差し伸べたかった。そう、たとえジョゼフが何をしていようと、助けてほしいと懇願されれば、あたしは喜んで助けてあげるだろう。

でも数秒後、あたしは理解した。ジョゼフは、壁のように黙ったまま動かない。彼が今望んでいるのはただひとつ、あたしが出ていくことだけだ。

ジョゼフの家を出ると、車を何キロも走らせた。来た時よりもずっとたくさんの疑問が、頭の中をぐるぐると回っていた。谷間に点在する町や村を通りぬけ、わざと遠回りをした。周囲には垂直の断崖《だんがい》が切り立ち、頂上のエッジ部分が空の上に折れ曲がった線を描いている。陽の光が降り注ぐ斜面には、木々の色が少しずつ戻ってきていた。生まれ変わりつつある風景には、どこか心をなごませるものがある。バックミラーに自分の顔を映して、頬と目元を指で撫でた。泣いたせいで目が腫れている。そしてその時――奇妙に思われるかもしれないけれど、その時初めて、エヴリーヌ・デュカとジョゼフの間には何か関係があるのではないかと思った。ジョゼフの家で見たものをあらためて思いだしたからだ。でも、その時にはもう遅すぎた。

大変なことが起きたとわかったのは、それから一週間後の夜だった。

その前夜、ミシェルは寝室に来なかった。そういうことはこれまでにもあったので、とくに心配はしなかった。あたしと一緒より、牛たちと一緒に寝るか、あるいは事務室でひとりで寝るほうがいいのだろう、としか思わなかった。あたしは外に出て、玄関先の階段に腰かけながらさまざまに思いを巡らせていた。その時、牛舎から鳴き声が聞こえた。牛はしょっちゅう鳴く。でも、生まれた時からずっと牛と一緒に生きてきたあたしは、牛の声なら自分の息づかいと同じくらいよく知っている。あれはふつうの声じゃない。不満を訴えている声だ。

牛の声をよく聞こうとして、耳を澄ました。どうやら、何かふつうじゃないことが起きているらしい。立ち上がって牛舎へ向かう。入口の引き戸の取っ手を握って横に引こうとして、一瞬ためらった。脳裏にあるイメージが浮かんだからだ。天井の一番高い梁《はり》からぶら下がっているミシェル……数カ月前のポパイと同じように。あたしは胸に鋭い痛みを感じて眉《まゆ》をひそめた。それからそのイメージを頭から払いのけて、いかんいかん、あたしったらテレビの見すぎ、と自分に言い聞かせた。金属音を立てながら引き戸を開けたが、天井からは誰もぶら下がっていなかった。その代わり、雌牛たちと生後数カ月の仔牛たちがみんな飼い葉桶《おけ》に集まっていた。外に出て青々とした牧草を食べられるようになるまで、あと一週間ほどだ。もしかしたら牛たちもそれを知っていて、早く山の上の放牧地に出たくてうずうずしているのかもしれない。そうすれば、次の冬までは、広々としたところで思う存分柔らかい草を食べられる。ところが、牛たちが不満を訴えているのは、そういう理由からではなかった。その声は、あたしが牛舎に入った瞬間からますます大きくなっていた。

興奮している牛たちの顔を見回し、それから牛舎の内部を眺めた。家のすぐそばにあるのに、一年以上ここに足を踏み入れていなかった。そして、すぐに理解した。飼い葉桶の中に何も入っていなかったのだ。干し草一本ない。しかも牛たちの背後には、格子板《こうしいた》の上に糞便《ふんべん》が山積みになっていた。ミシェルは丸二日はここに来ていないようだった。これまでなら考えられないことだ。牛舎の奥に、結束が外された干し草ベールがあった。あたしはそこから素手で干し草の束をつかみ取ると、牛たちの頭の下になるべくたくさん広げた。牛たちが押し合いながら我先にと食べはじめる。あたしは外に出ると、ミシェルの携帯に電話をかけた。ところが、一向に出る気配がない。

「いったい何をやってるのよ」あたしはぶつぶつとつぶやいた。

その時、ジョゼフを思いだした。ミシェルを殴ったこと。納屋に何かを隠していたこと。確かにこのところ、ミシェルはよくひとりで考えこんでいた。二日間姿をくらました理由なら、いろいろなことが考えられる。だけどその時、あたしは確信した。

ミシェルの失踪《しっそう》は、ここ数週間のうちに起きたことと関係しているはずだ。あたしは全身を震わせながら〈ダチア〉の運転席に座ると、カルスト台地に向けて走りだした。そうか、わかった、ふたりはあたしのせいでとうとう殺し合いになったんだ。あたしのせいだ。あたしのとんでもない行動から、取り返しがつかないことになってしまった……。車を走らせながら、あたしは自分を責めつづけた。

胸が締めつけられる思いで、エニシダが群生する草地を駆けぬけた。もうすぐ鮮やかな黄色い花が咲き乱れるだろう。その時、あたしは父さんのことを思った。もちろんミシェルは心配だし、今はミシェルのことだけを考えるべきだ。でもその瞬間、あたしの脳裏に〈もし、あれほど大事にしている農場が、数日間放ったらかしにされていたと知ったら、父さんはなんて言うだろう〉という考えが浮かんだ。そしてそんな自分を恥じた。その後も麓の村に向かって走りつづけ、川を越えるためにカーブを曲がったところで、それが目に入った。

急ブレーキをかけて、バックミラーでもう一度確かめる。間違いない。やっぱりそうだ。

道端に、ミシェルの車が無造作に停められていた。

しかもそこは、ふつうの場所じゃない。よく覚えている。真冬のあの日、雪に覆《おお》われた山の斜面を猛吹雪が襲ったあの日、エヴリーヌ・デュカの車はまさにこの場所で発見されたのだ。

次の日にはもう、新たな失踪事件のニュースは県内じゅうに広まっていた。きっと村の市場はこの話でもちきりだろう。いくらなんでも一冬に二回は多すぎると言い合ったり、のどかな田舎だと思っていたのに安心できないと嘆いたりしているはずだ。ミシェルやあたしのことも、さぞかし噂《うわさ》されてるだろう。決して好ましい話ではないことが容易に想像できる。あたしは外に出なかった。鳴りっぱなしの電話にも出なかった。父さんは農場の心配をしているだろうし、エリアヌやほかの同僚たちはあたしを気にかけてくれてるだろうし、近所の人たちはテレビでは報道されない事情を知りたがっているだろう。でもあたしは、憲兵にしか話をしないと決めていた。信頼できるたったひとりの憲兵にしか、真実を打ち明けたくなかった。

あたしが電話をかけると、セドリックは制服姿でひとりでやってきた。憲兵たちは、これは連続失踪事件の始まりかもしれないと考えていて、遠からず次の行方不明者が出るのを危惧《きぐ》しているようだった。あたしは、かすれる声でセドリックの質問に答えながら、ミシェルの車を発見した前日のことを事細かに説明した。

「アリス、なんとしてもご主人を探しだすよ」セドリックは自信ありげに言った。「ご主人は何かに悩んでいなかった？　ご主人を恨んでいそうな人に心当たりはない？」

あたしは唾《の》を呑んでから、おずおずと話しはじめた。

「ある。ジョゼフ・ボヌフィーユっていうんだけど……」

「ボヌフィーユ？　本当に？」

セドリックは目を丸くした。

「うん。どうして？　何かあったの？」

「数日前、エヴリーヌ・デュカの夫のギヨームから連絡があったんだ。家の敷地内に誰かが無断で侵入したらしい。もしかしたらむかしの知り合いかも、って言うんだ。十五年以上会ってないから間違いかもしれないし、妻の失踪に関わりがあるとも思えないけど……と言いながら教えてくれた名前が、まさにそのジョゼフ・ボヌフィーユなんだよ。これは、単なる偶然とは思えないな」

セドリックはほかの憲兵たちに電話をかけ、カルスト台地の手前で落ち合う約束を交わし、デュカには自分が連絡すると伝えた。あたしは、どうしてもっと早く気づかなかったのかと自分を責めた。これはすべてあたしのせいだ。脳裏には、血が凍りつくようなイメージが浮かんでいた。並んで横たわっている、エヴリーヌ・デュカとミシェルの死体。

ジョゼフの干し草の山の中に、ふたりの死体が隠されているに違いなかった。

JOSEPH
ジョゼフ

たまには、家に帰りたくない日だってある。

夏の朝早く起きると、太陽が空の下を這《は》いずっているうちに外に出る。うつらうつらしたまま、小鬼のようにまわりをうろちょろする犬を連れて、農場の裏手にある放牧地へと続く道を歩く。一晩じゅう外で草を食《は》んでいた雌羊たちを集めて、目算で数を勘定する。オオカミのやつらに食われてないかを確かめるためだ。声を張り上げて羊たちを呼び、帰り道へと誘いこむ。だが何年も同じことをしてきたから、やつらはもうろくに聞いちゃいないようだ。真下に向かって深い穴が開いた洞窟《どうくつ》のそばを通りすぎる。むかし、うちのじいさんが、ここに一頭の羊を落としたことがあった。羊たちを農場内に戻し、放牧地の柵《さく》を閉める。

家には帰らずに、小山に上る。石垣の端に腰かけて、タバコに火をつけた。ツゲの木の間を散り散りになって走る羊の群れを、むかしの羊飼いたちがしてたようにぼんやりと眺める。走る羊たちは、岩間から現れたり隠れたりする川の流れに似てる。いつもそんなことを思う。本当は、こんなことをしてる場合じゃない。早く家に帰らないといけない。やらなきゃならない仕事が山ほどある。休んでる暇なんてない。居間のテーブルには書類が山積みだし、壊れた柵を修理する必要があるし、堆肥《たいひ》を外に出しておかないといけない。だが、やる気がしない。だから、石垣に座ってまわりを眺めつづける。これは、おれの腹の中にあるあの塊のせいだ。思いこみじゃなくて、それは本当にそこにある。ずっとひとりでいるせいで、自分のことがよくわかるようになった。もしここで暮らすのが――つまり、このカルスト台地で羊たちと一緒に暮らすのが嫌になったら、おれの腹の中はもっとひどい状態になるだろう。そうなったら、おれは羊たちをひどく憎むはずだ。もちろん、羊たちのせいじゃない。そんなことはわかってる。やつらの面倒を見ているのはおれで、やつらがおれに何かをしてるわけじゃない。だがどうしようもない。おれが羊たちを憎むのは、ほかに憎む相手がいないからだ。

ここのところ、時間が経《た》つにつれて小さくなっていく自分の影を、下を向いてただ眺めてることが増えた。乾いた草や灰色の石の上を影が動いていくようすを、じっと目で追いつづける。少なくとも、この影だけはおれのそばにいるだろう。ずっと一緒にいてもらうために、話しかけたり、いろいろしてやったりする必要もない。そういえばガキの頃に、年寄りたちが言ってたっけ。むかしの人間は、影は死を映し出したものだと信じてたんだ、って。人間の分身のようにずっと足にしがみついてるけど、その人間から魂が抜けた途端に去っていく。おれは時々、むかしの農民のことを想像しながら、やつらをむしばんでいたこうしたたぐいの迷信について考えた。たとえば、人間は死んだあとも亡霊になって家の中にとどまりつづけるとか、ガキに襲いかかって肝臓をむさぼり食う狼男《おおかみおとこ》がいるとか、森の中に小さな教会があって人間がやってくるのを待っているとか、そういうやつだ。むかしの人たちは本気でこういうことを信じていて、妙な噂《うわさ》のある場所に来ると走って逃げだしたらしい。うちのばあちゃんもそんな話をしてた。自分の母親がそうだったのを馬鹿《ばか》にして、笑って見てたって。だけどそういうばあちゃんだって、本心ではけっこう怖がってたようだった。

こうして、次の日が来るのをただ待って、翌日もそのまた次の日が来るのをただ待って……こういう日が何百日も続いた。

ところが、八月のこの日の朝はいつもと違ってた。

まだそれほど遅い時間帯じゃなかった。細い葉が密集したエンジェルヘアーをかすめるようにして、陽の光が差していた。石ころといばらだらけの草地で、ふさふさしたイネ科植物のエンジェルヘアーだけが、平らな地面に小さなうねりを作っている。

シロエリハゲワシが上空を飛び回っていた。あいつらに空から見下ろされてると思うと、どうも気分が落ちつかない。日中はかなり暑くなりそうだった。雌羊たちは、松の木陰に集まってのんびりしはじめている。ギヨームがどんなに吠《ほ》えても知らんぷりだ。どうせ暗くなるまで何も食おうとはしないだろう。夏が始まった頃からずっとこんな調子だ。おれはズボンの裾《すそ》についたアザミのトゲを取り除いた。そうしながら、居間で昨日起きたことを、繰り返し頭の中で思い返した。

信じられないことが起きた。

福祉委員とセックスをした。

その時の自分のふるまいを思いだすと、恥ずかしくていたたまれなくなる。きっと、今まで一度もこういうことをしてこなかった、気の毒なやつだと思われただろう。でも本当はそうじゃない。相手がキスしようと近づいてきた時、そんなことをされるとは夢にも思わなかったから、びっくりして思わず押し返してしまった。からだの内側がぎゅっと締めつけられる気がした。気づまりで、気分が落ちつかなかった。そのせいで、裸になった相手のからだがどんなふうだったかも覚えてない。見たかったけど、ちゃんと見る勇気がなかった。いずれにしても、女は女だ。女に対していい加減なことをしてはいけない。つまり、礼儀正しくしなきゃいけない。おれはむかしからそう思ってた。それに、相手は福祉委員だ。邪険にしていい女じゃない。だから、本当はアリスと呼び捨てするのもためらわれる。心の中ではいつも福祉委員って呼んでいる。そう、だからなおさら、気づまりで落ち着かない気分になったんだ。でもあれ自体はよかった。ああ、それは嘘《うそ》じゃない。

気づいたのはその日の夜、つまり昨夜、いやむしろ、雌羊たちのところへ行った今朝になってからだった。そう、結局、いつもと何も変わらなかったのだ。ただ、奇妙な記憶が残っただけだ。群れの中にいるだけで何もしない羊のように、その記憶は頭の中でじっとしていた。でも、いつもより気分はよかった。少しだけ強くなれた気がした。腹の中にのさばっているあの丸い塊が、おかげで少し軽くなった気がした。何か新しいことが始まりそうな予感がして、おれはひそかにほくそ笑んだ。そして自分の影を見下ろして、挑発するように石ころを投げつけた。もうおまえなんて怖くない、と言ってやりたかった。

ところが、それは間違っていた。

いつもより気分がよかったのは、福祉委員のおかげじゃなかった。だから、自分の影を挑発したりすべきではなかったのだ。

ほかの連中がどうかは知らないが、おれの場合、孤独は自分から進んで手に入れたものじゃない。向こうからある日突然現れたものでもない。そう、孤独はゆっくりとやってきた。何年もかかって徐々に近づいてくるのを眺めていたし、たちの悪い病気のように少しずつ自分をむしばんでいくのも感じてた。そもそも、おれより前の時代からそれはすでに始まっていたのだ。かつて親父《おやじ》は、村に七つの農場を持っていた。農民同士の連帯意識が高くて、何かといえばみんなで助け合ったり協力し合ったりしてた時代だ。今のように水道もなくて、設備も整ってなかったけど、当時のほうが生きやすかったと思う。おれの時代になると、もう村にはほかにふたりしか残ってなかった。ほかの連中はひとりまたひとりと、土地を売ってよそへ行ってしまった。最後のやつは土地の買い手すら見つからなかったが、それでも出ていった。こうしてここにはうちの家、つまり、おれ、親父、おふくろだけが取り残された。正直言って、当時のおれにはそれがどういうことかよくわかってなかったし、すでにいけ好かない存在になってたやつらが出ていってもなんとも思わなかった。おれは農業高校を出たあと、両親と一緒に共同経営農業集団《GAEC》を立ち上げた。両親とおれの双方が希望したことだ……確か、そうだったと思う。おれはまわりのことを気にしなかった。ほかのやつらが結婚しようが、足元に小さな子どもがまつわりつくようになろうが、一向に気にならなかった。夏になるたび、別荘代わりの小屋にガキどもがたむろしていたが、それも遠巻きに眺めていた。自分にはまだ時間があると思ってた。

　実際は、自分のことを気にかけるのを忘れてたんだと思う。

　農場のことならずっと気にかけてきた。親父の跡を継いでから、飼育する羊を乳用から肉用に変えた。自分ひとりで一日二回の乳搾《ちちしぼ》りをするのは無理があったからだ。ところが、ひとりにならないよう、自分のことを気にかけるのを忘れてた。あるいは、すべき時にすべきことをしなかったのかもしれない。よくわからないが。そのうちに親父ががんにやられて、思ったより早く死んでしまった。そうなってみて初めて、おれは自分がこの先どうなるかを理解した。おふくろとふたりきりで農場で暮らしてきた五年間のうちに、十分に未来を予測できた。そして、もう遅いと悟った。腹の中の丸い塊が、どんどん大きくなりはじめた。

　福祉委員がここにやってくるようになった当初、おれは彼女からうつだと言われた。羊飼育の重圧と孤独からそうなったのだという。そして、まるでおれが頭がイカれたやつみたいに、心理カウンセラーに会うよう勧められた。うつを治すための薬があるという。でも断った。そのうつとやらを抱えたまま生きていくだけのことだ。農業や畜産業を何も知らないやつに、自分の人生について話すなんてまっぴらだ。そんなことをしたら高原に住んでる連中みんなに知れわたって、妙な噂になっちまう。福祉委員からは別のことも尋ねられた。羊飼育は本当にやりたい仕事だったのか、この仕事を好きでやっているのか——こんな感じのことだ。別の仕事を考えてみてはどうか、とも言われた。このご時世、一生同じ仕事を続ける必要はなく、何度も仕事を変えるのは当たり前だから、と。それについても、おれは断った。この仕事を好きかどうかはわからないが、仕事を変えるのは嫌だった。あるいは気力がなかったのか、勇気がなかったのか。まあ、いずれにしても同じことだ。

おふくろが死んで、仕事のやりくりが難しくなった。おれがすべきことをしなかったせいで、農場が分割・譲渡されかねない状態にまで陥った。それを避けるには、福祉委員の助けが必要だった。初めて彼女がやってきた時、おれはひどいありさまだった。ほとんど何も構わなくなっていた。羊たちさえ放ったらかしにしていた。まるですべてが羊たちのせいであるかのように、あいつらを憎らしく思うこともあった。だが、たとえ福祉委員であっても、おれがひとりになってからずっと抱えてるあの塊だけは治せない。それでもずいぶん助けられた。それについては感謝しなきゃいけない。彼女は一カ月に一、二度やってきて、主に書類仕事を手伝ってくれた。おれが一番なおざりにしがちなやつだ。福祉委員が来ると、家に人の気配が感じられる。それだけでもすごいことだった。誰にも会わずに二週間過ごすこともあったので、福祉委員の訪問はおれを少しだけなごませた。おしゃべりな女だった。驚くほどよくしゃべる。おれはなるべく感じよく接したり、ちょっとしたお世辞を言ったりして、なるべく長くいてもらえるよう画策した。福祉委員が帰ったあと、またあの塊を抱えてひとりになるのが嫌だったからだ。でもたいていの場合、おれは話を聞くだけだった。しかたがない。おれは人間とはうまく話せない。羊相手なら大丈夫だ。やつらを落ち着かせるためにやさしく話しかけたり、よその所有地に入りこまないよう怒鳴り声を上げたりする。だが、人間にはどうしたらいいかわからない。これは、おれが学ぶのを忘れてたことのひとつだ。

だけど、福祉委員にそれ以上のことは求めなかった。まさかあんな……つまり、彼女とあれをするなんて思いもしなかった。外見が好みじゃないからじゃない。そんなことは関係ない。むしろ、上品な女だと思う。香水のいい匂《にお》いがして、身だしなみをきちんとしてる女という感じだった。春先によく着てた花柄のワンピースもいい。そのワンピースを着ると、胸の形がはっきりわかる。そういうのを見逃さない連中は何人もいるだろう。だが、おれは違う。

おれはそんなことは考えなかった。そんなふうに考えたことは、これまでほとんどなかった。

結局、何ひとつ変わっていなかったのだ。そう気づくのに、それほど時間はかからなかった。福祉委員は何回もうちに来て、そのたびにセックスをした。それ自体は気持ちいいことだから問題ない。問題はそこじゃなくて、そのあとだ。福祉委員が帰ってからだ。

九月のある夜、それをひしひしと実感した。その日の夕方、犬と一緒に羊たちを放牧地へ連れていった。酷暑のせいでかさかさに乾いた地面に立って空を見上げると、ゆっくりと夜のとばりが下りつつあった。羊たちの食欲が回復するくらいには、涼しさを感じられた。羊たちは、そわそわしながらおれのあとをついてきた。日が暮れてから連れていく山の上で、新鮮な草を食べるのを楽しみにしているのだ。いつものように、一頭の雌羊がおれの上着をくわえて離そうとしない。ペグーズだ。おれはそいつをそう名づけた。南フランスの方言で「接着剤」という意味だ。杖《つえ》を振り、タバコを吸いながら、石垣に沿って放牧地に続く山道を歩いた。

その時だった。石造りの十字架を通りすぎた時、おれは急に立ち止まった。巨石群の向こうにある自分の農場を眺めながら、なんだ、ちくしょう、とひとりごちた。

腹の中に、またあの塊が生まれていた。いや、はじめから消えてなかったのかもしれない。いずれにしてもその時、そこにあるとはっきりとわかった。

羊たちを放牧地に連れていって、それから家に戻った。いつもと同じ夜だった。ゲンチアナ（リンドウの根）のリキュールをグラス一杯あおって、缶詰を温めて、テレビを観《み》ながら食べる。料理コンクールの番組だった。このあたりで生産されたものを使って作っている。あまりに手が込んでいて、食材はすでに原型をとどめていない。それにしても、こういう食べものの番組には年々うんざりしつつある。おれはテーブルを片づけもせずに、二階の寝室に上った。つい最近までは、面倒くさくて寝室にさえ行っていなかった。

寝室に入って、部屋を真っ暗にする。それからが最悪だった。ひしひしと実感したのはこの時だ。半裸になり、大きなベッドに入って毛布をひっかける。たったひとりで横たわり、何年も前から生気を失っているこの家の重みを感じる。開けっ放しの窓から風が通りぬける。ドアの向こうには両親の寝室がある。ある朝、おふくろがなかなか起きてこないと思ったら、その部屋で冷たくなっていた。腐った木の中で虫がうごめいているのか、静寂の中でかすかな音がする。真っ暗な窓の外からは、カルスト台地のどこかでコノハズクが鳴く声が聞こえる。ノロジカの鳴き声や、季節によっては発情期のアカシカの声が聞こえることもある。そして階下の台所には、破れたクッションの上で寝ている犬のギヨームの隣に、あのキッチンボードがある。中にはおふくろの私物がしまってあって、すぐ上の壁にはおふくろがルルドから送ってきたポストカードが貼《は》られている。こんなことを言ったら、頭がおかしいと思われるだろうが、まじめな話、あのキッチンボードもしょっちゅう物音を立てる。まるで動いてるみたいな音だ。先祖の亡霊かも、という思いが脳裏をよぎった瞬間、その考えを追いはらう。だが、物音は消えない。だから余計に考えてしまう。もしかしたら、あの音は自分の頭の中だけで鳴ってるのかもしれない。それとも、死んでからもこの農場にとどまっているおふくろが、おれに話しかけようとしてるのか。そうだ、この家は、男がひとりで住むために建てられたものじゃない。おれが送っているこの暮らしは、ちっとも人間らしくない。そしておれの腹の中の塊は、おれを食いつくそうとしている。

十一時になっても、零時になっても寝つけなかった。ベッドで寝返りを打ち、うつ伏せにしていた頭を上に向ける。その時、あの音が聞こえた。床下から響く、階下のキッチンボードの音。やつらはそこにいる。あまり大きくない、むしろかなり控えめな音だ。だが、木がゆっくりときしむ音が確かにする。おれは目を開けて、建てつけが悪くてきちんと閉まらなくなったよろい戸の隙間《すきま》から、空に浮かぶ星を眺めた。そして理解した。あの音は、おふくろが立ててるんだ。福祉委員といくらセックスをしたって、何も変わらないと教えてくれてるんだ。

問題を解決したいなら、ほかの方法を探さなくちゃならない。

若い頃、近所の連中が女の話をしてたことを思いだした。

週末になると、やつらは車に乗って、カルスト台地の道路を飛ばして麓《ふもと》の村へ向かった。パーティーやナイトクラブで夜通し遊ぶためだ。とにかくはしゃぎ回っては、ビールやパスティスを浴びるように飲むのだという。一週間ぶんの憂《う》さを晴らすためだ。おれは翌日の月曜、牧草を刈りとるために山の上へ行く途中で、連中に出くわした。やつらは前日のことを事細かく、面白おかしくおれに話して聞かせた。一番たくさん飲んだのは誰か、クラブの用心棒に最初に追いだされたのは誰か、帰り道でカーブを曲がるのに失敗しそうだったのは誰か、といった武勇伝を聞かされた。おれはそういう話が好きで、大笑いしながら、次は絶対におれも行くよ、とみんなに言った。みんなも笑って、ああ、一緒に遊びまくろうぜ、と言った。だが、結局おれは一度も行かなかった。いつも理由をつけては誘いを断って、週末の夜も両親と家で過ごした。

そして、みんなもそうなることを知っていた。

そういう場所は自分には不釣り合いな気がした。おれの知らない遊びに興ずるやつらが羨《うらや》ましくはあったけど、あとで話を聞ければいいと思った。それで少しは行った気分を味わえた。ところが、やつらは毎回必ず女の話をする。このあたりにはいない、ちょっと遠くから来てた女に会ったとかいう話だ。ある時、高原の反対側に住んでたピエールが、トラクターの脇《わき》で握手をしてからこんなことを言いはじめた。いやあマジで昨日会った女はすごかったぜ、やるためにはなんでもする女でさ……。おれは聞いててだんだんうんざりしてきた。ちっともおもしろいと思えなかった。それ以上聞きたくなかったので、すぐに家に帰った。

ある時、おふくろから、おまえは理想が高すぎるから相手が見つからないんだよ、と言われた。女はそういう男は嫌いなんだ、と。おれは別に理想は高くないが、おふくろが言ってたことも一理あると思う。確かにおれは、男どもがナイトクラブで会った女たちとあれをした話を聞くのは、あまり好きじゃなかった。聞いても半信半疑だった。もちろん夜になってから、ネットやなんかでそういう映像を見ることはある。四人や五人でやるとか、信じられないような映像もある。でも、そういうのを真に受けちゃいけないんだ。あれは俳優が演じてるだけで、ふつうはああじゃない。あんなことをするはずがない。おれにとって女っていうのは、よくわからない別世界に住んでる生きものだ。おれの居場所なんてないような、きれいなものばかりある世界。女と話をするのは苦手だけど、姿を見たり、声を聞いたりするのは好きだった。女のからだからは心地よい何かが立ちのぼっていて、それは男にはない、どう探しても見つからないものだと思った。おれもそういうのがひとり欲しかった。心の中で思い描いてきた女。一緒にカルスト台地で暮らすことに同意してくれる女。家じゅうを笑顔で満たしてくれる女。どんなにつらい時でもそばにいてくれる女。酷寒の冬でも、オオカミに襲われた羊が内臓を露《あら》わにして死んでるのを朝方に見つけた時でも、てめえのそばにいてくれる女。嫌な顔ひとつせずに農場の仕事を手伝ってくれる女。でも、そんなのは見つからなかった。あるいは、おれが探さなかっただけかもしれない。本当のことはよくわからない。もしかしたら、そんな女はどこにもいないのかもしれない。

こう見えても、かつてはおれにも女がいた。たったひとりだが。ソフィーという名の看護師で、がんになった親父の面倒を見てくれていた。おれは、彼女はあくまで親父の世話をする人だと思ってたから、そんなことは考えもしなかった。というか、考えちゃいけないと思ってた。行動に移したのはおふくろだ。ソフィーに話をつけてくれた。おれにもいずれは相手が必要になるし、おれが自分から言い寄れる人間じゃないと、おふくろにはわかってたからだ。ソフィーが了承してくれたので、おれもその時はそうなるだろうと信じてた。やさしい娘だった。田舎育ちで、褐色の髪をいつもきちんと結っていた。初めは両親も、いい子を見つけたと喜んでた。数週間ほどうちで一緒に暮らした。だが、おれは手を出さなかった。というか、互いにどうしたらいいかわからなかったんだと思う。今でもよく覚えてる。ソフィーは家じゅうを忙しそうに歩き回ったり、台所で料理を作ったりしてた。おれ、おふくろ、親父の三人は、そんな彼女を見ながら、それはそうじゃない、あれはああしろ、これは戸棚に入れちゃ駄目だ、早朝の羊小屋での仕事から戻ってくるまではラジオを点《つ》けちゃいけない、などと命じた。そしてとうとうある日、ソフィーには出ていってもらうとおふくろが決めた。それを聞いたソフィーはなんだかほっとしてるように見えた。正直言って、おれも少しだけほっとした。当時はまだ、それほど差し迫った問題とは思わなかったからだ。

　福祉委員とセックスをするようになって数週間が過ぎても、おれの孤独はやわらがなかった。むしろその逆だった。彼女が家にやってきて、やさしいことを言ってくれてほっとさせられたりすると、その時だけはいい気分になれる。問題は、彼女が帰っていったあとだ。腹の中の塊がよみがえる。しかも、一段と大きくなっている。夕方になって羊たちを迎えに行った時、またひとりで夜を過ごさなくてはならないかと思うと、苦しくてしかたがなくなる。だからこの奇妙な関係が続くほど、おれはだんだんうんざりしてきた。不可解でもあった。福祉委員はどうしてこんなことをしてるのだろう？　おれに何を求めてるのだろう？　おれに何かを与えたがっているのか、あるいはそうではないのか？　よくしゃべる女だが、いくら話を聞いてもわからなかった。いや、そうでもない。彼女は何も言わなかったが、どうやら夫婦関係があまりうまくいってないようだった。夫のことはもうあまり好きではないのに、いろいろあって離婚はしたくないらしい。きっとそういう生活に少しでも活気をもたらそうとして、おれに白羽の矢を立てたんだろう。おれじゃなくても、ほかのやつでもよかったんだ。それが気に入らなかった。ナイトクラブから帰ってきたあと、ピエールが言ってたことを思いだす。結局のところ、セックスは女と男の溝を深くする。もともとあった隔たりが、さらに広くなってしまう。やっぱり、女はおれとは別の生きもので、その世界には決して入りこめないのだ。

さらにそのあとで起きたことで、おれは確信した。

福祉委員の夫を見かけたのだ。秋のある日、彼女と会った数日後だった。農業会議所やら、農業組合の「若き農業従事者たち」やらの会合には、おれはあまり出席しなかった。自分たちの仕事について話し合ったり、問題を共有したり、人間よりオオカミを守ろうとする大臣の悪口を言い合ったりする集まりだ。それが悪いってわけじゃもちろんないが、おれには向いてない。そうやってぺちゃくちゃとおしゃべりをしてる間、誰かが代わりに仕事をしてくれるわけじゃないからだ。でもその時は、地域の畜産農家を一軒一軒訪ね歩いてた役員のやつらに、共通農業政策《CAP》の改革の話があるからなんとしても出てほしいと懇願されたんだ。おれはずっと渋い顔をしていたが、しまいには、わかった、出るよ、と答えた。

その会合は、村の大きなホールで開催された。窓の外には、真正面に山がそびえ立っている。斜面に広がる木々が上から順に葉を落としつつあった。栗《くり》の木の葉はすでに落ちきっていた。地表は黄色く湿った下草に覆《おお》われているだろう。ホールにはたくさんの人が集まっていた。トルスリエ爺《じい》さんがいたので握手を交わす。何年ぶりだろう、相変わらずよく笑う。この爺さんは、死ぬまでこうして笑いつづけているんだろう。ガキの頃から知ってるやつらも多かった。寄宿学校で一緒だったアニエル家の息子もいる。中学校の校庭で一度殴りつけてやったっけ。だが今では、おれより成功してることを鼻にかけてるにちがいない。有機畜産を実践し、養蜂《ようほう》にも手を出して、羊小屋の上では太陽光発電もやっている。子どもは三人いて、まだ成人はしてないが、すでにおれたちの大半よりずっと賢そうだった。おれは会場の後方に席を取った。前方には絶対に座りたくなかった。そうやって一時間ほど、パリから来たスーツ姿の男の話に耳を傾けた。CAPが改革されると何がどう変わるのか、農地を申告するにはどうすればいいか、ネットのフォームにどう記入すべきかなどを説明したあと、計算方法が変わるだけで決して農家が損をするわけじゃない、と主張していた。その慇懃《いんぎん》無礼な態度にみんながいらいらしていたが、とうとう一部のやつらが怒りを爆発させて、すでに準備していたらしい非難のことばをぶつけはじめた。おれは何も言わなかった。怒りを感じてなかったわけじゃない。むしろ、EUのやつらが毎年少しずつおれたち小規模農家を窮地に追いこもうとしてるのがわかって、はらわたが煮えくり返っていた。でも、こういう会合がどういう結果になるかは初めからわかってたことだ。怒鳴りちらしたからって、事態が大きく変わるとは思えない。

そんなことより、その場に福祉委員の夫がいることのほうが気になった。名前は知っていた。ミシェルだ。一、二度、すれちがったことがある。ブリュジエ親父から引き継いだ立派な牛舎で、オーブラック牛を育ててた。世渡り上手な男だ。あの親父の娘の指に指輪をはめてやっただけで、一介の労働者から農場主にまで成り上がったんだから。からだつきがっしりしてて、いつも小さすぎるシャツを着てた。髪は真っ黒で、眉毛《まゆげ》が一本につながってて、まるで目の上に毛が生えた棒をくっつけてるみたいに見えた。でもそういうのがいい具合に調和して、わりと見かけは悪くなかった。率直に言って、おれよりずっといい男だと思う。あの男がいるとわかった途端、居心地が悪くなった。気分が落ち着かなくて、すぐに帰りたくなった。もし話しかけられでもしたら、あいつの妻と寝てることがすぐにバレてしまう気がした。おれが会場の後方に座ったのは、そのせいでもあった。ミシェルのほうは、心ここにあらずという感じだった。パリから来たお役人の説明も、同業者たちの反論も、ろくすっぽ聞いてないように見えた。口元にかすかな笑みを浮かべていて、なんだかちょっとまぬけ面《づら》だった。しょっちゅう窓の外に目を向けて、夢でも見ているようだった。もし福祉委員が夫を傷つけたくてあんなことをしてるなら、どうも的はずれなんじゃないかと思った。そこでおれは、じゃあ彼女はなんであんなことをしてるんだろう、とまたしても考えさせられた。

あとひとつ、覚えてることがある。ミシェルは、手元の紙を何度もちらちらと眺めていた。他人には見られたくないのか、こそこそした態度だった。休憩時間になると、タバコを吸うためにみんなが外に出た。風が強くなってきたので、誰もがコートを着こんでから会場をあとにした。その時、ミシェルがそばを通りかかったので、いったい何を見ていたんだろうと手にしてたものにちらりと目をやった。まさかのちにこの男があんなことになるとは思わなかったので、その時はとくに何も思わなかった。あいつが見ていたのは、雑誌から切り抜いた写真だった。きれいな娘の写真で、どこかで見たことがある気がしたけど、はっきりとは思いだせなかった。

そう、その時はまだ。

冬が来る頃には、おれはどうして福祉委員と会いつづけてるのか、よくわからなくなっていた。いや、違う、わかってた。そう、セックスのためだ。それだけだった。でも結局のところ、いっときの快感よりも嫌な気分のほうが強かった。やるたびに現実に引き戻されるからだ。おふくろが死んで以来、これほど孤独を感じたことはなかった。こうしてまた、クリスマスがやってきた。農場は白黒の砂漠に囲まれた。遠くから、パーティーをしているらしい賑《にぎ》やかな物音が聞こえてくる。村の若者たちが空き家に不法侵入して、田舎でどんちゃん騒ぎをしてるのだ。ここまで聞こえてくるということは、かなり大きな音を立ててるのだろう。おれの腹の中にはあの塊があった。もはや昼夜の区別なく、一日じゅうそこにとどまっている。本当にそろそろどうにかしなくては。こんな状態から抜けださなくてはならない。

その解決法は、ある日突然やってきた。一月十八日の夜、思いがけないところから転がりこんできたのだ。

おれは毛布を三枚かぶって寝ていた。窓の外の暗闇《くらやみ》では、北西の風があたり一帯を支配する勢いで猛威を振るい、よろい戸をガタガタと鳴らしていた。山の動物たちは安全な場所に避難してしまったのか、風の音しか聞こえない。ここに暮らしている者たちは誰もが、吹雪がどういうものかを思い知らされている。これから数日間は、危険な目に遭わないよう、じっと耐えて過ごさなくてはならない。家畜も決して外にださず、室内で干し草と穀物だけを与えるようにする。その物音が聞こえたのは、眠りに落ちてからたいして時間が経っていなかった頃だった。おれは急に目を大きく見開き、部屋の壁を横に貫く桁《けた》をじっと見つめた。聞きちがえていないかどうかを確かめるために、そのまましばらく耳を澄ましていた。

いや、そうだ。やっぱり物音が聞こえる。外に何かがいる。

吹雪が立てる轟音《ごうおん》でほとんどかき消されてはいたが、それ以外の音が明らかに混じっていた。何かが、あるいは誰かが、ここからさほど遠くないところで雪を踏んで歩いている。それとも、車が徐行してるのだろうか。よくわからないが、何かがこの農場に近づいていることは確かだった。かといって、誰かが一杯やりに来るような時間帯でもない。おれは、音がすぐに止《や》むかどうかを確かめるためにしばらく待った。いや、やっぱり聞こえる。

「いったいなんだっていうんだ」おれは歯を食いしばりながら起き上がった。

ベッドの下に常備してある猟銃を手に取る。もし、羊たちが小屋の中にいるのを承知の上でオオカミがやってきたなら、こいつを一発お見舞いしてやろう。すぐそばに穴を掘って、こっそり死体を埋めてやる。おれは猟銃をベッドの上に置いて着替え、薬莢《やっきょう》が入ってるかどうかを確かめた。両手に猟銃を握りしめ、スリッパを履いて、石造りの階段を下りていく。おれが目覚めたことに気づかれないよう、明かりは点けなかった。一階に到着すると、鼻息荒く台所兼居間に駆けこむ。当然誰もいなかった。調理台があって、暖炉の煙突が天井まで伸びているだけだ。ギヨームはぐっすり眠ってる。クッションの上に寝そべって、耳ひとつ動かさない。おれは家の裏手に面した窓に顔をつけ、ガラスの曇りを拭《ふ》いた。だが、暗闇の中で風に舞う雪以外は何も見えなかった。地表に落ちた雪片が、高原の起伏をゆっくりと覆っていく。数メートル先にあるはずの羊小屋がほとんど見えない。表の玄関先に戻って、ああ、ちくしょう、と思いながら長靴を履く。コートを着こみ、フードをかぶって、玄関先の外灯を点ける。ドアを開けてテラスに出ると、一気に全身が寒さに包まれた。セーターの下で身震いをする。頭上の板葺《いたぶ》き屋根のあたりで、風がびゅうびゅうと嫌な音を立てていた。電球の黄色い明かりの下に立って、暗闇の中に何かが潜んでいないかと目をこらす。あたりは羊の尻《しり》のように真っ黒だった。おれは猟銃の銃口を真正面に向けた。

「おい！」大声で怒鳴る。

だが、返ってくるのは風の音だけだった。

階段を下りて、左右を見渡す。正面には、県道に続く細い道が伸びている。ここまでやってくるやつはそれほど多くない。雪の上を数歩ほど歩く。長靴の下で、積もった雪がきしみ音を立てながらつぶれていく。それから、地面をよく見るためにしゃがみこんだ。

やっぱり、夢じゃなかった。

地面にタイヤ痕《こん》があった。見たところ、それほど時間は経ってない。だが、車の姿は見当たらなかった。あちこちを見回し、凍えそうになりながら石垣のそばでしばらく待ってみたが、やっぱり何も見えなかった。そして思った。きっと誰かが道を間違えてここまでやってきたんだろう。たいしたことじゃない、たまにあることだ。おれは鼻をすすって踵《きびす》を返し、猟銃をぶら下げながら家に戻った。

ところが玄関のドアを閉める直前、階段の上のテラスから、遠くのほうに明かりが見えるのに気づいた。

うちの前の細い道から県道に入ったところで、ふたつの赤い光が闇を貫いていた。車のテールライトだ。まるでふたつの目がおれを見上げてるようで、嫌な気分だった。車は三、四秒ほどそこにじっとしていたかと思うと、南へ向かって走りだし、あっという間に暗がりに消えてしまった。おれは眉をひそめたが、あとを追いかける気にはならなかった。いったいなんなんだ。少し考えたけどわからなかったので、そのまま家に入った。中は暖かくてほっとした。それから数分後にまた寝室へ戻った。

だが、結局はあまり眠れなかった。三十分ほどすると、再び別の音に眠りを妨げられたのだ。

階下の台所で、おふくろのキッチンボードがまた動きだしていた。まるで意志を持って動いているようだった。いや、真面目《まじめ》な話、本当にそういう気がした。初めのうちはかすかな音だった。風のせいで引き出しがわずかにきしんだような音。ところがしばらくすると、聞いたことがないような騒音を鳴らしはじめた。毛布にくるまっていたおれも、今度ばかりは心底震え上がった。もしおれの頭がいかれていたら、誰かが床の上でキッチンボードを引きずってると思っただろう。むかし、年寄りたちが言ってたことを思いだす。いくら考えまいとしても、脳裏にこびりついて離れない。物音、息づかい、家具がきしむ音、煙突を通して聞こえる鐘の音などが真夜中に響いたら、それは寒さのあまり死者たちが家に入ってきた印なのだ、と。そういえば、ばあちゃんもいろいろ言っていた。あの家はむかし恐ろしいことが起きたから誰も寄りつかないとか、そういう話だ。ばあちゃんの口から「怪談」を聞くと、なんだか嫌な気分になったものだ。今の気分もその時とよく似ている。ふと、おふくろを思いだした。おふくろが死んでから、この家にぽっかり空いた穴を思った。もしかしたらおふくろは、自分の私物が入ってるあのキッチンボードを動かすことで、おれに何かを伝えようとしてるのかもしれない。

結局、何時に眠りについたかよく覚えていない。だが、おそらく朝方近くになっていたと思う。

四時間眠ったかどうかくらいで、外から差しこむ白い光で目を覚ました。真夜中の出来事はうっすらとしか覚えていなかった。ベッドから起き上がって窓の外を見ると、一面銀世界になっていた。地面も、岩も、松の木も、すべて雪に覆われている。すでに三十センチほど積もっていたが、さらにまだ降りつづいている。こびりついた眠気を吹き飛ばすために、居間のテーブルでコーヒーを飲んだ。そして、今日は福祉委員が来る日だと思いだした。本当にそろそろどうにかしないと。彼女に強いられたこの役割から、なるべく早く抜けださないといけない。静かな部屋に座って、キッチンボードを長い間凝視する。一ミリも動く気配はなかった。当然のことだが、壁に張りついたままぴくりともしない。ほら見ろ、やっぱりおれの頭の中だけのことだったんだ。おれはそう思いながらコーヒーの残りを飲み干すと、防寒着を身につけてから外に出た。

冬だ。まさに冬まっ盛りだ。空から落ちてくる雪片が、渦を描きながら風に飛ばされていく。夜の間にできた積雪は、これからさらに高さを増していくだろう。おれはからだを温めようと、手袋をつけた両手を叩《たた》いて白い息を吹きかけ、地面の上で足を踏みならした。風よけのためにフードを目深《まぶか》にかぶり、歩いて羊小屋へ向かう。ついてくる犬も寒そうだった。頭を低くし、口の中に舌をしまったまま歩いている。雪をかぶった泥道が、トラクターのわだちの形で凍っていた。小屋の引き戸を開けると、金属製の扉がレールの上を滑るのと同時に、屋根からひと塊の雪がどさりと落ちてきた。羊小屋とひと続きになっている奥の納屋《なや》には、冬用の干し草が備蓄されている。寒さはあらゆるところに入りこんでいた。バケツの底に溜《た》まっていた水は凍り、水道の蛇口は霜で覆われている。羊たちがおれを見ていた。入口から突然入ってきた冷気に驚いたのか、目をまん丸にしている。柵のそばに集まって、身を寄せ合ってじっとしていた。体力を無駄に消耗しないよう、ほとんど動いたり鳴いたりしていない。毛に覆われたからだから水蒸気が立ち上り、空中に小さな霧の塊を作りだしている。ペグーズが近寄ってきておれにからだをすり寄せる。

「やあ、おはよう」おれは羊たちに話しかけた。

飼い葉桶《おけ》に入れる干し草を運ぶため、必要な道具を取りに一旦《いったん》外に出る。だが、すぐに足を止めた。

入口のそばに何かが置かれている。来た時には気づかなかった。置いたのは自分じゃない。それは確かだ。おれは眉をひそめ、その物体を四、五秒ほど眺めた。大きなバッグのようなものが、軒下に積んでおいた薪《まき》のすぐ近くにある。軒からはみ出していたので、下半分が雪に埋まっていた。

近づいていって、よく見るために前かがみになった。いったいこれは何なのか、誰が持ってきたのか、さっぱりわからない。気に入らなかった。かがみこんで、手袋をはめた手で雪をはらう。グレーのビニールシートだった。何かが包まれていて、紐《ひも》がかけられている。細長い形だが、中身が何なのかまったく見当がつかない。開けるのを少しためらった。左右を見回したが、当然誰もいない。ほかの季節ならまだしも、こんなに寒い時期にこのあたりにいる人間は、家畜に餌《えさ》をやるために家から出てきたおれ以外にいるはずもなかった。ポケットからナイフを出して紐を切る。シートをめくると、その下に毛布があった。毛布を引っ張ると、ようやくそれが現れた。最初に目に飛びこんだのは、もつれた髪の塊だった。

「マジかよ……」

髪の下には、顔があった。死んだ女の顔だ。いったいどうして……おれの羊小屋の前に、まるでおれのもののように置かれてる。ちくしょう、どうしてこんなところに死体があるんだよ。おれは思わず後ずさった。凍った地面で足を滑らせて尻もちをつき、後ろに倒れたからだが金属製の扉に勢いよくぶつかる。ものすごい音がして、またしても屋根の上から雪の塊が落ちてきた。

扉に寄りかかり、脚を投げだしたまま、しばらくそのままでいた。二メートルほど先に、シートにくるまった死体がある。くそっ、いったいこの死体は、どうやってこんなところまでやってきたんだ？　生きてるやつらは誰も来たがらないっていうのに。その時、昨夜の出来事を思いだした。外から聞こえた物音、下の道路で光っていたテールライト、キッチンボードが立てた騒音……。背後で羊たちが鳴きはじめた。早く干し草を食べたいのだろう。開けっぱなしのドアから冷たい風が入ってくるのも不快らしい。しかし、おれが立ち上がったのは、羊たちのためじゃなかった。

遠くのほうに、近づいてくる車が見えたからだ。

福祉委員だ。

間違いない、彼女だ。いつの間にかずいぶん時間が経っていた。おれは慌《あわ》てて立ち上がると、頭をフル回転させた。早鐘をつくように心臓が鳴っている。死体と一緒にいるところを見られたらなんて言えばいい？　死体が勝手にここまでやってきたと言って納得してもらえるだろうか？　いや、無理だ。じゃあ、早く行動しないと。すぐにどうにかしないといけない。

「ジョゼフ！」彼女が叫んでいる。

おれを探しているのだ。きっと数分後にはここにやってくるだろう。早くどうにかしないと。ほかにもっといい方法があるかもしれないと思いつつ、シートにかかっていた紐を両手でつかみ、中身ごと引っ張った。羊小屋の入口まで引きずっていく。死んだ羊よりずっと重い。雪の上に引きずった跡がついた。

「ジョゼフ！」

福祉委員が家のまわりを回っている。くそっ、もう見つかってしまう。

手が濡《ぬ》れているせいで手袋が滑って力が入らない。それでもあらん限りの力を振り絞って、シートを引きずった。叩きつけるような風にあおられて、コートのフードがはずれた。福祉委員が叫びながら近づいてくる。ようやくシートとその中身が、羊小屋の中におさまった。あと数秒遅かったら、死体を引きずってる姿を見られていただろう。ドアを閉めて鍵《かぎ》をかけたちょうどその時、福祉委員がやってきた。

小屋の外で、福祉委員がおれを呼んでいる。おれは後ずさりしながら、入口の金属製の扉と、干し草や敷きわらの屑《くず》にまみれたビニールシートとの間で、せわしなく視線を動かした。どうしたらいいかわからなくなり、思わず地団駄を踏んだ。もはや少しも寒さを感じなかった。すぐそばで、羊たちが不満そうに鳴いている。腹を空《す》かせているのだろう。おれがここにいるのに、どうして朝の食事をくれないのかと、不思議がっているようだった。

福祉委員が諦《あきら》めるのを待つことにした。そう、居留守を使うのだ。だが、彼女はしつこくおれを呼びつづけている。吹雪の中、せっかくここまでやってきたのだから、なんとしてもおれに会わなくては、という執念が感じられる。金属製の扉を力いっぱい叩いてる。その振動に羊たちがおびえた。またしてもおれを呼ぶ声。どうやら話を外しなければならないようだ。それしかない。おれは気持ちを落ち着かせて、動揺を外に見せないよう努めた。死体から目をそらしながら入口に近づく。氷のように冷たい南京錠《ナンキンじょう》をはずし、引き戸を数センチほど開けた。顔だけを外に出す。口元に無理やり笑みを作ったが、本当は笑うどころではなかった。どうしたらいいかわからなかった。唯一《ゆいいつ》望んでいたのは、福祉委員が帰ってくれることだけだった。

おれは頭に浮かんだことを口にした。忙しい、時間がない……。おれの左側には、シートから顔がはみ出した死体がある。まるで、おれの言動を監視しているようだった。そんなふうに会話を交わしてから数分後、福祉委員は首を傾けて中を覗《のぞ》こうとした。おれが何かを隠していると気づいたんだろう。おれはそれ以上言うべきことがなかったので、黙ったままゆっくりと扉を引いた。どうやら彼女も自分が歓迎されていないとわかったらしい。白い空、白い草原と一緒に、福祉委員の顔が見えなくなる。扉が閉まろうとする瞬間、突風が室内に入りこんで、雪片が渦を巻いて飛び散った。扉の外で、息を吐きながら雪を踏みしめる音が聞こえる。おれは、早く出ていけ、出ていってくれ、と祈りつづけた。心臓が信じられないほど早く鼓動している。そしてとうとう福祉委員が帰っていくと、ようやく死体を振り返った。

さて、これからいったいどうすればいいのだろう？

すぐに警察に連絡して、真実を打ち明ければよかったのかもしれない。だが、おれはそうしなかった。なぜなら第一に、この女がどうしてうちにいるのかを知りたかったからだ。きっと何か理由があるはずだ。そして第二に、おれはこれまでトラブルが起きると、いつも自分ひとりで解決してきたからだった。

ようやく、羊たちに餌をやることができた。金属製の柵《さく》に群がって、みんなで干し草をむさぼり食っている。ギヨームはあちこちを走り回っていた。おれはシートを中身ごと隣の納屋まで引きずっていくと、シートと毛布を広げた。死体を干し草ベールの山にもたれさせ、おれ自身はじいさんの形見の古いスツールに腰かけた。搾乳機《さくにゅうき》を使っていなかった時代は、この椅子《いす》に座って手作業で乳搾りをしていたのだ。一メートルほど離れたところに女のからだがある。硬直していて、とくに腕と首が硬かったが、下半身はそうでもなかった。

女の髪はブロンドで、肌は冷たくてかちかちに硬くなっていたが、それでも美しかった。まるで眠っているようだった。金のイヤリングをしていたが、おそらくトラクター一台ぶんより高価なものだろう。外を歩くための防寒服を着ていたが、しゃれた身なりだった。いや、おれはそういうことはよくわからないが、フードつきの防寒コートの下に、タートルネックの白いセーターを着てるのがしゃれてると思った。まだ臭いはなかったが、やがてするようになるだろう。死んでしまえば、男だろうが、女だろうが、動物だろうがみんな同じだ。必ず悪臭がするようになる。そういうものだ。

おふくろの時は、ベッドに寝かせた三日後に臭いが出た。だから医者に電話した。室内はすごくきつい悪臭がした。夏だったからだろう。

いろいろなことを考えながら、しばらくそこに座って女を見ていた。どこからどう見ても、知らない女だった。会ったことも見かけたこともない。第一、農場の外で見かけたのを加えても、それほどたくさんの女に会ってきたわけじゃない。だから、これについては決して思い違いじゃないはずだ。

自然死や自殺ではないこともわかった。首のまわりに、赤い跡と乾いた血がついていたからだ。それほどたくさんの刑事ドラマを観ていなくても、それが何を意味するかは誰でもわかる。首を絞められたのだ。すぐにそう確信した。どこかの男——いや、女かも——にやられたのだ。だが、こんなことをするのはきっと男だろう。昨夜見かけた、あの車を運転してたやつに違いない。恋愛のもつれか、あるいは金銭がらみか、だいたいそんなところだ。そしてこの女を片づけるのに、おれの羊小屋の前に捨てるのがいいと判断したのだ。だが、どうしておれなんだ？　どうしてここなんだ？　そこにどういう意味がある？　おれは葬儀屋でもなんでもないのに。

いずれにしても、このまま農場を放ったらかしにはできない。おれは立ち上がって仕事を始めた。飼い葉桶を洗い、糞便《ふんべん》を片づける。外の堆肥《たいひ》置き場はすでに山のようになっていた。雌羊たちは、出産期が近いので神経質になっていた。ようすを見るために群れの中に入る。夏につけた傷の跡を軽くこすったが、まだ完全には癒着していない。とくに、オオカミの牙《きば》にやられたところがひどかった。オオカミは夜中に牧草地に忍びこんで羊たちを襲ったあと、敷地の外に逃げていったのだ。こうして働いている間も、おれは納屋にある女の死体を遠くからちらちらと眺めた。女がもたれている直方体の干し草ベールは、春から秋の間に刈った牧草で作ったもので、数百個ほど備蓄してある。今年の夏は雨が少なかったので、ぎりぎり一冬を越せるぶんしか集まらなかった。それでもトタン屋根に届くほど高く積み上がっている。その巨大な塊には、ところどころ使用したぶんの穴が空いていた。今のところ、女をここから動かすつもりはない。まだどうしたらいいか決めかねていた。奇妙な光景だった。女はぴくりとも動かないまま、うつろなまなざしでおれの動きを目で追っているように見える。昼になると家に戻り、ゲンチアナのリキュールを一杯飲んで、缶詰をひとつ食べた。今日はいつもと何かが違う。はっきりとそう感じた。あの顔が脳裏から離れなかった。怖くはない。気味が悪いとか、おぞましいとは思わない。死体に出くわしただけでぎゃーっと叫びだす、ホラー映画のようにはならなかった。確かに最初は驚いたが、すぐに冷静になれた。死なら少しは知っている。ただ単に、不思議な気持ちがするだけだ。現実ではないような気がするだけ。

昼食を終えて納屋に戻る。当たり前だが、女は少しも動いていなかった。おれは数個の干し草ベールを取りだして、羊小屋の飼い葉桶に入れた。入口の扉が開きにくくなっていたので、まわりの雪かきをする。そうしているうちに、あっという間に日が暮れた。暗闇の中、納屋の天井の蛍光灯を点ける。もう雪はやんでいた。漆黒の空の上を、それより少しだけ淡い色の雲が押し合いながら動いている。刺すような寒さで顔が痛い。電気を消して家へ戻る時間だった。死体のそばに戻って考えこむ。ひと晩じゅうここに残しても平気だろうか、それともやっぱり危険だろうか？　死体を見つめながら長いこと悩んだが、とうとう覚悟を決めた。硬直しているので大変だったが、斜めになっていた死体の上体をまっすぐ起こして、からだについていた干し草の屑をはらってやる。そうやって女をきちんと座らせてから、出口へ向かい、明かりを消し、引き戸を閉めてタバコに火をつけた。小屋の中から羊たちの鳴き声が聞こえる。今日はいつもと違うと思っているのだろう。自分たちだけで夜を過ごさなくていいのだ。

夜中に何度も目を覚ました。暗い納屋に死体が座っているようすを思い浮かべる。おれの代わりに羊たちを見守ってくれているような気がした。階下で、キッチンボードはきしみ音ひとつ立てなかった。

〈憲兵たちによると、猛吹雪の犠牲になった可能性も考えられるようです。あれから二十四時間が経過しましたが……〉

ラジオからニュースが流れている。その時は、なんとも思わなかった。朝のラジオなど、右から左へ聞き流す雑音にすぎない。夜のテレビと同じだ。孤独をまぎらわすために点けてるだけだ。ラジオの声は家の一部のようなものだ。だが時には、この地域の話をしてほしいと思うこともある。まあ、誰も興味がない話題だろうが。ラジオはいつもテーブルの上にある。早朝の羊小屋での仕事から戻ってきても、いつも半分しか聞いていない。ラジオは窓に似ている。外を眺めたり、子どもに田舎暮らしを体験させるために夏だけやってくるやつらの生活を垣間見《かいまみ》たりするのと同じだ。

〈……行方不明になったエヴリーヌ・デュカさんは……〉

おれは耳を澄ました。デュカ。聞き覚えがある。いや、むしろ、よく知っている名前だ。ラジオのボリュームを上げる。

〈……当県出身のギヨーム・デュカさんは、妻のエヴリーヌさんと火曜から連絡が取れなくなりました。翌朝になって外に探しに出ると、村のはずれに妻の車が停まっているのを見つけました。トレッキングコースの登り口のそばです。デュカさんはすぐに憲兵に電話をして、妻の失踪《しっそう》を知らせました……〉

「なんてこった。ちくしょう」おれは小声でつぶやいた。

急いで納屋に戻り、冷たくなった死体の顔を間近で観察した。首のまわりの青い傷口を含めて、細かいところまで舐《な》めるように眺めた。昨日とはまるで違う気分だった。

この女は、あのくず野郎のギヨーム・デュカの妻だったのだ。

十五年ぶりにその名前を耳にした。できれば一生聞きたくなかった。あいつはこうして、曾祖父《そうそふ》たちの思い出と一緒に、またここに戻ってきたのだ。

デュカ家は、かつて同じ集落にあった。うちと同じように数十年前からここに住んでいて、この石ころだらけの乾燥した土地で羊を飼育していた。すぐ隣の道を通って放牧に出かけていた。うちの所有地とあっちの所有地は互いに複雑に入り組んでいて、そのことで何度もトラブルになった。もっとうまくやろうと思えばできたのかもしれない。農民同士の連帯意識で、苦しい時には協力し合い、道具を貸し借りし、助け合って生きられればよかったのかもしれない。だが、実際はそうじゃなかった。むしろ憎み合っていた。そもそもの原因は何だったのか、今となってはわからない。水源の分配でもめたとか、デュカ家の祖先がうちの水路から勝手に自分の農場に給水したとか、そういう話は聞いたことがある。ところがあっちはあっちで、いや、そもそもボヌフィーユ家の曾祖父が土地の境界線を侵害したのが始まりだ、と言ってたらしい。どっちが正しいかはわからない。わかってるのは、ふたつの家族はずっと険悪だったということだけだ。うちはあっちのことを、他人を尊重しない、ルールを守らない馬《ば》鹿《か》だと思っていたが、あっちもうちのことを同じように思っていたのだろう。

デュカという名前を聞くと、やつらがおれたちに対してやってきた、あの手この手の卑怯《ひきょう》なしわざばかり思いだす。なかでも最悪だったのは、おれがガキの頃の事件だ。ある朝、親父《おやじ》が飼育してた羊のうちの二頭が、痛みにのたうち回りながら死んだ。獣医に診てもらったところ、胃の中から針が出てきた。やつらは決して認めなかったが、干し草に針を混ぜられた以外に考えられない。うちの羊たちはうっかりそれを口にして死んだのだ。なんてあくどいことを考えるのだろう。ちょうどその頃、うちで新たに犬を飼いはじめて、おれはそいつをギヨームと名づけることにした。デュカ家の息子の名前だ。家の前の階段に座って、犬の頭を撫《な》でていた親父の姿を、今もはっきりと覚えてる。いかにも雑種犬らしい名前だな、と言いながら、百メートルほど離れたところにあるデュカ家の建物を凝視していた。この時以来、うちで飼う犬には必ずこの名前がつけられるようになった。この時の憎しみを忘れないためだ。

こうして互いに憎しみを抱き、つまらない喧嘩《けんか》をしながら、長い年月が経《た》った。おれ自身も、こうした状況を変えようとすることなく成長した。やがて集落から次々と人が出ていっても、デュカ家はぎりぎりまでこの土地にしがみついた。赤の他人に譲渡するのが我慢できないほど、自分たちの所有地に執着していたのだ。ところが、ひとり息子のギヨームは、羊飼いになる気などさらさらなかった。金を儲《もう》けたいという馬鹿げた野心があって、口を開けば金の話しかしなかった。羊の糞便の掃除など、自分のする仕事じゃないと思ってた。だからあいつは、親を置いてひとりで都会に出た。その後、パリで金持ちになったと風の便りに聞いた。おれは興味のないふりをしたが、誰かがあいつの噂話《うわさばなし》をするたびに聞き耳を立てた。そして、くそっ、おれはこんなところでいつまで何をやってるんだ、と思った。

デュカ家の父親が羊の世話ができなくなるほど衰えて、丘の上の高級老人ホームに移り住むと、とうとうやつらの土地が売りに出された。ちくしょう、あの土地はおれたちのものになるはずだったのに……。うちはやつらと同じくらいこのあたりの古参だし、うちの所有地は小さな区画ごとに分散してるので、あの土地が手に入ればもっと便利になったはずだった。春から夏にかけての毎日、羊たちを放牧地に連れていくのに、わざわざ左右に曲がってよその土地を迂回《うかい》しながら上っていかずに済んだのだ。

その頃、親父はすでに死んでいたので、おふくろと相談して、デュカ家のすべての土地の入札に購入希望を出した。あいつらにうちの金を取られるのは癪《しゃく》だったが、背に腹はかえられない。ところがデュカ家は、絶対におれたちにだけは自分たちの土地を渡したくないと考えた。そうなるのを妨ぐために、あらゆる手段を講じた。結局二年ほど戦ったが、」とうとうおれたちの希望は叶《かな》わなかった。デュカ家の土地は細かく分断された。」カルスト台地のはるか向こうにある土地開発業者たちが補助金目当てで手に入れたり、なんだかよくわからない計画のために村役場が買ったりしていった。そしてデュカ家は、一番いい土地を少しだけ残しておいて、隣町の若者に賃貸しはじめた。くそっ、うちならあの土地をもっと有効活用できたのに……。やつらの家はそのままにしてあるが、一年じゅうほとんど空き家状態だ。夏になると別荘として使われて、毎年違う人間がやってくる。そして、おれの暮らしに興味があるふりをして、ガキどもをぞろぞろ引き連れておしゃべりをしにやってくる。

ギヨームは一度も帰ってこなかった。この十五年間、カルスト台地で一度も姿を見たことがない。まさかこのあたりで暮らしていたなんて、夢にも思わなかった。いつまでも都会人のままで遠くにいてくれたほうが、おれにとっては都合がよかった。おれがここにひとりでいつづける唯一の利点が、少なくともデュカ家はここにいない、ということだったからだ。

ところが今、うちの納屋にあいつの妻がいる。おれの目の前で、ギヨームの妻が干し草の山にもたれて座っている。まるで自分のものであるかのように、あらゆる角度から女を舐めるように見た。この女がどうしてここにいるのか、これでようやくわかった。おれは話をするのはうまくないが、頭の中で考えることはできるんだ。見たところ、女は四十五歳くらいだ。ギヨームのやつは、おれたちと同年代のブロンドの女と結婚した。数年ほどは楽しく暮らし、子どももこさえた。ところがある日突然、すべてが嫌になった。あいつはいつもそうやって、手に入れては捨ててを繰り返してきたんだ。

つまり、簡単だ。あいつが妻を殺したんだ。

もしかしたら、口論の末の突発的な行動だったのかもしれない。あるいは、何カ月も前から計画していたのか。いずれにしても、あいつならやりかねない。親も親なら子も子だ。血は争えない。二頭の羊を針で殺すことと女の首を絞めることの間には、ほんのわずかな差しかない。唯一違うのは、女を殺したら手元に死体が残ってしまうので、それをどうにかしなきゃならないだけだ。地下室に隠したり、庭に埋めたりしてもいいだろうが、憲兵に見つかってしまう恐れがある。そこでギヨームは考えた。

そうだ、山の上にジョゼフが住んでるじゃないか、と。カルスト台地の集落にたったひとりで暮らしている、むかしから虫が好かなかった男。あんなうつ病みのしがない農民より、自分のような金持ちの主張のほうが、ずっと信憑性《しんぴょうせい》があるはずだ。しかも、あいつは単なる農民じゃなくて、飼い犬に同じ名前をつけるほど自分を憎んでた男だ。あの男とは長いこと会っていないが、自分がこのあたりに戻ってきたことは知っているはずで、嫉妬《しっと》し、苛立《いらだ》っているだろう。自分の妻を殺したのはあの男ではないかと、疑う者が現れたっておかしくない……。

そう、ギヨームはすぐに決心したはずだ。死体は夜のうちにジョゼフの家に運びこもう、と。そして翌朝、妻が失踪したと憲兵に連絡する。どっちみち、ジョゼフにはほかの選択肢はない。もしあいつが憲兵に通報したら、みんなが忘れているであろう過去の出来事を蒸し返して、そういえばあいつはおれを恨んでいた、と言えばいい。土地を売らなかったせいでジョゼフがひどく憤慨してたことを、覚えてる者だって二、三人はいるだろう……。

おれの頭の中で、こうした妄想が時速二百キロで駆けめぐった。そうだ、そうに決まってる。あいつがやった以外に考えられない。

あの馬鹿がおれを罠《わな》にかけやがったのだ。

道路は滑りやすくなっていた。アスファルトの上の雪が解けて固まり、表面に灰色のつるつるした層ができている。タイヤがその上に乗るだけで、あっという間に車はワルツを踊りながら脇《わき》の草地に突っこんでしまう。おれは曇ったフロントガラス越しに石垣を見ながら、ゆっくりと車を走らせた。小高い丘の裏手には、風と雪による彫刻作品のような吹きだまりができている。羊飼いたちはまだ外に出ていない。出産前の羊たちを見守りながら、もう少し暖かくなるのを待っている。

おれは朝から、今回のことをあれこれと考えた。その結果、自分にはあまり選択肢がないことがわかった。もし憲兵に通報などしたら、いったいどうなるかわからない。刑事ドラマのように厳しく尋問され、羊小屋の前で死体を見つけたというおれの言いぶんなど、一笑に付されてしまうだろう。あいつに話をつけるために、麓の村の家まで押しかけていっても同じことだ。それに正直言って、それはあまり気が進まない。あいつにとってはすべてが織りこみ済みなのだろう。おれが警察に通報したり記者に話したりはしないと、決して波風は立てないと、初めからわかっていたのだ。だからこうして、地面が雪に覆われたカルスト台地を走りながら、あいつの望みどおりの行動をおれは取っている。つまり、自分ひとりでこの死体をどうにかしようとしている。

おれはこれまでもひとりで何でも解決してきたのだ。

それに、おれにはある考えがあった。

この高原は、まるでグリュイエールチーズのようにそこらじゅうに穴が開いている。石灰岩が雨によって浸食されて、地下の奥深くまで続く井戸状の洞窟《どうくつ》を形成しているのだ。かつてこうした洞窟は、地獄の入口と考えられていた。犬、羊、子ども、年寄りなどが不注意から落下することがあって、こうした死体のそばに亡霊や怪物がうごめいていると思われていた。夜になると地底から、死者たちのうめき声が聞こえると言う連中もいた。うちのそばにも二、三カ所そういう場所があるので、羊が落下することのないよう柵を作っておいた。おれはこうしたことから、もしいつか隠したいものができたらこれらの穴のどれかに落としてしまおう、と思っていた。

去年オオカミが出たと噂された小山の裏手にまわり、巨石群を迂回しながら車を走らせる。腰が曲がって背骨が湾曲した人間のような、奇妙な形をした岩ばかりだ。だが洞窟へと続く小道の入口まで来た途端、おれは車を停めた。

憲兵がふたりいた。

青いコートを着て、車のボンネットの上に広げた地図を見ながら、何やら話し合っている。ひとりの憲兵がおれに気づくと、手で合図をしながらこっちにやってきた。

胸が激しく動悸《どうき》し、両腕が燃えるように熱くなる。窓ガラスを開けると、冷気が一気に流れこんできた。憲兵が、こんにちは、と挨拶《あいさつ》をする。おれも挨拶を返した。相手はヴィジエ准尉《じゅんい》と名乗った。まじめそうなやつだ。このあたりに住んでるのか、と尋ねられ、おれは、そうだ、と答えた。小山の裏手の向こうのほうに農場がある、と言った。准尉は子どものような顔立ちだった。ケピ帽の下から見える肌はすべすべして、頬骨と顎《あご》が尖《とが》っている。

「昨日今日と、何かおかしなことはありませんでしたか?」准尉が言う。

おれは考えるふりをしてから、首を横に振った。

「行方不明になった人を探してるのか?」

「はい」そう言うと、まるで二週間も前から探しつづけてるかのようなため息をつく。「あちこちで捜索してるんですけどね、もしかしたらこのあたりまで来たんじゃないかって言う人がいたんですよ。今、洞窟の奥を探索するための人員と道具を待ってるところです」

くそっ、とおれは思った。だが、実際は「へえ」としか言わなかった。

「お願いします。どんなことでもいいので、何かあったら教えてください。一見たいしたことないと思われることが、役に立つ場合もあるので」

「わかった。でもおれはあんまり外出しないんでね」

「なるほど。お仕事でお忙しい時期なんでしょうね、きっと」

おれの仕事に関心を抱いたらしい。手袋をはめた手で襟元を締めながら、寒そうにからだを震わせる。それから再びおれのほうを見た。

「今からどちらへ?」

おれはためらった。その尋ね方が気に入らなかった。嫌な口調だった。

「あっちだ。干し草ベールを取りに行く」おれは嘘《うそ》をついた。

「そうですか。じゃあ、あんまり引きとめてはいけませんね」

「まあね」

おれが窓ガラスを閉めると、准尉は同僚のほうへ戻っていった。車を発進させ、憲兵たちから見えなくなるよう遠回りをする。雪の重みで枝がたわんだヨーロッパクロマツの林、夏には別荘として使われているが今はひと気のない家々、雪が積もってほかと区別がつかなくなったドリーネなどに沿って走りつづける。それからようやく自宅に戻って車を停めた。外に出て、寒い中でタバコを一本吸う。

とりあえず当面の間、洞窟は諦めなくてはならない。

しかたがない。少なくともしばらくの間は、死体をうちに置いておかなくては。捜索が一段落するまでの間だけだ。いずれ、行方不明者は見つからないという結論に達する時が来る。ギヨームも諦めたふりをするだろう。ほかの連中も別の話題に移っていく。ラジオだってもっと旬《しゅん》のテーマを見つけだすだろう。それまでの間、もっとも安全なのはこの家だ。人がほとんどやってこないここに置いておくのが一番いい。

車のトランクから死体を下ろし、納屋に入れてサイロに寄りかからせた。昨日よりからだが柔らかくなり、扱いやすくなっている。どうしてかわからないけれど、きちんと座らせておかなきゃいけないと思った。転がしたり、適当なところに置いたりしてはいけない気がした。そうすべきではないと感じた。犬が近くを走りまわっているので、あっちへ行けと怒鳴りちらした。まだ臭《にお》いはない。もちろん寒さのせいだと思うが、隣の小屋の羊たちの臭いがきついせいもあるだろう。

外に出て、納屋の裏手に回った。トラクターが一台置かれている。タイヤが雪で埋もれていた。操縦席に上り、手袋をはずしてエンジンをかける。入口の扉を全開にしてからトラクターを納屋の中に入れて、牧草運搬用アタッチメントのヘイフォークを先端に取りつけた。三本の歯がついたこのアタッチメントは、まだおふくろが生きていた頃、仕事を楽にするためにおれが買った中古品だ。目の前には、冬用に備蓄してある干し草の山がある。おれは三本の歯を山の上のほうに突っこみ、干し草ベールをコンクリートの床に下ろした。こうして何度も、床に下ろしたり、上に持ち上げたり、横に滑らせたりする。時間はかかったが、やり方はわかってた。ガキの頃にやった積み木遊びのようなものだ。崩れ落ちないよう、全体の形を整えながらやるのが重要だ。こうしてベールを次々と移動させたあげく、ようやく目指してた形が出来上がった。三層に並べたベールの列の後ろに小さなスペースを空けた。出入りするための細い通路も作った。おれはトラクターから下りて死体のところへ行くと、床を引きずりながら空きスペースの中に移動させた。干し草の山に寄りかからせて、きちんと座らせる。ここは彼女のための部屋だ。最後に通路の出入口にも干し草を積み上げて、完全に封鎖した。

壁際《かべぎわ》まで下がって全体を眺め、違和感がないかどうかを確認する。どう見ても大量の干し草の山が積み上がってるようにしか見えない。中に女がひとり隠れているなんて誰も気づかないはずだ。

我ながらいい仕事をしたと思い、満足だった。

数日が経った。

雪が少し解けて、黄色と灰色の草地が視界に現れた。例年どおりの風景だ。乾いた草やあちこちに転がっている石ころの合間に、ちくちくしたトゲのあるアザミの花が顔を見せている。筋力をつけさせるために、羊たちを少しだけ外に出した。今のうちに丈夫なからだを作って、まもなく始まる出産期に備えなければ。干し草の山の裏側にあの女がいると思うと、奇妙な感じがした。それについて、自分がどう思ってるのかはよくわからない。ただ、おぞましくも不快でもないことは確かだ。朝晩必ず納屋に入り、飼い葉桶に入れるための干し草を取りだす。そのたびに、隠れ家を封鎖している干し草の扉を眺めた。あの中はどうなっているのだろう。彼女のために作ってやった部屋のようすを想像した。

ギヨームや、やつがおれに対してしたことについては、あまり考えなかった。わりとどうでもよかった。興味があるのはそこじゃない。テレビニュースで事件の話をよくしていた。憲兵と消防士たちが山に上ったり、麓《ふもと》の小道に入ったり、栗《くり》の林の間を縫うように歩いたりしながら行方不明者を探している。誰だかよく知らないが検事を自称する男が現状を分析したり、よそからやってきた殺人鬼のしわざだと言う記者がいたり、かつて犠牲者を出した猛吹雪の話を地元の住民が蒸し返したりしていた。おれはテレビの前に座って、おまえたちが探しているその女はうちにいるんだぞ、絶対に見つかるはずがない、と思いながらほくそ笑んだ。きっとこの事件もいずれは地元で語り継がれる伝説になるだろう。真実を知っているのはおれとギヨームだけだ。そう思うと気分がよかった。だが、もっとも真剣に耳を傾けたのは、彼女についての情報だった。うちの納屋に居場所を与えてやったあの女について、もっといろいろ知りたかった。もう死んでいるのはもちろんわかっているが、それはどうでもよかった。死んでいても、関心があることには変わりない。

エヴリーヌというらしい。きれいな名前だ。四十九歳。おれより三つ歳上《としうえ》だ。都会の女だった。故郷で新たなビジネスを立ち上げる決意をした夫に従って、街の女がこんな辺鄙《へんぴ》な田舎にやってきたのだ。報道によると、彼女自身は仕事をしていないらしい。ガキどもはもうでかくなり、全員いい大学に入った。たまに子どもに会いに行く以外は、たいていは家にいる。トレッキングをやっていた。からだを動かすのが好きで、健康に気をつかっていたのだ。写真も公開されたが、とても美しかった。こんなにきれいな女には会ったことがない。こんな女、おれには決して手に入れられなかっただろう。何もないこの高原で、こんな女が暮らしていけるはずがない。暮らしはじめたとしても、長くはもたなかったはずだ。このあたりの農民たちを見下す姿が想像できる。いかにも小馬鹿にした口調で話をしたり、腹の中で嘲笑《あざわら》いながらやさしいふりをして接したりするだろう。

だが、それもすべて終わったことだ。今、彼女はここにいる。それに対して、誰もどうすることもできない。

その日の昼食時、電話が鳴った。おれは驚いて飛び上がった。うちに電話がかかってくることはめったにない。羊の買い手くらいだが、やつらも電話をせずに直接やってくるほうが多い。おれはたいてい家にいるので、そのほうが手っ取り早いからだ。居間じゅうに呼び出し音が鳴り響く。フォークをテーブルに置いて立ち上がり、壁に据えつけられた電話機のほうへ向かう。受話器を取った。初めは何も聞こえなかった。

「もしもし」おれは言った。

返事がない。

「もしもし、誰だ?」

すると、息づかいが聞こえた。きっとギヨームだ。あの馬鹿、居ても立ってもいられなくなって、とうとう電話をかけてきやがった。その後どうなったか、あの死体をどうしたのか、なぜおれが誰にも何も言わないのか……そのほうが都合がいいと知りつつ、どうしても我慢できなくなったのだ。おれがあの死体をそばに置いておけばおくほど、警察はおれを疑うようになる。それは確かだ。間違いない。いまや、おれは殺し屋だ。記者たちが勝手に話をでっち上げ、人々を震え上がらせている殺人鬼だ。農場に引きこもっていた気難しい男が、とうとう頭がおかしくなって、ガキの頃から憎んでいた相手に復讐《ふくしゅう》をするために女を殺したのだ……。

「おい、誰だ？」おれは声を荒げて繰り返した。

相手はようやく話しはじめた。ギヨームじゃない。声を聞いてすぐにわかった。

「ジョゼフ、あたしよ……あたし、アリス」

アリス。なんだ、福祉委員か。声が少し震えている。今にも泣きだしそうだ。おれは少しの間黙ったままでいた。

「ジョゼフ、いったい何があったの？」

おれは鼻をすすった。

「どうして連絡をくれないの？」

なんて言っていいかわからなかった。話をしたくなかった。そこで、適当に言い訳をした。

「忙しいんだ。羊の世話をしないと」

「うん、ジョゼフ、それはわかってる」福祉委員はおれの名前を何度も口にする。これは、彼女がいつも使う心理学上の作戦だ。「でもほかの理由もあるよね？　あたしが何か気に障《さわ》ることをした？」

「いや」

「会いに行ってもいい？　そうね……明日はどう？　話をしたいの」

おれを心配するふりをしているが、どちらかといえば彼女自身のほうが大変そうだった。

「いや、明日は時間がない」

「ジョゼフ」

「悪い」

福祉委員はそれでもまだしつこかった。だが、ここに来てほしくないことをどう説明したらいいか、よくわからない。あまりひどいことは言いたくない。いつもきちんと接してくれた相手だからだ。しかし、どうすることもできなかった。

「さよなら」

おれはそう言って、受話器を置いた。

テーブルの前に座りなおし、タバコに火をつける。そのまましばらく動かなかった。さっぱりわからない。いったい福祉委員は、おれとああいう関係を持つことで何を望んでいたんだろう。そしてもっと理解できないのは、家に夫がいるにもかかわらず、どうしてそれほどまでにここに来たいと思うのか。これまでの彼女のふるまいを思い返しながら、つくづく変な女だと思った。女というのはみんなこうなのだろうか。女と男の関係は、いつもこんなに複雑なのだろうか。

おれは勢いよく立ち上がった。ふたを開けたばかりの缶詰にフォークを突っこみ、それを持ったまま家を出る。ひとりになりたかったので、犬は置いていった。納屋まで歩く。中に入り、干し草の山に近づく。ここ数日で山がだいぶ小さくなっていた。隠れ家を封鎖していた草の扉を取り除く。内側にもぐりこみ、エヴリーヌ・デュカの部屋に入った。昼食の缶詰を手に、彼女の正面に腰かける。

目の前の女をじっと見つめた。肌が緑色になりかけている。抜け落ちた髪が、床の上で干し草と混ざりあっていた。ギヨームが結婚した当初の、美しいパリジェンヌの面影はもうほとんど残っていない。臭いを発しはじめていて、鼻の穴から汚らしいものが流れていた。だが、そんなことはどうでもよかった。倒れかかっていた彼女の上体を起こし、干し草ベールの角に寄りかからせて、汚れてよれよれになったセーターをきちんと伸ばしてやった。その時、気づいた。

いつもそこにあった、あの腹の中の塊。何をしていても決して消えなかった、おれをひどく苦しめたあの塊。

あれがなくなっていたのだ。

奇妙なことだとわかってる。だが、この死体をこの納屋に置いておくと決めて、羊たちの世話をする時に彼女がそばにいるようになってから、前のような孤独を感じなくなっていた。こんなことを言っていいかわからないが、これほどすがすがしい気持ちになったのは、ずいぶん久しぶりだった。おれの心は穏やかで、リラックスしてさえいた。まるでエヴリーヌ・デュカが、ここに彼女を捨てた男ではなく、自分のものになったような気がした。彼女が自分を必要としてるように思えた。

これまで、女と一緒に生活できたためしがなかった。女が男に何を求めてるのか、ずっとわからなかった。どういうわけかおれにつきまとったふたりの女、ソフィーにしても、福祉委員にしても同様だった。こんなふうに言うのはさみしい気もするが、結局のところ、おれが関係を築くことができるのはこの女だけかもしれない。死んだ女の世話をする。かつて死んだおふくろにしていたように。

最初に出産したのはペグーズだった。小さな仔羊《こひつじ》が問題なく生まれたのを、この目で確かめた。心配すべきことはなかった。それでも、いつ何が起こるかわからないので、なるべくそばにいてやった。出産期は羊にとって微妙な時期だ。何かあったらすぐに対応しなくてはならない。たとえば帝王切開が必要な雌羊がいたら、すぐに獣医を呼ぶ。問題がないかどうかを確かめるために、真夜中でもようすを見にいってやる。金に余裕があれば、羊小屋に監視カメラを設置して、家の中からのんびりそれを見ていればいいだろう。だが、おれは親父と同じやり方を続けていた。羊小屋から決して離れない。農場の仕事をなおざりにしていた時期、二、三頭の羊を失ってしまった。だが今は違う。ちゃんと面倒を見てやる。日中は、群れの中に入って観察する。食事も羊たちのそばで取る。夜間は、羊小屋の隅に干し草を敷いて横になる。羊たちが立てる物音のせいで熟睡はできないが、ずっとそばにいてやれる。時には、あまりの煩《うるさ》さにうんざりして、静かにしろ、と大声で怒鳴りちらすこともある。あるいは、この時期はいつもこうだし、来年の冬もまた同じことをするのだから、と自分に言い聞かせて、どうにか我慢することもある。

だが、この年は例年とは少し違っていた。いつものように羊小屋で夜を過ごす。隅に敷いた干し草の上に座り、セーターの下で草の屑がちくちくするのを感じながら、羊たちを観察する。いよいよ出産が始まり、仔羊がようやく姿を現して、母親が乳をやりはじめるまで、ずっと目を離さずに見守りつづける。だが、強風にあおられて小屋の金属製の壁が揺れ、どこかからノロジカの鳴き声が聞こえる夜、眠気が覚めたおれは納屋《なや》に向かうことがあった。干し草の山に近づき、草の扉をはずして中に入り、エヴリーヌの亡骸《なきがら》のそばに腰かける。まるでずっとそうしていたかのように、静かにそこにいる。気分がよかった。ほかの連中といる時のように、無理して話題を探す必要もなく、ただ黙ってそばにいるだけでいい。自分にはこのほうが向いている。少し世話もしてやる。まわりを片づけて、服のしわを伸ばしてやる。もちろん、相手が死んでいることはよくわかっている。腐敗臭がするからだ。オオカミに半分ほど食べられた野生動物の死体を所有地でたまに見つけるが、あの臭いによく似ている。からだが日に日に腐っていき、落ち窪んだ眼窩《がんか》にはもう眼球が入ってない。首元の皮膚を通して真っ黒な血管が透けて見え、からだから出てきた得体のしれない液体が服に浸《し》みこんでいた。だが、寒さのせいで腐敗の速度は思っていたより遅く、まだ耐えられる程度だった。毎日欠かさず納屋の備蓄から干し草を取りだし、羊たちに与えた。トラクターを操縦しながら、隠れ家を避けるようにして両端から干し草を取りだし、山が崩壊しないよう気をつけた。ところが、冬の終わりが近づくにつれて干し草が少なくなり、山の両端が徐々に隠れ家のある中心まで近づいていった。

家の中は静かだった。夜になって寝室に入っても、もうキッチンボードは音を立てない。エヴリーヌの存在によってすべてが落ち着きを取り戻し、亡霊たちも納得しているようだった。死んだ女と所帯を持ったように一緒に暮らしたりして、もしかしたら自分は頭がおかしくなったんだろうかと思いつつも、静かな生活にほっとした。結局のところ、あまり認めたくはないが、自分のこれまでの人生でこの時が一番穏やかな時期だったと思う。今も、この時のことをよく思いだす。

テレビでは、まだ時折失踪事件が話題になっていた。雪解けのあとも捜索は続けられているが、いまだに行方不明者は発見されていない、もう見つからないのではないか、という見解に傾きつつあるようだ。憲兵たちがうちを訪ねてきたこともあった。前に会った時よりも調査が進んでいて、デュカ家がかつてうちのすぐそばに住んでたことを知っていた。だが、おれを疑っているわけではなさそうだった。もちろんギヨームは、おれが怪しいとは決して言わないだろう。憲兵からいくつかのことを尋ねられ、おれもそれに応じたが、それほど突っこんだ質問じゃなかった。憲兵に対しては何も心配していなかった。とりあえず、この時点ではまだ。

むしろ、心配なのは福祉委員だった。夜になるとたまに電話が鳴った。受話器を取っても相手は何も言わない。福祉委員にちがいなかった。どうしてこんなことをするのか、何が目的なのか、さっぱりわからなかった。カルスト台地にいるのを見かけることもあった。この家に続く通りの入口に車を停めて、何もせずにこっちを眺めて、おれのようすを窺《うかが》っている。まさかおれを疑っているわけではないだろうが、そんなふうにじろじろ見られると、いつかはバレるのではないかと気が気じゃなかった。福祉委員は厄介な存在になりかねなかった。

おれは、なるべく誰にも会わないようにしていた。羊の出産についても、今年はおれ、羊たち、あの死んだ女との間で済ませてしまいたかった。

干し草が足りなくなった。冬に入った頃からわかってたことだ。去年の夏は雨が少なかったので、一冬を越すのに十分な量を収穫できなかった。飼い葉桶《おけ》に移すたびに干し草ベールが少しずつ減っていく。山がどんどん小さくなって、もうほとんどなくなってしまった。あと三十個ほどしかない。巨大な納屋の中に置かれたベールは、まるで小さなサイコロのようだ。手前の列のすぐ奥に、例の隠れ家がある。エヴリーヌの家であるこのサイコロからは、死体の臭いが漂っていた。近いうちに、家の壁となっているこの最後の一列さえ取り壊さなくてはならなくなるだろう。

ほかに選択肢はなかった。

ある朝、渋々ながら、干し草をもらいにいくために電話をかけた。上着を着こみ、トラクターにトレーラーを連結して、麓へ下りる道を徐行しながら走らせる。高原を離れるのは久しぶりだった。死んだ女を納屋に残したまま自宅から離れるのは、不思議な気分だった。春までまだ間があるが、あたりはすでに彩《いろど》りを取り戻している。石ころの隙間《すきま》に茂りはじめた緑の草は、夏には羊たちのごちそうになるだろう。空ではハゲワシが静かに旋回しながら、羊たちが草地に出てくるのを待ちかまえている。ヒバリも旅から戻ってきたようで、岩の上にいるのを見かけた。セイヨウネズの木々の間をジョウビタキも飛び回っている。操縦席に座ってハンドルを握りながら、キャビンの汚い窓越しに、路面の白線がゆっくりと流れていくのを眺めた。この速度だとかなり時間がかかるだろう。後ろにいる車たちが、おれを追い越せなくて苛々しているのがわかる。カーブを曲がるたびにトラクターは大きな騒音を立てた。

いつもおなじ男から干し草を買っている。山の斜面と川沿いに広い牧草地を所有しているやつだ。余計な詮索《せんさく》をしないところが気に入っている。そいつがトレーラーに干し草を積むのを手伝ってくれた。途中で落ちないよう紐《ひも》でしっかりくくってから、再びトラクターのエンジンをかけて、アスファルトの道を走りだす。川沿いを二キロほど走りながら、台地の上に残してきたエヴリーヌのことを少し考えた。二手に分かれている道の一方を進む。

道路の脇にトラクターを停めた。

小山へと上る細い坂道。その入口にある白い岩に見覚えがあると思ったからだ。知っている。テレビで見たことがある。

ここは、ギヨームが住む家だ。おそらくここで、あいつは妻を殺したんだ。

高原から下りる時によくこの道を通っていたが、今までちっとも気づかなかった。エヴリーヌがうちに来てからは、麓に下りる気になれなかった。だが、こうして今ここにやってくると、すべてが以前とは違って見えた。突然、おれは好奇心にかられた。あのくそ野郎がパリから戻ってきて、どんな豪邸に住んでるのか興味があった。そしてそれ以上に、あいつの妻が生前に生活していた場所を見たかった。彼女のことをもっと知りたい。おれはトラクターのキャビンの中でためらった。くそっ、下手したら今までの苦労がすべて水の泡になっちまうじゃないか。だが、好奇心には勝てなかった。トラクターを少し先まで走らせて、車道から見えない細い山道の先端に停車する。

それから徒歩で元の道に戻った。

ギヨームの家へ続く小道の両脇には、ちょっとした林があった。灰色のカバノキのトンネルをくぐりながら歩く。人目につきにくい道で、地面は枯れ葉で覆《おお》われてふわふわと柔らかかった。五十メートルほど歩いただろうか、ようやく林の奥に建物が姿を現した。馬鹿みたいにすごい家だった。今風の建築の、四角い箱のような家だ。天井は平らで、外壁に縦に板が張られていて、周囲をぐるりと見渡せる大きな窓がついている。あいつが生まれ育った、カルスト台地の上のあばら屋とは似ても似つかない。こんな豪邸を建てるには、目玉が飛び出るほどの金がかかるだろう。家の前には4WD車が一台停まっていたが、一見したところ誰もいなさそうだった。おれは木の後ろに隠れながら家のまわりを回ってみた。二階にはテラスがあった。エヴリーヌはあのテラスのある部屋で、ワインを飲んだり、タバコを吸ったりしたのかもしれない。ブルジョワのようにしゃれた格好でソファに座り、景色を眺めたり、木々の間を飛ぶ小鳥に目をやったりしていたのだろう。生前の彼女の姿をあれこれ想像するのは楽しかった。おれはさらに家のまわりを歩いた。隣に小さな建物がある。作業場か、あるいはおれにはよくわからないが、サウナ的な何かかもしれない。時計に目をやる。あまりゆっくりしてはいられない。そろそろ羊たちが腹を空《す》かせる時間だ。立ち去ろうとしたその時、声が聞こえて振り返った。

ギヨームがいた。豪邸の玄関口の階段の上に立っている。

おれがいる場所から数メートルほどのところだ。

ギヨームは電話をしていた。むかしとは変わっていたが、それでも本人だとすぐにわかった。絶対に見間違いじゃない。かなり腹が出ていたが、隠すつもりはないようで、むしろ誇らしげに見えた。頭髪はもうほとんど残っていない。白いシャツとジーンズ姿。こういうやつらは、自分を上等な人間に見せるためにいつもこういう服を着る。おれはガキの頃を思いだした。あいつとおれの家族の間で、さまざまないざこざがあった。デュカ家の父親がうちの放牧地の柵《さく》を壊したせいで、羊たちが道路に逃げだしたこともあった。だが、よそで暮らしてきたあいつにとっては、遠い過去の出来事だろう。

相手に気づかれないよう気をつけながら、そっと近寄っていく。静かだったので、ギヨームの声が少しだけ聞こえた。

「……うん、きみが来てくれると嬉《うれ》しい。もちろんだ、きみが必要なんだ」

どうやら相手は女らしい。妻ではない別の女だ。

「……まだ見つかってないんだ。もしかしたらもう無理かもしれない。そんなことを言われた」

妻がどこにいるか、知らないふりをしてやがる。くそ野郎め。

「……切符はぼくが用意するよ。いいかい、きみはここに住むんだ、いいね？　大丈夫、心配しなくていい。あとは……」

そこまで言うと、やつは口を閉ざした。こっちの方向をじっと見ている。おれが落ちていた小枝をうっかり踏んで、音をさせたせいだった。息を止めたまま、じっと身を潜める。大丈夫だ、見えていない。木の幹や何やらがあるから、向こうからは見えないはずだ。自分にそう言い聞かせる。やつは首を動かしながら、あたりをきょろきょろと見回した。それが数十秒ほど続いた。

「ごめん」やつは携帯電話を持ち替えてそう言った。「てっきり……いや、大丈夫だ、なんでもない」

場所を移動しながら、再び話しはじめる。

大丈夫、見えなかったはずだ。きっと虫か何かだと思っただろう。

動けるようになるまでそのまま待つ。やがて、ギヨームが反対方向へ遠ざかっていった。おれは枯れ葉を踏みつぶしながら、林のほうへじりじりと後ずさった。そしてもう安心というところまでくると、後ろを振り返って歩きだした。どうやらギヨームは、すでに別の女に乗り換えようとしているらしい。あいつならやりかねない。過去の数々の悪行を思いだしながらそう思った。

おれはトラクターのところへ急いで戻っていった。

カルスト台地の上に戻るまで、二時間以上かかった。荷を山積みにしたトレーラーを牽《ひ》いたトラクターで、坂道を上るのはひと苦労だ。だが、台地の端の断崖《だんがい》沿いの道を上りきって、ようやく高原の上を縫うように伸びる道に入ると、気分がほっとした。麓の村は居心地が悪い。とくに、ギヨームのあの胸くそ悪い顔を見てしまうと、なおさら麓に下りるのが嫌になった。

石造りの十字架のところまで来ると、遠くにうちの農場が見える。ところが、そこで思いがけないことが起きた。福祉委員とすれ違ったのだ。前方から彼女の車がやってきて、おれの脇を通りすぎていく。向こうもこっちに気づいたようだった。そのまま行ってくれ、とおれは願った。ところが、彼女はUターンして追いかけてきた。まずいことになった。干し草を納屋に片づける間、絶対に彼女を中に入れてはいけない。あの臭いと、中央に不自然な形で残っている干し草に気づかれるとまずい。家に到着し、納屋の前にトラクターを停める。悪いと思いながらも、おれは彼女を無視して積み荷を下ろしはじめた。干し草ベールを手で運んで、納屋に入れていく。何気ない顔をして、エヴリーヌの隠れ家のまわりにひとつずつ積み上げた。

福祉委員は納屋の入口までやってきた。死体を見つけたあの日以来、ずっと会っていなかった。まるで別人のようだ。ひどく苛々して、ずっとおれのあとをついて回った。またおれを質問攻めにしたが、聞きたくなかった。話がしたい、と繰り返し言う。話をすれば、何かが変わるとでもいうのか。そういう態度やことばにほとほとうんざりした。おれにどうしてほしいのか、ますますわからない。どうしてこんなことをするのだろう。それだけのことを、おれがしたっていうんだろうか？　そしてとうとう彼女はこう言った。

「どうしてあんなことをしたの」

だが、おれはそのことばをまったく気に留めなかった。たいした意味などないと思ったからだ。いいかげんなことを言いやがる、と思っただけだ。おれは心の中で、帰れ、帰れ、と何度も叫びながら、トレーラーと納屋の間を行ったり来たりした。福祉委員の目の前を、五、六回ほど無言で往復した。

ところがその時、福祉委員が納屋の中まで入ってきた。おれは震えあがった。隠していたものがバレてしまう。だから、そんなことをすべきじゃなかったのかもしれないが、どうしてもこらえきれずに、彼女を怒鳴りつけた。出ていけ！　ここから出ていけ！　そう口にした途端、思っていた以上に自分が怒っていたことに気づいた。福祉委員が納屋にいることに耐えられなかった。ここはおれと死んだ女だけの場所だ。福祉委員は、自分が納屋に入った瞬間に、おれが急変したと気づいたようだった。彼女が干し草のほうを振り向いたのを見て、おれの心臓は激しく鼓動した。しまった、気づかれた。エヴリーヌの臭いがしたはずだ。

福祉委員がおれの背後に視線を向けたその時、おれは終わりが近づいてることを悟った。

一週間が経った。毎日隠れ家を訪れて、エヴリーヌと時間を過ごした。もう生前のおもかげはほとんど残っていない。黒くなった皮膚は、かさかさに乾燥して紙のようになって、ところどころが剝《は》がれ落ちていた。指先が手袋の先端のように破れている。そういう姿を見るのがつらかった。幸いにも、臭いは前ほどきつくなくなっていた。だが、彼女のからだが徐々に消えていくようで心細かった。悲しいことだが、もうすぐすべてが終わってしまい、それに対して自分は何もできないのだ。いまや、羊たちのそばに彼女がいるのが当たり前になっていた。生まれたばかりの仔羊たちはすでに四本の脚で立ち上がって、母親の足元ではしゃぎ回っている。いずれはエヴリーヌと離れなくてはならないだろう。ずっとここに置いておくわけにはいかない。でないと、いずれは誰かに見つかって、おれは彼女の死にはなんの責任もないのに、刑務所に入れられてしまうかもしれない。だがなかなか決断できず、あと一日だけ、いやあともう二日……と、ずっと実行を先送りにしていた。

終わりが訪れる前の、最後の夜だった。寝る時間になっても、二階の寝室には上がらなかった。防寒着に着替えて、タバコの火を点《つ》けて外に出た。懐中電灯の黄色くて丸い灯で泥道を照らしながら、納屋まで歩いていく。頭上には雲ひとつなかった。何十億という星が、夜空に小さな白い光を瞬《また》かせている。暗闇《くらやみ》の中、風の音と、草地のどこかで鳴くサンバガエルの声が聞こえてきた。納屋の引き戸を開ける。羊たちにもおれが来たのがわかったのだろう。隣の小屋のほうから鳴き声が聞こえた。干し草の山はまた小さくなっていた。隠れ家の扉をあけて、中にしのびこむ。エヴリーヌの顔は照らさなかった。もう見られる状態じゃないとわかってたからだ。臭いはすっかり薄らいでいた。床に落ちていた干し草をかき集め、暗闇の中で横たわった。眠りが訪れるのを待つ。例年とは違うこの季節が、もうすぐ終わってしまう。これが最後の夜になるかもしれない。やがて、いつもどおりの生活がやってくる。妻も、きょうだいも、両親もなく、共に時間を過ごす相手が誰もいない、孤独な農民に戻るのだ。

この高原の上に住んでいる利点は、誰かがここにやってくるのが遠くからでもわかるところだ。見知らぬ車がこっちに向かっていても、石灰岩の巨石群を通りすぎた頃にはその姿に気づける。その間に、たとえば嫌な予感がするなら、猟銃を出しておくなどの用意ができる。相手が玄関口の階段の下に車を停める頃には、準備万端で出迎えることができるのだ。

その時も、憲兵の車が来るとすぐにわかった。車高が低いせいで地面にバンパーを擦りながら、うちまで続くでこぼこ道に入ってきた。午後の終わりで、松林の裏手で草を食《は》んでいた羊たちを連れ戻してきたところだった。車が到着した時、テラスでタバコを吸っていたおれは、立ち上がって腕組みをした。自宅でのんびりしてたところを、急に訪問客がやってきてうんざりしたふうを装《よそお》ったのだ。

憲兵たちは車を無造作に停めると、階段を上ってきた。

「ボヌフィーユさんですね？」

「ああ」

「ヴィジエ准尉です。前にもお会いしましたね」

おれは頷《うなず》いた。以前、洞窟のそばに同僚と一緒にいた男だ。あの時よりも真剣な表情をしている。もうひとり若造がいたが、そっちは何もしゃべらなかった。

「お邪魔しても？」准尉が尋ねる。

「何かあったのか?」

おれは相手の顔を見ずに言った。

「できれば中でお話ししたいんですが。もしご迷惑でなければ」

もちろん、ご迷惑だ。おれはまわりを見回した。二羽のハゲワシが遠くのほうで旋回している。きっと動物の死骸《しがい》を見つけたのだろう。

「どうぞ」

フ准尉は行儀よく礼を述べた。三人で台所兼居間のテーブルの前に腰かける。相手が話しはじめるのを待ちながら、おれは鼻をすすった。家の中に制服を着た人間がいるのは不愉快だった。だが、そんなことを言ってもしかたがない。

ゼ「ボヌフィーユさん、エヴリーヌ・デュカという名前に聞き覚えは?」

おれは少しためらってから言った。

ヨ「失踪《しっそう》した女じゃないか?」

「はい、そうです。お会いになられたことは?」

おれは首を横に振った。

ジ「単刀直入に言いましょう。彼女の夫のギヨーム・デュカさんによると、かつてこちらの家とデュカ家はあまり仲がよくなかったそうですね」

おれは手で顎に触れながら、言うべきことばを探した。

「確かにそうだが、むかしの話だ。そのことと、やつの妻の失踪と何の関係がある？」

「さあ。あなたはどう思われますか？」

「わからん」

准尉は咳《せき》ばらいをすると、深刻そうな声で言った。

「一月十八日から十九日にかけての夜、何をされてましたか？」

「眠ってたはずだ」おれは即答した。

「それを証明できる人は？」

おれはため息をついた。おれがここにひとりで住んでると、こいつらも知らないわけではないだろうに。

「羊たちだ」

憲兵たちは互いに顔を見合わせた。どうやらおれは不利な状況に陥ったらしい。おれは首を横に回し、家の裏手に建つ羊小屋を窓越しに眺めた。

「デュカさんによると、数日前、ご自宅に何者かが無断で侵入したのだそうです。敷地内に男が隠れていたとか。そしてその男はあなた、ボヌフィーユさんだと言うんですよ」

「へえ、そうかい」

「ええ、デュカさんによると」

あのくそ野郎、とおれは思った。

「くだらない。変わってないな、あいつ」

しばらくは誰も口をきかなかった。おれは話したくなかったからで、憲兵たちはおれの出方を見るためだ。テレビに出てくる刑事と同じだ。

「ボヌフィーユさん、少しの間、敷地内を拝見してもいいですか？」

「少しなら」

「少しなら、とは？　何か隠してるものでも？」

「いや」

「納屋にも何もありませんね？」

またしても沈黙。間違いない、福祉委員がしゃべったんだろう。

憲兵たちは立ち上がり、玄関に向かって歩きだした。准尉が、一緒に来いというように、おれに向かって顎をしゃくる。おれは少し考えてから、ふたりについて外に出た。三人で家の裏手に回る。ふたりのごついブーツで、泥道に深い靴跡がついた。

「開けてください」准尉は金属製のドアの前で言った。

おれはためらい、准尉の目をじっと見た。どうやら断る選択肢はないらしい。おれは取っ手をつかんで引き戸を開けた。きしみ音を立てながら扉が開く。ふたりはまるで自分の家のようにずかずかと中に入った。准尉が天井を仰いだ。

「広いな」

おれは肩をすくめた。きっと羊小屋に足を踏み入れたことなどないのだろう。コンクリート敷きの通路を歩きながら、柵の内側にいる羊たちに視線を向ける。どうやら羊たちも、突然の闖入者《ちんにゅうしゃ》たちを快く思っていないようだ。

「何頭いるんです?」

「母羊だけで二百四十頭」

准尉は驚いたような表情を見せた。そして隣接する納屋に入ると、干し草の山のほうに向かった。若造もあとをついていく。ふたりは、積み上げられた干し草ベールのまわりを、壁をつたうようにして手で触れながら歩いた。

「今年の冬は、途中で買い足したそうですね」

おれは答えなかった。空洞がないかどうかを確かめるために、干し草のあちこちを手で押している。単なる思いつきじゃない。わかった上でやっているのだ。

そして、とうとう見つけた。

准尉が押すと、三つの干し草ベールが内側に引っこんだ。ふたりは宝物を見つけたような表情で互いに顔を見合わせた。

「これは何ですか」

「穴が開いてる」おれは言った。

「中を見てもいいですね？　あなたがここに何を隠してるか、だいたいの見当はついてるんです」

おれは何も言わなかった。准尉は、干し草ベールの扉を取り除き、細い通路を歩いて奥へ入っていく。若造は、おれを見張るために外で待っていた。コンクリートの上を歩く足音と、床に落ちた干し草を蹴散《けち》らす音が聞こえてくる。

「准尉、何かありましたか？」

「……」

「准尉？」

准尉が外に出てきた。しばらくは無言のままだった。

「何もない」若造に向かって小声で言う。「まったく何もなかった」

がっかりした顔だった。責めるような目でこっちを見る。おれは肩をすくめた。

「穴が開いてるだけだ」

准尉は頭を振りながらため息をついた。納屋の中を歩きだす。サイロ、隅に置かれていたヘイフォーク、穀物が入った袋などを眺めている。やがて、コンクリートの床にブーツの先端をこすりつけると、おれのそばに戻ってきた。

「それでは、エヴリーヌ・デュカさんとは会ったことがないんですね？」

「ああ」

「わかりました。では、ミシェル・ファランジュという名前に聞き覚えは？」

今度はおれが驚く番だった。どういう関係があるのかわからない。

「教えてあげましょうか。あなたを担当してるソーシャルワーカーの夫です」

「ああ、見かけたことはある。かなり前だが」

「本当に？ 彼女はあなたが夫を殴ったと言ってます。最近の話です」

殴っただと？ いったい何を言ってるんだ？

「まさか。何かの間違いだ。そんなことをするはずがない」

「でしょうね。それならもちろん、彼の失踪にも関わっていませんね？」

今度は心の底から仰天した。なんて言ったらいいかわからなかった。

「今朝、ファランジュさんの車が放置されてるのが見つかったんです。デュカ夫人の車があったのと同じ場所でした」

憲兵たちの車は、草地に囲まれた道を、がたがたと音を立てながら帰っていった。草地に群生しているエニシダは、もうすぐ黄色い花を咲かせるだろう。やつらはきっともう一度やってくる。おれはそう確信していた。だが今のところ、おれを犯人とする証拠は何もない。憲兵と福祉委員が疑っているだけのことだ。死体が見つからなければ被害者はいないことになり、被害者がいなければ殺人もなかったことになる。テレビで学んだ理屈だ。しかし気をつけていないと、いつ風向きが変わるかわからない。そうなった時のリスクは大きい。おれが長い間死体を隠していたとわかれば、たとえ殺したのがおれじゃなくても、やつらを納得させるのは難しいだろう。

それだけじゃない。どうやら福祉委員の夫も失踪したらしい。これはまったく思いがけなかった。完全に想定外だ。どうしてギヨームはあの男を殺したのだろう？　おれが見た限りでは、なんの関わりもなさそうなのに。あるいは、おれに嫌疑をかけさせるためにわざとやったのだろうか？　いや、あいつは確かに汚いやつだが、まさかそこまではしないだろう。ああ、それはない。いずれにしてもひとつ確かなのは、福祉委員の夫が失踪したことで、おれの立場は悪くはなっても、決してよくはならないということだ。「若き農業従事者たち」の会合で見かけた、ミシェル・ファランジュを思いだす。心ここにあらずといった感じで、共通農業政策《CAP》の改革に関する役人の話など少しも聞いていなかった。それに、あの雑誌の切り抜きの娘の写真。まるで恋をしてるような目つきで眺めてた。すごく奇妙だった。

とくに何もせずに、ただ暗くなるのを待った。今回ばかりは、ぐずぐずしてはいられない。この手ですべてを終わらせないと。もうこれ以上、あの女がうちにいる意味はない。そもそも、こんなことに意味などなかったのだ。初めからわかってたことだ。なのに、おれは奇妙な考えにとらわれてしまった。彼女はずっとここにいて、おれと一緒に生きつづけるものだと思ってしまった。別れなくてはならないのがつらい。どうしてかよくわからないが、悲しくてしかたがない。何かが終わってしまった気分だった。幸せのようなものを感じていたあのひと時は、もう二度と戻ってこない。ガキの頃は、このカルスト台地が世界で一番美しい場所だと思っていた。こんな未来が待っているなんて、はてしなく続くこの高原を見るたびに泣きだしたくなる未来がやってくるなんて、あの頃は思いもしなかった。そして今、おれの腹の中に孤独の塊が戻りつつある。おれは勇気を振り絞るために、ゲンチアナのリキュールを二杯あおった。

ブーツを履き、手袋をはめて、外に出る。薄暗がりの中、羊小屋の裏手に回る。近くでコノハズクが鳴いていた。おれが嫌々ながらやってることを、興味津々《しんしん》で眺めて堆肥《たいひ》の山の前までやってきた。ピッチフォークを取りだして、地面の上に放り投げる。堆肥の山の前までやってきた。羊の糞便《ふんべん》を毎日小屋から運びだして、使い道を決めるまでの間、このコンクリート板の上に溜《た》めておく。ひどくきつい臭いがするはずだが、おれは慣れてしまって何も感じない。ピッチフォークを手にとって、歯の先端を山の中にそっと入れると、少量の堆肥をかき取った。同じことを何度も繰り返す。やがて、エヴリーヌのあのしゃれた服が見えてきた。トレッキング用ズボンと、もう白い部分がまったく残っていないウールのセーター。憲兵の車がこっちに向かってるのを見た時、急いでここまで運んできたのだ。そして、大急ぎで堆肥の山の下にすべてを隠した。あと少し遅かったら、彼女と一緒に納屋にいるところを見つかってしまっただろう。こんなことをせざるをえないのが、気の毒でしかたがなかった。ひどくつらかった。くそっ。だが、これしか思いつかなかったのだ。

少しずつ堆肥をどかしていき、ようやく彼女を外に出した。皮膚が骨にくっつき、からだも服も糞便にまみれた彼女は、決して見た目はよくなかった。多くの人にとっては目を覆いたくなる光景だろう。だがおれにとっての彼女は、人生でもっとも一緒にいたいと思える相手だった。このかさかさに乾燥した死骸に対する気持ちは、おそらく愛に限りなく近いものだったろう。かつておふくろに

「おまえは理想が高すぎるから相手が見つからない」と言われた、その理想こそが彼女だった。現実の女の中におれの理想はいない。それに気づかなかったから、一緒にいたい相手がずっと見つからなかったのだ。

ビニールシートを広げて、死体をその上に転がす。シートで死体を包みこみ、紐でしっかりと縛った。彼女の顔の残骸が、ブルーシートの下に消えていく。それを車のトランクに入れると、エンジンをかけて、ライトを消したまま走りだした。暗闇の中、月明かりだけを頼りにゆっくりと走る。からりと晴れてひんやりした夜だった。草地が風にあおられて、細い葉が密集したエンジェルヘアーがあちこちで波のように揺れているのがかすかに見える。車は一台も通らなかった。高原の上はしんと静まり返っている。おれを見ている者は誰もいなかった。

車を停めて、エヴリーヌをトランクから出し、地面の上を引きずりながら歩く。時折尖《とが》った石にシートの繊維が引っかかるのが厄介だった。あたりを見回すと、小山やドリーネがゆるやかなカーブを描いているのがうっすらと見えた。

ようやく、洞窟《どうくつ》に到着した。

野原の真ん中で、大きな円を描くようにして岩場が崩壊している。破かないよう気をつけながらシートを転がして、下へおりていく。入口をふさいでいた岩をどかす。

数週間前、憲兵たちが必要な道具を持ってこの中に入り、エヴリーヌを探し回ったはずだった。やつらは同じ場所をもう一度探したりはしないだろう。おれはその勘に賭《か》けようと思った。ここはすでに捜索済みで、エヴリーヌはいないと結論されたのだ。おれは少しかがみこんで、真っ暗な内部を覗《のぞ》きこんだ。洞窟は真下に向かって伸びている。手前にある岩の奥に大きな穴が開いていた。深さ三十メートルはあるというが、底にはうちの先祖が飼っていた羊の死骸が二、三頭は転がっているはずだ。ここなら、彼女はひとりぼっちにならずに済むだろう。

死体を洞窟の入口に置いたものの、すぐには決心がつかなかった。大切な誰かと別れる時のように、訳のわからない感情で胸がいっぱいになる。この感情は、おそらく「憂鬱《ゆううつ》」と呼ぶものなのだろう。タバコに火をつけて、ぎりぎりまで待つ。星空の下、エヴリーヌの隣に座り、尖《とが》った岩に寄りかかった。

それからとうとう、彼女を穴の中に突き落とした。

シートにくるまれた死体は、どこにも引っかかることなく一気に落下していった。底に落ちた時の音さえ聞こえなかった。年寄りたちの話を思いだして、地底から死者たちのうめき声が聞こえるだろうかと耳を澄ます。地獄の入口と呼ばれる洞窟には、亡霊や怪物がうごめいているという。だが、何も聞こえなかった。あたりはしんと静まりかえっていて、おれはまたひとりきりになったのだと悟った。おれには、話をしたり、一緒に泣いたり、そばで何かをしたりする人間が誰もいない。

その夜、キッチンボードが音を立てた。なかなか寝つけずにいたおれは、ベッドの中でその音を聞いた。寝室の下の台所で、キッチンボードが動いている。だが、怖くはなかった。決して攻撃的な音じゃない。石張りの床の上を、忍び足で歩いているような音だ。目を見開き、寝室の壁を横切る桁《けた》を眺めながら耳を澄ます。ふと、この音には意味があるはずだと思った。いや、亡霊が災いをもたらす印でも、家にとどまっているおふくろによるメッセージでもない。これは、エヴリーヌの置きみやげだ。おれに別れの挨拶《あいさつ》を述べて、これまで世話をしてやったことに感謝しているのだ。その夜のほとんどの時間を、おれは音を聞きながら過ごした。すべてのものが眠っている時間帯に、たったひとりで目を覚ましていた。外は静かで、物音ひとつ聞こえない。かつての空気が戻ってきた。また、これに慣れていかなくてはいけないのだろう。

今回のことをもう一度思い返す。ギヨーム、憲兵たち、福祉委員、失踪した福祉委員の夫……。もしかしたら、おれは大きな思い違いをしていたのかもしれない。おれは何もわかってなくて、もしかしたらギヨームは妻を殺していなかったのかもしれない。物事はもっとずっと複雑だったのかもしれない。そんなあれこれが頭の中でフルスピードで回転しはじめ、ひょっとしたらこのまま朝まで眠れないかもしれない——と思った、ちょうどその時だった。突然、ひとつのイメージが脳裏によみがえって、おれは、くそっ、そうか！　と心の中で叫んだ。

ベッドから起き上がって、寒くないように二、三枚の服を重ね着する。電灯をつけて、階下におりていく。巨大なキッチンボードを疑わしい目で見つめたが、奥の壁ぎわに置かれたままぴくりとも動かなかった。事務室として使っている小部屋に入り、パソコンの電源を入れる。インターネットで検索をかけると、しばらくして目当てのものが見つかった。

探していたものが画面上に現れる。

ミシェル・ファランジュが、恋人を見るような目で見ていた娘の写真。彼女だ。名前は、アリシア・モール。これまで何回か見たことがあった。あまり自慢できることじゃない。なぜなら彼女は……。

彼女は、AV女優だからだ。

ミシェル・ファランジュはアダルトビデオに出演する女優に入れこんでいたのだ。

MARIBÉ

マリベ

あたしがあの人を殺した。

今回のことについては、いまだにわかんないことがたくさんある。ただ、確実に、あたしはあの村の人たちよりたくさんのことを知ってる。数カ月間暮らした谷間の村。いまや完全に行き詰まってるらしい警察より、あたしのほうがよくわかってる。

当時のことは考えないようにしてる。あの村で暮らした日々。だって、考えるとつらくなるから。でももしあの人が戻ってきたら、またすべてを捨てて駆けつけると思う。すごく会いたい。後悔してる。マジでどうしようもなく後悔してる。だって本当のことだから。あの人を殺したのはあたし。

もしあの日、あたしたちが出会っていなければ、あの人はまだ生きてたのに。

あれは、あたしの第三の人生が終わろうとしてる時だった。

出口が見えなかったあの時期、次の人生が訪れるのを、救世主かなんかを待つようにして待っていた。だって今回こそ大丈夫だと思ってたのに、やっぱりすごくぐちゃぐちゃになっちゃって、だからもう潮時だった。

ほかの人たちはどうだかわかんないけど、あたしは二十六歳にして、すでに何回も人生を繰り返してきた気がする。あたしにとって、人生は二、三年くらいのもの。それ以上は絶対なくて、むしろもっと短いくらい。ひとつの人生は、ひとりのオトコ、あるいはオンナから始まる。愛によってふたりがひとつに溶けあう日が来るのを信じて、一緒に時間を過ごす。それは新しい世界。大きな変化が起きたことから生まれる、それまでとは百八十度違う世界。そしてそれは始まり。十六歳の頃からずっと探してきたものを、やっと見つけたという喜び。ところが、やがて終わりがやってくる。たいていの場合、ある日突然、あたしがすべてをめちゃくちゃにして放りだす。それはちょっとした自殺のようなもの。その人生を愛してたから、同じくらい憎むことで終わらせる。毎回そういう感じ。

毎回、あたしはその人生にすべてを捧《ささ》げる。相手がつかまえてくれると信じて、空中に身を投げる。溺《おぼ》れる人がブイをつかむようにして、差し伸べられた手にしがみつく。今度こそ、これが一生続くはずと信じながら。

あ、一生って、マジの意味での一生ってことだから。

わかってる。確かにあたしは気分にムラがあるし、影響されやすい。あれはウザい、でもこれだと物足んない、っていつも言ってばかりいる。はいはい、それは境界性パーソナリティー障害だ、って言うんでしょう？ 知ってる。ママが自分のカウンセラーからそう聞いたらしい。でもあのカウンセラー、ママよりも娘のあたしのほうに興味があったみたい。いずれにしても、ああいう分析があたしにとって何の役に立つのかさっぱりわかんない。

あーもう、いやんなる。

つまりあの頃、本来ならあたしは、ママの望みどおりにアパレルメーカーで服飾デザイナーになるために、デザインの猛勉強をしてるはずだった。ところが実際は、ふらふらとほっつき歩きながら、フレッドとの別れから立ち直ろうとしてた。あたしよりあいつのほうがつらい思いをしてればいいのに、と思いながら。あのオトコの家を出ていく時、あたしはブチ切れて、買ったばかりのあいつの録音機材を蹴《け》りつけてやった。あいつは半年間、あの機材を使ってSNSばかりやってた。あまりにうんざりしたから、サウンドボード、マイク、プリアンプ……何もかもぶっ壊してやった。オートチューンで補正した音声データも含めて、すべてが木《こ》っ端《ぱ》微《み》塵《じん》になった。おかげで、今回の人生の総決算として、とりあえずささやかな勝利の喜びを味わうことはできた。

こうして、二年の月日が見事に砕け散った。

偏頭痛に再び襲われるようになって、一日じゅう頭がずきずきした。時々古着屋に出かける以外は、ワンルームの部屋に引きこもった。音楽を聴く気にさえなれなかった。ヒップホップを聴くと、嫌でも別れたばかりのあのオトコを思いだす。あいつが言い出しにくそうにしてたから、あたしから切ってやったんだ。ひっきりなしにタバコを吸いながら、少しだけデザイン画を描いた。自分では絶対に作れない、実際にはありえない服をでっち上げた。

でも一番つらかったのは、お金がないことでも、狭い部屋に引きこもってることでもない。それならすぐに慣れる。そうじゃなくて、またひとりぼっちになってしまったのがつらかった。

またひとりぼっち。

いっときの解放感が通りすぎると、すぐに前と同じ状態になる。つまり、不安でしかたがなくなる。一緒にいる相手が見つからなくて、長い間ひとりきりでいると、怖くてたまらなくなる。まるでトンネルに入って、もう二度と出られなくなったみたいに。一週間もすると、空から地面に向けて急降下してる気分になる。そうやって、パラシュートが開く瞬間をじりじりと待っている。

やがて、第四の人生がスタートした。

外をぶらぶらしてると、夜を過ごす相手はすぐに見つかった。まあ、その点については心配してなかったけど。あたしほどの大きなおっぱいだと、バーに入った瞬間にまわりから注目される。オトコたちが、いやらしい目でこっちを見たり、飢えたジャッカルのようにそばをうろうろしたりする。よだれを垂らさんばかりの物欲しげな目つきを向けられても、もう慣れたのでなんとも思わない。二、三人は誘いにのってやった。家までついていって、リバービューでイタリア式シャワーがついた今風のアパルトマンで、それなりに楽しく過ごす。でも翌朝、そのおとなになりきれてない顔立ちを目《ま》の当たりにすると、すぐにでもその場から逃げだしたくなる。だってどんなにイケメンでナンパ慣れしてても、未来が始まる予感がまったくしないから。

そう、あたしが望んでるのは、この手をつかんでどこかへ連れていってくれる人。

そんな時に、あの人に出会った。運が悪いことに。

「それ、電磁波よ」

そう声をかけられた。最初に言われたのが「それ、電磁波よ」だった。

振り向くと、そこに彼女がいた。左手にモヒートのグラスを持って、天から降ってきたみたいに突然現れた。奇妙なことに、彼女を見た時の最初の感想を今でも覚えてる。……このおばさん、こんなところでいったい何してるんだろう？〈レ・ピラット〉というこのバーは、大学に入ったばかりの学生が日付が変わるまで飲みあかし、オーナーにブラジャーを貢《みつ》いで一杯サービスしてもらうような店だ。あたしでさえ、この店ではちょっとババアすぎるかもと思うのに、彼女ときたら……。

でも、次の瞬間に理解した。そうか、この人、あたしを狙《ねら》ってここにきたのか。あたしみたいなひとりぼっちの女をターゲットにしてるんだ。つまり、ひとりでいる女なら誰でもいいんだろう。

あたしは返事をしなかった。すると、彼女はこう言った。

「こめかみを揉《も》んでたでしょう。偏頭痛持ちじゃない？」

あたしは眉《まゆ》をひそめて、そうだけど、と答えた。確かに頭が痛い、だからもう帰るつもりだったのだ、と。

「それ、電磁波のせいよ。いまや都会はそこらじゅう電磁波だらけ。あなたはきっと過敏症なのね」

言ってることを理解するのに時間がかかった。少なくとも、彼女はあたしより二十歳は歳上《としうえ》に見える。うん、間違いない。でも美人だし、それなりに若く見える。髪はブロンドで、品があって、上流階級のマダムって感じ。夜が更《ふ》けてから下々の者たちと交流しようとやってきたブルジョワ、みたいな？　あたしとは真逆のタイプ。

あたしはへらへらと笑った。なんだかこの状況がリアルじゃないように感じた。

「なによ」彼女は豊かな髪を指で梳《す》きながら言った。「本当だってば。調べてみればわかるわよ」

落ちついた雰囲気の人だった。しっとりした声で、不思議な話を長々と語った。次から次へと話しつづける。電磁波は人間をじわじわと死に追いつめる、だから都会に住むのをやめた、と言った。あたしは笑うのをやめて話を聞きはじめた。興味があるわけじゃないのに、どういうわけか耳を傾ける気になった。いや、嘘《うそ》だ。理由はちゃんとわかってる。彼女の声には人を安心させる何かがある。彼女自身からにじみ出る、あったかい何か。おとなになりきれてない若者が集まるこのバーにいながら、少しも気がねせずにくつろいでた。あきれるほどの自然体で、店の雰囲気に溶けこんでいた。

彼女は顔を上げて、笑みを作った。あなた、かわいいわね、と言いたげなほほ笑み。あたしに一杯おごりたいと言う。いつの間にか偏頭痛がやわらいでたので、じゃあビールを、と答えた。デヴィッド・ボウイの歌が流れてる。世代を超越してるアーティストだ。まるで、ふたりを隔てる障壁などないと言われてるようだった。

彼女はバカげた話をしていた。アロマオイルを使うほうがいい、食べるべきシード類はこれとそれだ、とか、むかしのヒッピーが言いそうなこと。谷間の村に住んでいると言った。あたしのことは何も聞かなかった。そのほうがいい。人生の境目にいる今、話せることなんて何もない。ただ、次の人生が来るのを待ってるだけだった。時間が経《た》つにつれて、あたしは彼女を違う目で見るようになっていった。口元を見つめたり、ふたりの間に置かれた手を観察したりした。バージンロードを並んで歩く二羽のスズメのように、指先を軽やかに踊らせている。あたしがビールを飲んで唇をぬぐうと、彼女はまたほほ笑んだ。

その時、何かが起きた。

あたしはこのあとのことを予感した。

うまく説明できないけど、マジでこの時に何かが起きた。ほんの数分前まで、世界が違う人間だと思ってへらへら笑ってたのに、急にすべてが好ましく感じられた。自分よりずっと歳上なところもいいと思った。あたしたちは一本の糸でつながれた。今夜はひとり寝せずに済むだろうと予感した。

タバコを吸うために外に出た。あたしが彼女の〈ヴォーグ〉を一本もらうのを、彼女は黙って見ていた。舐《な》めるような視線を感じた。それが心地よかった。

「どこに住んでるの?」石畳に落としたタバコをヒールで消しながら、彼女が尋ねた。

「ここからずっと北」

彼女は目を丸くした。遠くでしょう、と言う。

「わたし、ここから三つ目の通りのホテルに泊まってるの」

頭上では、街の灯で黄色く染まった壁に囲まれて、夏の夜がゆっくりと更けようとしていた。あたしはこの都会から、人込みから、大量の電磁波から、逃げだす決意を固めつつあった。


その夜、四つ星ホテルの彼女の部屋で起きたことを、どう説明したらいいだろう。ことばにするのは難しい。言い表せるボキャブラリーがない。わかってるのは、すごくクレージーだったってことだけ。マジで、オトコからもオンナからも、あんなふうにされたことは一度もなかった。まるであたしのすべてを知ってるみたいだった。どこに触れたら感じるか、敏感なのはどの部分か、どうやってかわいがればいいか、自分のからだのようによく知っていた。手も唇も動きが巧みで、ぐいぐい行くべき時は激しく、とろけさせたい時はソフトに、そのバランスが絶妙だった。

あたしは彼女にすっかり身をゆだねた。なすがままになった。セックスとはどういうものかを、この時初めて本当の意味で理解したと思った。

ゼロから再出発だ。

最後に、ようやくことばを交わした。あれほど親密な時間を過ごした直後だと、ことばなんて飾りのようなものだ。

「わたしはエヴリーヌ」

エヴリーヌ。ママの世代にいそうな名前だ。そういえば、コンプレックスとは無縁のブルジョワな感じが、ママとどこか似ていなくもない。そう考えた途端、なんだか怖くなった。

「あたし、マリベ」小声でそう答える。

エヴリーヌは眉をひそめた。

「マリベ？　ニックネームなの？」

「そう。みんなそう呼ぶ。あたしもそのほうがいいし」

「本名は？」

あたしは何も言わずにほほ笑んだ。

「マリー＝ベネディクト？」そう問われて、あたしは首を横に振った。「マリー＝ベアトリス？　……違うのね。マリー＝ブリジット？」

あたしは困惑した。自分の名前があまり好きじゃなかったからだ。でもそのあと、まあいっか、言っちゃっても、と思いなおした。

「本名はね、マリー＝ベランジェール」

「マリー……ベ・ラン・ジェール？　まさか。冗談でしょう？」

「ううん、本当」

「なんて高貴な名前なの！　あなたって、実はいいとこのお嬢さんなのね」

あたしは肩をすくめた。家族の話はしたくない。郊外の高級住宅地に暮らしてるあの家族とは、もう何年も折り合いが悪いままだ。あたし名義の口座に入ってる大金にも、たとえ飢え死にしそうになっても手をつける気はない。

エヴリーヌはそれ以上何も言わなかった。にこにこしながらこっちを見てる。なんだか気まずかった。

「何？」

「なんでも」そう言ってさらりとかわす。

「嫌だ、何？　おかしくてしかたがないって顔してるじゃない」

「なんでもないわよ。ただ、あなたの名前が……あまり似つかわしくないっていうか」

「何に似つかわしくないの？」

「……」

「言ってよ」

エヴリーヌはためらった。

「わかった、言う。あなた、誰かに似てるって言われない？」

あたしは眉をひそめた。嫌な予感がした。

「その作りものの胸と、色っぽい目つき……あなたを見てると、アダルトビデオの女優を思いだす」

エヴリーヌはそう言うと、少し間を置いて、さっきより艶《つや》っぽい口調になってこう言った。

「アリシア・モール」

「やめてよ！」

「だって、本当のことだもの。モル、モル、モール」

エヴリーヌは声を上げて笑った。あたしも空気を悪くしないために一緒に笑った。でも内心ではちっとも嬉《うれ》しくなかった。彼女はあたしの大きすぎる胸に指で触れた。人差し指で8を描くようにしてくるりと撫《な》でまわす。

「どうしてこんなことをしたの？　そんな必要なかったでしょう？」

「若気の至り。理由なんてない」

エヴリーヌは何も言わなかった。あたしがこの件について話をしたくないことを、どうやらわかってくれたようだった。シリコン入りのこのおっぱいは、あたしの第二の人生の唯一《ゆいいつ》の置きみやげだ。リシャール、ブラジル大衆音楽のブレーガの世界から抜けだしたようなオトコ。一緒に暮らしはじめた頃は、この人のためならなんでもできると思った。どうしてもってしつこく頼まれたから、ついその気になってしまった。胸の下に恋人の名前のタトゥーを入れるのと同じ感覚だ。あたしはいつもこうだ。同じ過《あやま》ちを何度も繰り返す。

この時の人生も悲劇的な終わりを迎えた。当然のことながら。

でもあいつは違う。今じゃ子どもがいるパパだ、あのくそ野郎。

「今度はいつ会える？」

あたしは尋ねた。熱に浮かされたようにうわずった声になっていた。すでにエヴリーヌにぞっこんだった。彼女が欲しい。彼女のものになりたい。緒にいたい。離れたくない。だからおびえた。この手からすり抜けるようにして、彼女がどこかへ行ってしまうのが怖かった。

「またこの街に来た時にね。一カ月後かしら」

あたしは顔をこわばらせた。彼女は、頬にかかったあたしの黒い髪をきれいに撫でつけてくれた。

「ねえ、あなたってそんなに早く夢中になっちゃうタイプなの？」

もちろん、あたしはすでに夢中だ。とっくに走りだしてる。飛びだしてしまったあとだから、もう止められない。

するとと彼女は、言ってはいけないことを口にした。

「じゃあ、うちのそばに引っ越してくればいいわ。大自然の中で気持ちいいわよ」

エヴリーヌにとっては、その場の空気をやわらげるためのことばにすぎなかった。あたしたちは会ったばかりだし、決して本気で言ったわけじゃなかった。でもあたしにとって、それは始まりの合図だった。

エヴリーヌのことは何も知らなかった。でもあたしは頭の中で、すでに荷造りをはじめていた。

それから何日もの間、自分の部屋に閉じこもって、エヴリーヌと過ごした夜のことばかり考えた。寝てる間も夢を見た。彼女はまるで守護天使のように、いつもあたしのそばにいた。あれ以来、不安や恐怖は消え、期待ばかりが膨らんだ。そう、あたしはこういう人間なのだ。こうと思ったら、もうそれしか見えなくなる。強迫観念になってしまう。

ネットで何時間もかけて、例のAV女優が出ている映像を観《み》た。本人の経歴も見つけた。イタリア人らしい。出演作品は数本だけで、まだ駆け出しのようだ。エヴリーヌはどうやってこの女優の存在を知ったんだろう。あるいは、知らないあたしのほうが変なのかも。オトコを興奮させるためだけに作られた、この手の映像にはあまり興味がないからだ。うん、確かに似てる部分がないわけじゃない。おっぱいの大きさは置いとくとしても、卵型の顔、褐色の長い髪がちょっと似てる。でもぶっちゃけ、AV女優に似てると言われたのはこれが初めてだった。

でもあたしがもっとも時間をかけて調べたのは、電磁波についてだった。あたしの偏頭痛は電磁波過敏症のせいだ、と彼女は言ってた。確かにネットにもそう書かれてる。電磁波が一部の人間に悪影響をもたらすことは、わりとよく知られてるようで、あたしよりひどい被害に悩んでる人のケースも紹介されてた。バーでエヴリーヌから聞いた時は奇妙な話だと思ったけど、もしかしたら知られざる真実ってやつだったのかも。秘密の知識を手に入れたような気がしてきた。そう、彼女は正しかったんだ。

この偏頭痛の原因は電磁波だ。あたしは電磁波過敏症だったんだ。このアパルトマンでは全室にWi-Fiが飛んでて、誰もが携帯電話を使ってる。いたるところにあるこの電磁波が、あたしの脳をオーバーヒートさせてるんだ。そう考えると、まわりの電磁波が見えるような気がしてきた。

うん、わかってる、あたしは影響されやすい人間だ。でも、そう考えるとすべての辻褄《つじつま》が合う。それに、自分が今ひどい状態にあることは確かなんだから。

そう、これは意義があることだ。フレッド、ヒップホップ、都会、人混み、苛《いら》だたしい騒音――その上、電磁波。あたしはいまだに前の人生に足を突っこんでいる。だから具合が悪くなるんだ。ここから出ていくしかない。こんなひどい場所とは永遠におさらばしないと。そうだ、田舎に行こう。大自然、アロマオイル、シード類、新鮮な空気なんかがあたしには必要なんだ。絶対そうだ。必要不可欠だ。もちろん、本当の理由はエヴリーヌだけど、自分の計画が理にかなってると信じるには、ほかにもたくさんの動機が必要だった。それに、ママに説明するためにも必要だ。違うってば、ママ。単なる思いつきじゃないよ。よく考えて決めたことなの。あたしの健康にはそのほうがいいんだってば……。

二週間後、あたしは出発した。愛車の〈トゥインゴ〉に荷物を詰めて走りだす。スーツケース、ミシン、ロックミシン、古着の生地を詰めたポリ袋二つ、そして、後部座席をふさぐほど大きなトルソー……これがあたしの所持品のすべて。あ、それから、買ったばかりのアロマオイル一式も。

幸せに向かって進んでると信じてた。

今思い返すと、マジでなんてバカだったんだろう。

わお、すごい。村に足を踏み入れた途端、想像どおりだと思った。固定観念で凝り固まった都会人のあたしにとって、期待してたとおりの田舎だった。小さな村の真ん中に川が流れてて、遊歩道があって、小さな個人商店が並び、スレート屋根に石造りの家々が点在してる。閑静な場所だった。ようやく静かなところにやってこれた。小躍りしたくなるほど嬉しかった。まわりは高い山々に囲まれてる。木々に覆《おお》われた斜面には曲がりくねった道が伸び、山頂は空を切り裂くようにそびえ、流れの速い渓流の上には断崖《だんがい》が垂直に切り立ってる。夜になれば星がきれいに見えるだろう。きっとあたしの体調もよくなる。数日もすれば元どおりに回復するはずだ。

前に借りてたワンルームの四分の一の家賃で、いい感じの二間のアパルトマンを借りられた。通り沿いの一階にある部屋で、中心街から目と鼻の先だ。まあ、中心街って言っても、村の中心に広場があるだけみたいだけど。ほとんど家具のない室内にひとりになると、さっそく仕事に取りかかった。リサイクルショップで見つけたテーブルの上にミシンをのせて、服を縫いはじめる。気分はよかった。あー、この新しい人生はホントに素晴らしい。遅くなっちゃったけど、今度こそあたしは生まれ変わるんだ。そして一時間後、古いスウェットシャツがセクシーなチュニックに生まれ変わった。

自分でもびっくりするほどエネルギーが湧《わ》いてきた。

翌日、早くも知り合いができた。川沿いの水汲《みずく》み場の近くにカフェがあった。どうやら近所の人たちが朝からやってくる場所らしい。あたしは朝一番のコーヒーを飲んだ。秋になったばかりなのにかなり寒くて、ショールをぐるぐる巻きにした。するとひとりのオトコの子が、バナナを食べながらあたしに話しかけてきた。まあ、あたしほどでかいおっぱいのオンナは、このあたりでは珍しいだろうからね。でもぶっちゃけ、ナンパにしては押しが弱すぎる。都会のオトコどもとは似ても似つかない。ああもう、こっちをバカにするようなあいつらの態度、思いだすだけで虫唾《むしず》が走る。

「このへんは初めて?」

「うん。アパレル関係の仕事をしてるの」あたしは、まるで仕事のために引っ越してきたみたいな言い方をした。「自作の服を少し売りたくて」

「そっか。どういう服を作ってるの？」

「アップサイクル品。つまり、古着をおしゃれな服にリサイクルして売ってるの。カスタマイズズみたいなものだよ」

こうやって説明すると、マジっぽく聞こえるので誰もが信じる。この子の格好――ぼろぼろのオーバーサイズニットとぼさぼさのドレッドヘア――を見る限り、エヴリーヌの話はできそうにない。

「すげえ。じゃあ、おれたちの村にようこそ。おれはポム。このへんでサークル活動をしてる。こぢんまりした協会みたいなやつさ。よかったら入ってよ。今は二十人くらいで、互いに助け合いながらそれぞれが得意なことをやってるんだ。デッサン、シロップ漬け、ジャム作り、音楽……ああ、シルクスクリーンをやってる人もいるよ。畜産農家から豚を一頭買いして分けあったり、野菜農家で収穫を手伝ったりもしてる。おれは村の下のほうでクラフトビールを作って、朝市に出してるんだ。いや、マジでなんでも手伝うからいつでも声かけてよ」

「わかった、そうする」

「住むとこは決まった？　なんなら、シェアハウスもあるけど」

「うん、大丈夫。もう見つかった。ホント、いろいろありがとう」

あたしには珍しく、心の底から感謝を伝えた。ポムはしつこくなかった。電話番号だけを残してあっさりと去っていく姿を、笑顔で見送る。幸先《さいさき》がいい。よすぎるくらいだ。初めはもっとごたごたするかと思ってたから。

段ボール箱に囲まれた生活から解放され、一段落するまで一週間かかった。そしてある夜、すべてを捨ててここまで来た対象と、正面から向き合うことに決めた。不安をやわらげるために、ヨーロッパアカマツのアロマオイルを三滴垂らして匂《にお》いを嗅《か》ぐ。タバコを吸う代わりに、オリーブオイルに漬けたタラゴンを二本呑《の》みこんだ。固定電話の受話器を取り、エヴリーヌの番号を押す。やばい、喉《のど》がからからに乾いてる。心臓が今にも破裂しそう。まるで面接試験を受ける前みたいだ。

「もしもし」

彼女の声だ。すぐにわかった。突然、からだが熱くなり、それと同時にこわばった。落ち着け、あたし。心の中でそう繰り返す。やばい、動揺しすぎてる。

「あたし、マリベ」

「あら、あなただったの！ 元気？ 声が聞けて嬉しいわ」

あたしこそ！ ああ、手が汗ばんで、ことばが思うように出てこない。

「あのね、あたし、ここにいるんだ」

「え、どういうこと？」

「あなたと同じ村に住みはじめたの。もう一週間になる。言ってたじゃん、電磁波がないところにいると元気になれるって。だからそうしたんだよ。向こうの家を引きはらって、ここに住みはじめたんだ。この村に」

長い沈黙。

「エヴリーヌ、聞こえてる？」

「あ、うん」

急に歯切れが悪くなった。

「でもひとりで大丈夫だから！　あなたには絶対に迷惑かけない」

「ええ？　何言ってるの？　嫌だ、そんなんじゃないのよ！　ちょっとびっくりしただけ。すごいわ、ビッグニュースじゃない。嬉しいわ」

嬉しいということばが、少しわざとらしく聞こえる。

「じゃあさ、いつ会える？」

「ええ、そうね、少しならいいわよ……あ、でも二、三点ほど確認しなきゃいけないことがあるから、それからかけ直すわ。それでいい？」

「あ……うん、わかった」

「じゃあね」

あたしは受話器を置いた。気分がすっかり落ちこんでいた。

大丈夫、と自分に言い聞かせる。当然の反応だ。だって、連絡ひとつせずにこんなところまで来ちゃったんだから。いきなり彼女の生活圏に入りこんだりして、困惑させたに決まってる。あたしは気持ちを落ちつかせるため、ヨーロッパアカマツのオイルをさらに少し嗅いだ。縫製の仕事に取りかかる。ワンピースを一着仕上げた。外からは何の音も聞こえない。車の音さえしない。秋の夜、闇《やみ》に包まれた小さな村はしんと静まり返っていた。窓の外を眺めると、山と空との境目に、曲がりくねった道が伸びているのがうっすらと見えた。

エヴリーヌは深夜零時頃に電話をくれた。ねえ早く会いたいわ、あなたと一緒に過ごした夜は本当に素晴らしかった、と言う。さっきとは口調ががらりと変わっている。三日後に会う約束を交わした。うちまで迎えに来てくれるという。

「あとのことはわたしにまかせて。あなたはおしゃれをしてくれるだけでいいから。わかった？」

嬉しくて、つい子どものように顔がにたついてしまう。もうどうしようもない。

その日は、午前二時頃に眠りについた。頭の中で満天の星が輝いていた。

わかってる、あたしってマジでちょろすぎる。


「どう、この眺め？」

「うん、すっごくゴージャス」

ほかにどう言ったらいいかわからなかった。壁や柱はほとんどなくて、居間の南側一面に巨大なガラス窓が張られてる。外にはテラスがあって、その向こうには山々がそびえていた。谷底の川がとぐろを巻くように流れてるのが見える。右手には灰色のカルスト台地の断崖絶壁が切り立ち、雲と同じ高さの頂上に高原が広がってる。

あたしは赤ワインが入ったグラスを手に座っていた。おとなの振りをしたティーンエイジャーみたいに、そわそわと外の景色を眺めたり、インテリアを見回したりした。エヴリーヌの邸宅には、木製のおしゃれな家具がたくさんある。うちのような貸部屋には絶対に合わないやつばかりだ。

やばい、この家、建てるのにいったいいくらかかったんだろう。百万ユーロは下らなかったはず。あたしが生まれ育ったあの家より百倍すごい。

こういう世界――お金をふんだんに使った優雅な暮らしから、ずっと脱けだそうとしつづけてきた。ところが今、こうして戻ってきてしまった。それなのに、なぜか居心地は悪くない。うん、わかってる。あたしはいつだって、「あれが欲しい」と言ったかと思えば、すぐに「やっぱりこっちがいい」と言ったりする。気分がころころ変わるのだ。でも今気分がいいのは、自分の意志でこっちに戻ってきたからだ。不法侵入したみたいな感じ。フレッドとあいつの韻を踏む音楽に対して、中指を突き立ててる気分。それから、あいつより前につき合ったオトコたちとママに対しても。

ぶっちゃけ、ある意味ではマジでそうだった。ふん、あたしは金持ちのオンナと寝てるんだ、ざまあみろ、ってね。だって、あいつらが知ったらさぞかし羨《うらや》ましがるだろうから。エヴリーヌはあたしを気に入ってくれてる。それは確かだ。ソファに座った彼女から熱い視線を向けられると、すっごく気分がいい。二十歳も上のオンナと一緒に過ごしていると、まるで自分が上のランクの人間になった気がする。特別な人間になれた気分。

彼女の隣に座ってからだをすり寄せる。開放的なこの部屋で、さっきまで一緒に楽しいことをしてたので、まだ全身が汗ばんでる。彼女はあたしを抱きしめて、ぼさぼさの髪の中に頭を突っこんだ。

「マリー＝ベランジェール……」熱っぽい声でささやく。

あたしはからだを硬直させた。

すべてのコインには表と裏がある。あたしはその時、コインの裏——つまり物事の悪い面を発見した。いや、発見したというより、薄々感じてはいたけど考えないようにしてたことを、彼女がとうとう口にしたのだ。

エヴリーヌは結婚してた。ギヨームってのが夫の名前だ。子どもは息子がふたり。お金持ちなのは夫の稼ぎのおかげだった。外国で働いてて、発展途上国でのインフラ整備計画に出資しているらしい。そう説明したのはエヴリーヌで、あたしにはどういうことかよくわからなかったけど。でも想像するに、夫は他人を助けるためじゃなくて、金儲《かねもう》けのためにその仕事をしてるんだろう。ふたりはパリで出会い、子どもが成長するまでずっとパリで暮らしてたという。この邸宅を建てたのは、息子たちが巣立ったあとだった。夫にとっては、生まれ故郷にUターンする機会になった。もしかしたら、人脈を広げてビジネスを拡大する狙いがあったのかもしれない。エヴリーヌのほうは、ただパリから離れたい一心だった。生粋《きっすい》の都会っ子だけど、もう街の暮らしにうんざりしていたのだ。あたしと同じだ。夫は発展途上国とこの村を行ったり来たりしてる。そのため必然的に、エヴリーヌはひとりでいる時間が長くなった。その間、絵を描いたり、トレッキングをしたりしてる。時々は息子たちに会いに大学都市を訪れて、ホテルで寝泊まりしてるという。

「仕事をしたことは？」

「あるわよ。二、三年ほど。でもわたしは仕事にはあまり向いてないみたい。給料をもらうことがわたしにとってどういう意義があるのか、よくわからないのよ」

まあ、そういう観点から見たらそうかもしれないけど……。

「そういえば、あなた、お金は大丈夫なの？」

「うん。お金は少しあればいいの。家賃だって安いし」

「ねえ、もし困ったことがあったら言ってね」

「わかった」あたしは答えた。でも、自分がエヴリーヌにお金の無心をするなんて想像もできなかった。「ねえ、あなたがほかに……つまり、ほかの人と会ってること、ご主人は知ってるの？」

「知らないほうがいいでしょうね。わたしだってそうよ。出張先であの人が何をしてるかなんて考えないようにしてる。これは一種の暗黙の了解なの。あの人にとってもわたしにとっても、そのほうが都合がいいのよ」

あたしは少しためらったあと、思いきって小声で聞いてみた。

「ご主人と別れる気はないの？　たとえば、あたしみたいな子に頼まれたりして

「……」

沈黙。エヴリーヌはかすかにほほ笑んだ。

あたしの顔をじっと見て、まるで壊れやすい芸術品を鑑賞するかのようにまじまじと眺める。それからあたしの質問に答える代わりに、唇にキスをした。あたしはされるがままだった。

口を開けて、すべてをゆだねた。

バカじゃん？　あたしったら何を期待してたのよ？　こんなふうに思いつきで引っ越しまでして、からだしか知らないオンナのあとを追ってきて、いったい何が待ってると思ってたのよ？　彼女が独身だとでも思ったの？　山の上の辺鄙《へんぴ》なところでひとりきりでいて、あたしが来るのを待ちながら暮らしてたとでも？　あたしと、AV女優並みのでかいおっぱいを？

まさか、そんなわけないじゃん。そう、もちろん、彼女にだって自分の人生があるってわかってた。いくらあたしだってそこまでバカじゃない。それでもやっぱり、ほんの少しだけ、別の状況を期待してたのかも。なんだろう、たとえば、離婚調停中とか、最近未亡人になったばかりとか。いろいろ大変な状況だけどあたしの居場所はある、みたいな。そういう感じ。

あたしが彼女を必要としてる気持ちの何十分の一くらいは、彼女もあたしを必要としてるかも、という気持ちを捨てられなかった。

ところがスタート地点から、あたしたちの関係は対等じゃなかった。舵《かじ》を取っていたのはエヴリーヌで、あたしはその後ろでオールを漕《こ》いでいた。

会う日時を決めるのは、いつもエヴリーヌだった。夫が外国に出かけていて、独り立ちしたばかりの息子たちが母親に助けを求めてこない時にしか、あたしたちは会えなかった。あたし以外の人間なら、冗談じゃない、って言ってただろう。あたしはデリヘル嬢じゃないんだ、鏡をよく見ろよ、くそババア、などと暴言を吐いてただろう。

でも、あたしはそうしなかった、少なくともこの時は。

あたしは、彼女のやることをすべて受け入れた。

彼女が与えてくれる、わずかな愛情と束《つか》の間《ま》の快楽を受け入れた。捨てられた小動物に情けをかけるような態度に甘んじた。いや、もしかしたら、別の期待をしてたのかもしれない。今我慢すれば、いずれ自分の番がやってくる、と。よくわかんないけど。唯一はっきり言えるのは、あたしは彼女にハマってたってこと。まるで魔法をかけられてたみたいに。ガチでやばかった。彼女が頭の中から出ていってくれなかった。

最初の数週間は、自分は幸せだと思いこんでた。

そう、このちぐはぐなエヴリーヌとの人生に、あたしは夢中だった。これまでの人生と同じように、ある日突然爆発して終わりを迎えるまでは……。彼女の豪邸で過ごす夜、石灰岩の絶壁を見ながら目覚める朝、とくに何もしないでただいちゃいちゃしてた時間など、すべてが素晴らしく思えた。

エヴリーヌはあたしをかわいがってくれた。堂々と二重生活を送っていて、なんの不安も後悔もないように見えた。すべてをあたしの代わりに決めてくれた。さあ、わたしに会いにいらっしゃい、いい子ね、かわいいわ、大丈夫よ、すべてうまくいくから。

そう、愛情だって、一時的なものだったかもしれないけど、けっこうたっぷり与えてくれた。だって、彼女はあたしを愛してたから。そう、間違いない。彼女はあたしにのぼせ上がってた。かつての彼女自身のような、あたしのぴちぴちしたからだに。失ってしまった若々しさに。

時折、日が高いうちに一緒に外出することもあった。山の上に張り巡らされた小道を散策したり、霧に覆われた高原で羊たちが草を食《は》むのを眺めたり、点在する巨石のまわりに群生するエニシダの甘い香りを嗅いだりした。野生のハゲワシが頭上で旋回するのを見上げたり、髭《ひげ》のような羽毛を生やしてるというヒゲワシを探したり、オオカミに出くわしたらどうしようかと話したりもした。

秋の終わりのある日、山の上で抱き合った。石ころだらけの高原が広がっていて、ところどころに乾いた草むらがあった。下界から遠く離れた誰もいない場所で、理性なんかふっ飛ばして同じ欲望で結ばれた。この日からあたしは、エヴリーヌとの関係を信じることにした。

だって、これが愛じゃなくていったいなんだっていうのさ、くそったれ。

うん、わかってる。全部あたしの勝手な思いこみだったんだ。初めからうまくいかない運命だったんだよ。でも、そういう考えがふっと脳裏をかすめるたび、まるで汚い虫がまぎれこんだかのようにすぐに頭の中から追いだした。

二重生活を送ってたのはあたしだって同じだ。そうしなきゃならなかった。だって結局は、エヴリーヌと一緒にいない時間のほうが長かったんだから。

すべてはポムのおかげだった。カフェで声をかけてきたオトコの子。やさしくて親切で、いつも他人のために動いてる。自らの意志を貫く信念の人でもある。こういう人はそうざらにはいない。ポムはあたしをサークル活動に誘ってくれた。自分たちの手で何かをしようとしてる地域の若者の集まりだ。誰かの言いなりにはならずに、自分たちだけで未来を築こうとしてる。ベルギー人やパリジャンもいた。一九六〇年代の地方移住ブームの第二世代が、親世代が勇気がなくてできなかったことにあらためてチャレンジしてる。今まで会ったことのないタイプの人たちだった。あるがままのあたしを受け入れてくれて、嫌でたまらなかったブルジョワの出自も気にしないでくれる。

あたしはあるオンナの子の引っ越しを手伝った。村の南端にある農家を改装しながら住むのだという。お礼に、と言って、家具を半分ほど譲ってくれた。ラッキー。

サークル活動にも力を注いだ。会合に出席したり、パーティーの運営に携わったりした。月に一度の土曜の夜、村役場が所有するカルスト台地の物件を借りて、パーティーを開催した。エレクトロ、ロック、ラテンなど、選出された責任者によってかける音楽は変わったけど、いつだって楽しい時間を過ごせた。たとえ好みの音楽が流れなくても、和気あいあいとした雰囲気が居心地よかった。騒音に怒った農民たちが、猟銃を抱えて乗りこんできたことがあった。あれには驚いた。確かに、騒ぎすぎて近所に迷惑をかけたのも一度や二度じゃなかったと思う。参加者には二、三人ほど、アル中でどうしようもないのもいた。そういう子たちは、何かを作りあげたいっていうより、何かから逃げたくて集まってくるんだと思う。

でもこのサークル活動は、もちろん騒ぐためにやってたわけじゃない。夏の避暑地としてしか知られていないこの小さな村を、もっと活性化させるのを目標としてるのだ。たとえば、地元の産業を促進するために、地域の産直品を積極的に買ったり、大手スーパーマーケットの商品をボイコットしたり。ここでは、肉でも、野菜でも、ハチミツでも、ドリンク類でも、必要なものはなんでも産直で手に入る。

あたしにとってはすべてが別世界、まさに新しい発見だった。

アパレル関係の仕事をしてるカップルとも知り合った。カフェでポムが言ってた、シルクスクリーンをやってる人たちだ。男性のほうが有機顔料を使って生地に模様をプリントし、女性のほうがその生地で服を作る。スタイリッシュな作品だった。情報を交換しあって、一緒に何かやろうって話になった。市場にスタンドを出すやり方も教えてもらった。おかげであたしの生活は一変した。驚いたことに、あたしのアップサイクル品に顧客がつくようになったのだ。エヴリーヌに別の家を買ってあげられるほど稼げるわけじゃないけど、とにかく売れはじめた。

週に一度、市場にスタンドを出した。歩道の中ほどに自作のハンガーラックを設置して、数週間かけて制作した服を、ラックがたわむほど大量に引っかけた。近くに住む女の人たちが、既製品とはひと味ちがうワンピース、スカート、トップスを探しにやってきた。自分が作った服を、彼女たちが着ている姿を想像する。夫婦の間で消えかかっていた愛の火が、その服のおかげで再燃すればいいな、と思いながら。

　一度、ソーシャルワーカーの女性がやってきた。当時は彼女を知らなかった。まさかその後、あたしたちが不思議な縁でつながることになるとは、この時は夢にも思わなかった。ラックにかかった服をひととおり眺めて、一着のワンピースを試着しようとしたちょうどその時、友だちらしき女性に声をかけられてた。慌《あわ》てて振り返って、すごく気まずそうだった。その瞬間、どうしてかわかんないけど、あ、この人不倫してるんだ、と思った。その直感が正しかったかどうかは一生わかんないだろうけど、当たらずといえども遠からずだったんじゃないかな、と今も思ってる。

　マジな話、すべてはここから、この市場から始まったと確信してる。

　服を買ってくれるのはいつも女性だったけど、男性だってそのぶんいい思いをしてたと思う。誰もがぎらついた目でこっちを見てたから。もうすぐ冬というこの時期、ぴちぴちのセーターの下で破裂しそうになってるあたしのおっぱいを、食い入るように凝視してた。市場に集まった買い物客の人ごみから、ねっとりと注がれる視線をいつも感じてた。柱につかまるようにして奥さんと腕を組んで歩きながら、若返りの泉のようなこのおっぱいを撫でまわす想像をしてたんだろう。

あたしだって盲目じゃない。奥さんとご無沙汰《ぶさた》らしい五十代のおっさんや独り者の農民たちが、こっちに向かって顎《あご》をしゃくってにやにやしてるのに気づいてた。でもぶっちゃけ、たいして不愉快じゃなかった。ポムやほかの子たちと一緒に、そういうおっさんたちをあざ笑ってたくらいだ。だってあの人たちがあたしに向ける欲望に、病的なものはまったく感じなかったから。

外を歩いてて、視線を感じる時もあった。まるで尾行されてるみたいに、すぐそばに誰かがいると感じたこともある。でもそれほど気にしてなかった。

そういうもんだと割りきってた。この地域にはありがちなことなんだ、と。わかってる。繰り返すけど、あたしはマジでちょろすぎる。

玄関ドアの下に封筒が挟まってるのを見た時も、まったく気づかなかった。

十一月の終わりのある朝だった。雪はまだ降ってなかったけど、寒波はすでに訪れていた。一年じゅうここに住みつづけるのがどういうことか、ようやくわかりはじめてきた頃だ。観光客は姿を消し、時間の経過が遅くなり、低くなった空があたしたちをこの小さな村に閉じこめようとしてるみたいだった。山の斜面では、葉が落ちて灰色になった木々が独房の柵《さく》のように見えた。山の上では、轟音《ごうおん》を鳴らしながら風が吹いている。住民たちは誰も外に出なくなり、家の中に閉じこもった。

市場で服を売ったり、サークルで仕事を紹介してもらったりしながらも、あたしは経済的にあまり余裕がなかった。生活費は、ＲＳＡ（積極的連帯所得手当：生活保護）、アパレル関係の仕事、収穫期の農家での闇バイトで、どうにかぎりぎりまかなってた。家賃、食事代、ちょっとした雑費に使うだけですっからかんだ。それでも、あたし名義の口座に入ってるママのお金に、手をつける気はさらさらなかった。一度だけ、そういう事情をエヴリーヌに打ち明けた。でも自分でどうにかするつもりだった。彼女自身の快適な暮らしぶりと、自分の生活の困窮は、まったく別の問題だと考えていた。それに、たとえ彼女に支援してもらうことが頭をよぎったとしても、決して自分からは言いだせなかったと思う。

その時、あたしはブランケットにくるまって、熱いマグカップを両手で抱えてコーヒーを飲んでいた。前日からずっとユーカリのアロマオイルを吸入してたのに、それでも鼻が詰まってた。玄関ドアの下から白い紙の端が出ていたのを見つけたのは、その時だった。古着の生地を詰めたポリ袋のすぐそばだ。あたしは眉をひそめ、あれはいったい何だろう、と思った。

立ち上がるのをためらった。寒かったからだ。でも意を決してブランケットから脱けだすと、ドアのほうへ近づいた。

封筒だった。

ありふれた白い封筒だ。通りに面した玄関ドアの下に挟まってた。指でつまんでひっくり返したけど、切手がなくて、住所も書かれていない。郵便配達人が置いていったのではないらしい。あたしは封を開けた。

ふたつのものが入ってた。まず、ボールペンで大きなハートマークが描かれた紙。それから、五百ユーロ札が一枚。それだけ。

紙幣を手にしたまま、しばらく動けなかった。ほかには何もない。手紙も入ってない。メモ書きさえない。でも、すぐにわかった。それ以外考えられなかった。エヴリーヌだ。こんなことをするのは彼女しかいない。確かに変だとは思った。夜中にせっかくここまでやってきて、どうして中に入ってこないのか？　どうしてあたしのベッドに潜りこんでこないのか？　でも、彼女以外に誰がこんなことをする？　ポムたちの誰かではない。たとえあたしに興味のある子がいたとしても、みんな貧乏だからこんなことをするはずがない。

あたしはさっきいた場所に座りなおすと、電話を取った。お礼を言いたい。朝から彼女の声を聞いて元気になりたい。そう思うと、番号を押す前から自然ににやけてしまう。夫は近くにいるだろう。わかってるけど、もしかしたら少しくらいは、あたしのために時間を割いてくれるかもしれない。

そう思いながらも、電話をかけるのはやめた。

やっぱり、かけちゃいけない。こんなふうにこっそりお金をくれたことには、何か意味があるはずだ。そう、この話をしないためだ。面と向かってお金の話をしてあたしを惨《みじ》めな気持ちにさせないよう、あえて気を使ってくれたんだ。

うん、そうに決まってる。

もらった紙幣は、丸一日テーブルの上に飾っておいた。ミシンのすぐ横に、受けとるべきではなかった贈り物のように置いておいた。気が引けたのだ。使う気にはなれなかった。それに、自分でどうにかできると思いたかった。ママの顔が浮かんだ。絶対に借りを作りたくない自分の家族を思いだした。

でも、翌日には考えを変えた。やっぱり、なんだかんだ言っても五百ユーロはありがたい。

それにエヴリーヌにとって、きっとこんなのははした金だ。ありがたく使わせてもらおう。それに、あたしだって彼女にたくさんのものを与えてるはずだ。いや、むしろすべてを与えてる。だって、あたしは彼女のものなんだから。そこであたしは、はは っ、ま、いっか、とつぶやいて、小銭だらけの財布に紙幣を紛れこませた。この時、このお金はエヴリーヌがくれたんだと、一瞬たりとも疑わなかった。翌年の一月までずっと。今はそのことを思いだすたび、くっそ、なんてバカだったんだろう、とつくづく思う。

でもマジな話、この紙幣が、市場で注がれたおっさんたちの視線と関係があるだなんて、いったい誰が思うかっつーの。あの中の誰かがあたしにお金をくれるなんて、想像できるはずがないじゃん？

同じことが三回あった。

いずれの時も、ドアの下に封筒が挟まってるのを朝起きてから見つけた。あたしの守護天使が、真夜中にこっそり置いていってくれたんだ。その時はそう思いこんだ。ぶっちゃけ、めちゃくちゃ助かった。二回目の二百ユーロも、三回目の五百ユーロも、有効に使わせてもらうことにした。二回目は紙幣しか入ってなかったけど、三回目はちょっとしたサプライズがあった。ハーブのドライフラワーが添えられていたのだ。なんてラブリーなの！　エヴリーヌの新たな一面を見た気がした。あの人にこんなにかわいいところがあったなんて。もらったお金は大事に使わせてもらう、決して無駄づかいはしない——そう伝えたかった。でもやっぱり、面と向かってこの話はできない。ふたりのこの秘密は、知らないふりをしておくほうがいいと思った。

エヴリーヌだけじゃない。ほかの誰にも話せなかった。もちろん、ポムたちにも。

そもそも、ずっと続いてるこの関係のことも、いまだに誰にも打ち明けてない。ふたつは真逆の世界だ。エヴリーヌと寝てるなんて、ポムたちにはきっと理解できないし、軽蔑《けいべつ》の目で見られるに決まってる。あの子たちの信条において、エヴリーヌと実業家の夫は悪の権化《ごんげ》そのものだ。地域の人たちが貧困にあえいでるのを顧みることなく、莫大《ばくだい》な財産を意のままにし、しかもその汚れた触手を貧しい国々にまで広げてる……ポムたちの反応が容易に想像できる。

だからあたしは、ふたつの世界の間に厳重な境界線を引くことにした。村では決してエヴリーヌと出歩かない。彼女にとってもそのほうが都合がよかった。

アパルトマンを出て一緒に住まないかと、あるグループから誘われた。片岩造りの大きな古い建物を、地元の伝統的な建築様式を尊重しながらリノベーションしたんだそうだ。三十人ほどで共同プロジェクトを行ないながら生活をする、一種のシェアハウスだという。モットーは〈ヒトと自然が最優先〉。家でビールを醸造する計画もあるらしい。やりたいことはわかるし、魅力的だ。でも、あたしは断った。ふたつの世界の中間地点にいたかったからだ。どっちかだけにどっぷり浸《つ》かるわけにはいかない。実際、アナキズムだか極左だか知らないけど（あたしにはいまだにその違いがわからない）、あたしは彼らの信条に片足を突っこんでるだけだった。ひとつの共同体のために、あたしというちっぽけな人間のすべてを犠牲にする気にはなれなかった。

　わかってる、それが利己主義だってことは。

　たとえそうであっても、あたしは新しい友人たちより、エヴリーヌと一緒にいたかったんだ。病める時も健やかなる時も、なんつって。

　こんな恋が永遠に続くはずがない。それは覚悟しておくべきだった。でもぶっちゃけ、これほど早くダメになるなんて想像もしてなかった。なんていうか、もっと長く持ちこたえられると思っていたのだ。ところがそうじゃなかった。クリスマスの頃には、この第四の人生も崩壊しつつあった。

　十二月初めになると、ママが例年どおり電話をかけてきた。ねえ、一年に一度くらいは集まりましょう、きょうだいそろって、お祖父《じい》ちゃんだって会いたがってるわ、みんなで家で一緒に過ごしましょう……。家で一緒にって、あの郊外の高級住宅地の邸宅のこと？　あたしが十九年間ずっと、すぐにでもここから出たいと願いつづけてたあの家のこと？　シャトー大通り。なんて気取った名前。あの人たちとひと晩一緒に過ごすなんて、考えるだけで気が滅入《めい》ってくる。いったい何を話せっていうのよ？　今どうしてるかって尋ねられたら、本当のことを言えばいいの？　五月革命第二世代の人たちと一緒に活動しながら、二十歳も上の女性とのアバンチュールを楽しんでるって？　しかもその女性は結婚してるって？　ははは、あいつらがどういう顔をするか、目に見えるようだわ。

ありえない。行くわけがない。そして、あたしは丁重な断り方を知らない。

「くそババア、うぜえんだよっ！」

電話を切りながらそう叫んだ。それから怒りを鎮《しず》めるために、マジョラムのアロマオイルを使って胸郭のマッサージをした。

クリスマスの夜、ポムたちは大規模なイベントを計画していた。隣村のグループと共同で、カルスト台地の空き家でパーティーを開くらしい。たっぷりの予算を使って、巨大音響装置を借りて、いい音楽を鳴らして、火を使ってジャグリングをする連中も呼ぶという。やばすぎる。

「すっげえクレイジーな夜になるぜ！」ぼさぼさのドレッドヘアを揺らしながら、子どものように興奮した声でポムが言った。「おまえも来るだろ？　な？」

「絶対行く。行かなきゃ後悔するやつじゃん」

本気で興奮してるように見えただろうか？　でもきっと最終的にはあたしも、彼らの羽目をはずしたパーティーに行くことになるんだろう。それに、絶対に盛り上がるにちがいない。

でもあたしの本当の望みは、エヴリーヌと静かに聖夜を過ごすことだった。うん、バカげた夢だ、わかってる。年末のイベントを楽しみにしたことなんて、これまで一度もなかった。あんなもの、渋々参加させられるバカ騒ぎにすぎなかった。ええと、去年の今頃はどうしてたっけ？　ああ、くそっ、フレッドと一緒だったわ。でも、ひとりになりたくてしかたがなかった。あいつのダチのラッパーたちと過ごすヒップホップパーティーなんて、楽しくもなんともなかった。でも今はどうしてかわかんないけど、年末に期待をしてる自分がいる。

あったかくて快適なところで、ふたりきりでおいしいものを食べたい。エヴリーヌと一緒にいたい。ぶっちゃけ、そういうことだ。よそのカップルのように、あたしもエヴリーヌの本物のパートナーになりたかった。彼女の都合に合わせた一時的な関係にはもううんざりしてた。

そこである夜、しわくちゃになったシーツの上で彼女に寄り添いながら、さりげないふうを装《よそお》って、クリスマスに一緒に過ごせるかどうか尋ねてみた。

「そうできたらいいと思わない？」

エヴリーヌはほほ笑んだ。そのほほ笑みが何を意味しているか、その時のあたしにはもうよくわかってた。あたしを苦しめて、絶望させるほほ笑み。だってそれは、あなたってかわいいわね、そんな夢みたいなことを言って、という意味だから。そのほほ笑みによって、悲しい現実を突きつけられる。あたしがどんなに色っぽくて、ナイスバディで、そそられるオンナで、金持ちの夫にはもう期待できない快楽を与えることができても、彼女の人生において、あたしはほんのわずかなスペースしか占めてない。世界がひっくり返ったって、それがくつがえされることは決してないんだ。

初めから、そういう約束だった。あたしもそれでいいと思ってた。バカじゃん。

「もう一杯飲む？」

彼女はそう言うと、服を着てキッチンへ向かった。あたしは黙ったまま、固い表情でそのあとをついていった。オークの一枚板のカウンターテーブルを挟んで、向かい合って座る。大きなガラス窓の向こうでは、鋭く尖《とが》った山のシルエットが夜空に描かれていた。エヴリーヌが、ふたつの脚つきグラスにワインを注いだ。慣れたしぐさでテイスティングをして、濡《ぬ》れた唇をぬぐう。真剣な表情だった。あたしのさっきの問いかけにうんざりしてるのかもしれない。

もしかしたらあたしは、越えてはいけない一線を越えてしまったのかもしれない。

エヴリーヌは夜空を眺めた。いや、あたしの視線を避けてたのかも。よくわかんないけど。それから、まるであたしに罰を与えるかのようにこう言った。

「クリスマスシーズンはここにいないの。二週間くらい留守にするわ」

「あ、家族と一緒に過ごすの？」

彼女は外に視線を向けたまま唇を噛《か》んだ。そして、こっくりと頷《うなず》いた。

そりゃそうだよね。あたしったら、何を期待してたんだろう？

その夜、うちの前まで車で送り届けてもらって、キスをして別れた時、終わりが近づいてることがわかった。ふたりで楽しく過ごせるのは、これが最後だったかもしれないと思った。でも、あたしはまだ彼女にベタ惚《ぼ》れしてた。彼女の気品、そばにいる時の安心感、ハイソな雰囲気にメロメロだった。でも、彼女はもうあたしに飽きてしまったんだ。ああ、もう、そんなの見てればわかるよ。少しずつ進んでいく崩壊を食い止めるためなら、どんなことでもするつもりだった。でも、やればやるほど、あたしは彼女をうんざりさせた。

きっともう止められない。彼女はあたしから離れてく。

するとその翌朝、またしても玄関ドアの下にあの封筒を見つけた。やっぱり紙幣が入ってる。百ユーロだ。それを見た瞬間、あたしは確信した。これは、謝罪のためじゃない。彼女はそういうタイプじゃない。こうして小出しにしながら次々とお金をくれるのは、あたしをつなぎとめておく手段なんだ。ツンとデレをうまく使いわけながら、あたしを手玉に取ろうとしてるんだ。

そうに決まってる。エヴリーヌは変態だ。彼女がもっとも興奮するのは、あたしが自分の思いどおりに動くことなんだ。

くそっ、そしてマジで彼女の思うつぼにはまっちゃったじゃんか。

クリスマスには雪が降った。霞《かす》みがかった山の上にも雪片が降りそそぎ、頂上は白いベールをかぶったようになっている。この白黒ツートンカラーの風景を目にして、ポムは大興奮してた。冬が訪れた途端、山に囲まれたこの村は雰囲気が一変する。ここでどうにか暮らしていこうと覚悟を決めた者たちにだけ、その秘められた豊かさを披露してくれる。例のやばすぎるパーティーは大成功だった。カルスト台地のど真ん中にある建物を借り切って、風が吹きすさぶ中、ほとんど暖房の利《き》かない室内で行なわれた。たぶん、二百人かそこらは来てたと思う。そう、二百人のクレイジーな連中の集まり。みんな、べろべろに酔っぱらったり、麻薬でイッちゃったり、パンク風サンタのコスチュームを着たりしてた。カトリックの伝統的な祭りを祝う名目で集まっておきながら、実はそんなことはどうでもよくて、のんびりした日々の繰り返しの中でたまには憂《う》さ晴らしをしたいだけだった。

新しい年が近づいていて、みんながそれを楽しみにしてた。行く年より来る年のほうがよい年になると、心から信じているかのように。自分たちが築こうとしてる公平で連帯した世界が、やがて本当にやってくると確信してるみたいだった。確かにいろいろな矛盾はあるけれど、それを最小限にする努力をしながら、彼らは理想郷を実現させようとしてた。

あたしももちろんパーティーに参加した。みんなと一緒に踊りまくった。暗くなってから、言い寄ってきた何人かを追いはらった。そのうちのひとりが、なんとポムだった。でもあたしは別に怒ってない。酔っぱらってキスしようとしてきただけだし、かわいいとさえ思った。その焦点の合わない物欲しげな目を見た時、十代の初々《ういうい》しかった頃の恋愛を思いだした。もしほかの状況だったら、そのまま流されてたかもしれない。自分が楽しむために、そして相手を喜ばせるために、たぶんヤッちゃってたと思う。これまでも、オトコ友だちとはずっとそうしてきたから。

問題は、あたしが実はそれほどハマってなかったってことだ。ポムをはじめとする理想主義者の仲間たちは、社会のシステムに逆らって生活する自分たちに酔っていた。あたしは彼らと行動を共にしつつも、ここを自分の場所とは思えなかった。

頭の中で、誰にも言えない世界を夢見てた。エヴリーヌがいる世界。そこから数キロ先にある世界。

彼女がいない二週間は、何をする気にもなれなかった。ハーブとアロマオイルの中毒みたいになってた。気持ちを落ち着かせようとしてレモンバーベナのハーブティーを飲んだり、タバコを我慢するためにタラゴンを過剰摂取したりしても、虚脱状態から抜けられなかった。前向きな気分になることも、何かに集中することもできなかった。この村を取り囲むように立ちはだかる、雪に覆《おお》われていく断崖《だんがい》絶壁を眺めても、美しさを見いだす余裕すらなかった。

この村に来てから、かつて好きだったものをすべて忘れてしまったように感じた。前の人生をなつかしく思いだしさえした。何時間もミシンに向かって、針が生地の上をリズミカルに往復するのをただじっと眺めていた。そうやって何分も何時間も、ただ時間が経《た》つのを待ちつづけた。そう、結局のところ、あたしにできることはそれしかなかったのだ。ちっちゃい子どもが母親の帰りを待つようにして、焦《あせ》りと不安を抱きながらエヴリーヌを待ちつづけた。

始まったばかりの第四の人生が終わりつつあるのを、ただ黙って眺めてた。もうすぐ、この世でもっとも恐れてることがやってくる。やさしくてクレイジーな仲間たちと一緒にいても、あたしはいまだかつてない孤独を感じていた。

連絡がない。

村に戻ってきたはずのエヴリーヌから、電話がなかった。玄関に封筒も置かれていない。毎朝ドアの下を調べた。なるべく外出を控えて、固定電話のそばに張りついた。ほらね、彼女はあんたのことなんか忘れちゃったんだよ、ということばが頭の中でリピートされる。それでも連絡を待ちつづけた。日が経つにつれて、恐れと悲しみのほかに怒りが湧《わ》いてきた。この怒りをあたしはよく知っている。いつも人生の終わりに、溜《た》まりに溜まって爆発させてるやつだ。別れた日にフレッドがくらったやつ。あたしはあいつの音楽機材に蹴《け》りを入れて、顔面にバッグを叩《たた》きつけた。マジョラムのアロマオイルでマッサージをしても、怒りがこみ上げるのを抑えられない。仲間たちからも、最近なんだかイラついてるよね、と言われた。わけもなくポムに当たり散らしてしまうこともあった。

かわいそうなポム。ポムのせいじゃないのに。

そしてとうとうある朝、あたしはそ知らぬふうを装って電話をかけた。

「エヴリーヌ？」

我ながら、子どものように頼りなげな声が出た。

「はい」

「あのさ、電話をね、待ってたんだけど。帰ってきて一週間になるよね？」

「ああ、そうね。ごめんね、時間がなかったの」

時間がなかった。そう、彼女は時間がなかったんだ、と脳内で繰り返す。

「そっか。あのさ、会えないかな？　近いうちに、えっと、たとえば一緒に散歩でもどう？」

沈黙。そしてため息。続けて、カルスト大地の岩のように冷たい声が返ってきた。

「どうかしら。今ちょっと忙しいの。少し先でもいいかしら」

あたしは少しの間黙りこみ、それから思いきって言ってみた。

「ねえ、何かあった？」

「別に何も」

「嘘《うそ》だ。いったいどうしたの？　まるで怒ってるみたい」

やばい、これじゃまるでママだ。会うたびにママに言われてることだ。

「まさか。さあ、もう切らないと。またかけるわ。じゃ、さよなら」

さよなら。マジか、彼女、あたしに、さよなら、って言った。

あたしはもう、彼女にとって、かわいい恋人でも、最高のセフレでもない。あたしの電話にうんざりしてるんだ。そんなの、声を聞けばすぐわかる。ああ、やばい、苦しい、くそっ、すっげえムカつく。あたしは電話を切った。受話器を握りしめたまま、壁をにらみつける。

途方に暮れつつも、心の中は怒り狂っていた。唇を強く嚙む。

そしていきなり、それはやってきた。

あたしは電話のケーブルを荒々しく引きちぎった。テーブルの上にあった電話機が石造りの床に勢いよく落ちる。そして、粉々に砕けた。

「くそババア！」小さな部屋の中で、あたしはたったひとりで怒鳴り散らした。「ビッチ！　ヤリマン！　信じらんない！」

でもそのことばが、彼女のことを言ってるのか、それとも自分のことなのか、我ながらよくわからなかった。

　そして、運命の一月十八日がやってきた。その夜、あたしたちが互いに浴びせ合った暴言のすべてを、今もはっきりと覚えてる。

　あたしは家に帰るために、サークルの集会所を出た。その日の午後、山の上の養蜂《ようほう》家《か》の依頼で、ハチミツの瓶にラベルを貼《は》る仕事をした。バイト代はサークルの資金として活用される。音響機材を買いたかったからだ。みんなと一緒にいたおかげで、あたしは少し気分が落ち着いた。

　ひとりの女性がやってきて、週末にデモがあると知らせてくれた。県南部でのシェールガス掘削許可に反対するデモを、県庁前で行なう計画があるらしい。大声で怒鳴りちらしつつも、それほど過激じゃないタイプのやつだ。

「この地域を活性化させるのに、こんな手を使う必要はないはず。ガスなんて、そのまま地下に放ったらかしにしておけばいいのよ！」

　女性は怒り狂ってた。あたしは、必ず行く、と言ったけど、内心では、たぶん行かないだろうな、と思ってた。彼女の言うことにはおおむね賛成だ。担当大臣は、辞任する前日にこっそりと条例に署名してたらしい。とんでもない話だ。それでもあたしは、この問題を自分ごとには感じられなかった。たぶん、当日は自宅にいるだろう。

上着のポケットに手を突っこんだまま、歩道を歩いた。ここ最近ずっと寒い。天気予報によると、今夜もまた吹雪になるという。確かに、空が雲に覆われつつある。外には猫一匹いない。みんな家に閉じこもって、家族そろってテレビでも観《み》てるんだろう。帰り道の途中に、村と山の境界線のような道があった。左手に見える急な坂道が、断崖絶壁に向かって上っている。まるで切り立つ崖《がけ》に見下ろされてるようだった。そうしたすべてが、深まる闇《やみ》の中にフェイドアウトしかかっていた。

あたしは急ぎ足で歩いた。

背後で音がした。誰かに尾《つ》けられてるのかもしれない。ここ数週間、そういう気配を何度か感じていた。ところが、振り返っても誰もいない。考えすぎだよ、マリベ、と自分に言い聞かせる。再び歩きはじめた。

するとそこに、彼女がいた。

二十メートルくらい先に、エヴリーヌのシルエットが見えた。そうだ、間違いない。ウォーキングシューズを履き、高価そうな防寒コートを着て、荷物が詰まったリュックを背負い、背筋を伸ばして歩いてる。トレッキングをしてきた帰りなのだろう。冬の寒さなどまるで気にしていないようだった。

あたしは立ち止まった。彼女はこっちに向かって歩いてくる。あたしと偶然出会ったのを、嬉《うれ》しく思っていないのを隠そうともしない。

胸が締めつけられる。

「元気?」

笑顔が引きつる。

「こんなところで何してるの?」

「近くに車を停めてあるのよ」彼女は言った。「村のはずれに」

「こんな悪天候なのにトレッキング?」

「まあね。ちょっとからだを動かしたくて、そのへんまで登っただけ」

「ひとりで?」

彼女は頷いた。

「どうして……どうしてあたしを誘ってくれなかったの」

あたしの問いかけに、眉《まゆ》をひそめる。

「ひとりで歩きたかったのよ」

「あたしと一緒じゃ嫌だってこと?」

「そうじゃない。ひとりがよかったの。それだけのこと」

枯れ木のように乾いた声だった。

「あたしに電話する気はあった？」

「ええ、もちろん。ねえ、何なのそれ、尋問なの？」

「いつ？」

ため息をつく。

「ねえ、いつ電話をくれるつもりだったの？　答えてよ」

あたしがしつこくするほど、彼女の表情は歪《ゆが》んでいった。どう見ても、今すぐひとりになりたがってる。あたしはすべてを台なしにしようとしてた。わかってるのに、どうしても止められない。おっぱいの下の心臓が粉々に砕けていた。エヴリーヌはタバコに火をつけた。

「いったいどうしたの？　エヴリーヌ」

「なんでもないってば。やめてよ」

あたしは大きく深呼吸をした。涙がこぼれそうになるのをこらえながら、さらに問いただす。

「ほかに好きな人ができたの？」返事がない。「ねえ、誰？　オトコなの？　何歳の人なのよ？」

エヴリーヌはタバコを吸い、煙を吐き出した。暗闇の中、白い煙がふたりを取り囲むようにゆっくりと上っていく。

「じゃあ、正直に言うわ」氷のように冷たい声だった。「あなたにはもううんざりしてるのよ。わかった？ だから質問に答えるつもりはない。それに、あなたこそいったい何人と寝てるのよ？」

「誰とも寝てないってば！ 何言ってるのよ」

「あの連中とも何もなかったっていうの？」

「どの連中よ？」

「あなたがいつもつるんでる、あの似非《えせ》アナキストたちよ！ あのむさくるしくて悪臭のする貧乏人たちよ！」

沈黙。タバコを吸いながら、軽蔑のまなざしであたしを見下している。知らない人みたいだった。

その時、何かが迫《せ》り上がってくるのがわかった。憎しみだ。愛してるからこそ、同じくらい憎かった。彼女の前にひれ伏したいという気持ちと、殴りつけたいという気持ちが同時に湧き上がった。遠くから何かが近づいてくる。かろうじてその音が聞こえたものの、我を忘れてたあたしにとってはどうでもよかった。

いつの間にか、あたしはむせぶような声を上げていた。自制心を失って、大声で怒鳴りちらしてた。

「エヴリーヌ、あんたって本当に恐ろしい人間だわ！　自分がしてきたことがわかってるの？　胸に手を当ててよく考えてみなさいよ！」

「やめて」その口調は少しだけやわらいでいた。

「やめるのはあんたのほうよ！」

「ああ、もう信じられない……さあ、行かないと。この件は、あなたが落ち着いたらまた話しましょう。いいわね？」

「嫌！　こんな状態であたしを放ったらかしにしないでよ！」

「いいわね、あなたが落ち着いてから、また明日電話で話しましょう。疲れてるのよ、もういい加減にして」

もういい加減にして。そう言われた時、ナイフでひと突きされた気がした。あたしの中で炎が燃え上がった。突然、何もかもが崩れ落ちた。エヴリーヌは凍った石畳の上にタバコを放り投げると、足で火を消した。あたしの横を通りすぎようとする。あたしはその袖《そで》を引っ張った。

「あんたってマジで……」

エヴリーヌはあたしの手を振り払うと、暗い夜道を歩いていった。数メートルほど遠ざかったその背中に向けて、あたしは叫んだ。……その後、数日間は後悔するはめになったけど。

「あんたってマジでビッチだわ！　くそババア！　大っ嫌い！」

彼女は振り返り、憐《あわ》れむような目でこっちを見た。逆上しながら、ふとポケットの中に入っていた封筒を思いだした。ポケットを探り、くしゃくしゃになった二枚の紙幣を封筒から取りだす。

「ほら、あんたがくれた金！　こんなものもういらない！　さあ、持って帰ってよ！」

彼女のいるほうに向かって、二枚の紙幣を投げつけた。でもすぐに地面に落ちて、解けた雪で濡れてしまった。

この時の彼女の目つきを今でも覚えてる。あたしを最後に見たあの日。いや、覚えてると思いこんでるだけで、事実を自分の都合のいいように作りかえてるだけかもしれない。でもあたしの頭の中では、エヴリーヌの澄んだふたつの目が、急にやさしげに変わった。マジな話、ほんの一瞬だけ、あたしのところに戻ろうかとためらってるように見えた。さっきまでの言い争いをすべて忘れて、もう一度あたしを腕の中に抱きしめようとしてくれてるみたいだった。もし本当にそうしてくれてたら、すべてが変わってたはずなのに。

でも、エヴリーヌはそうしなかった。

暗闇の中に消えていくその背中に向かって、あたしはもう一度叫んだ。

「エヴリーヌ！」

それが、最後に見た彼女の姿だった。


彼女を殺したのはあたし。

あのあと、エヴリーヌに何があったのかは知らない。たぶん、永遠にわかんないだろう。でも今、あたしは確信してる。彼女は死んでしまったんだ。そう思うたび、さまざまなことが思いだされて、今も胸が締めつけられる。でもそれ以外に説明がつかない。彼女は死んでしまった。そして時間が経つにつれて、それは自分のせいだと思うようになった。

そう、ある意味、彼女はあたしが殺したようなもんだ。

それに、ぶっちゃけ、あたし自身もそうしたいと思った。

マジな話、あのあとアパルトマンに着いた時、もし目の前に彼女が現れたら、きっと殺してたと思う。あたしは全身をがたがたと震わせて、我を忘れるほど激しい怒りにとらわれていた。腹いせにトルソーに飛びかかって、殴ったり蹴ったりした。当たり散らす相手がほかにいなかったからだ。それから、仕上げたばかりの数着の服をすべてずたずたに破った。こういう時のあたしには近寄らないほうがいい。きっと、元カレたちならみんな同意してくれるだろう。ビッチ、ヤリマン、くそババア！　あたしは大声で何度も怒鳴りちらした。一緒にいた時のことが次々と思いだされた。でも彼女は、そうしたすべてをなかったことにしてしまったのだ。

エヴリーヌを殴りつけたかった。あたしの胸を切り裂くすべてのものを、内側から引きずりだしたかった。十代のガキのようにのめりこんだ、この狂った愛の息の根を止めたかった。いつものように、暴力でこの第四の人生に片をつけてやるんだ。その夜はずっと、彼女を罵《のの》りつづけた。

わかってる。あたしはあまりにも衝動的すぎる。

そして、あまりにも傷つきやすい。ちくしょう。

翌日の夕方、彼女が失踪《しっそう》したと知った。すぐに、前日言い争ったことを思いだした。最初は、別の誰かと逃げたんじゃないかと思った。オトコかオンナか知らないけど、あたしには教えてくれなかった誰かと一緒に。そして、こんな想像をした。クリスマス休暇中に、新しいターゲットを見つけたんだ。あたしのように世間知らずの若い子に出会って、夫に隠れて密会しようとしたんだ。そして、あたしの態度にあまりにもイラついたから、その子のところへ行ってしまったんだ。

そうやって、あたしや夫、ほかのみんなを困らせようとしたんだ。そうだ、そうに決まってる。彼女はそういう人間だ。そうやってこっちを挑発しようとする。

ところが、何日経ってもエヴリーヌの行方はわからなかった。あちこちで彼女のことが話題になって、新聞にも写真が載った。まるですでに帰らぬ人になったかのように、人柄が褒めそやされ、すべてが美化された。彼女が言うところの「むさくるしくて悪臭のする貧乏人たち」は、茶化しながらこの事件の真相を推測しあった。家庭の悲劇を描いた安っぽいテレビドラマ風ストーリー、政治がらみの陰謀論、金持ちを狙《ねら》った事件など、現実にはありそうにない話を適当にでっち上げていた。あたしもそれを聞きながら、へらへらと作り笑いを浮かべた。このセレブな女性と秘密の関係を持ってたなんて、誰にも言えるはずがない。彼女が彼らを見下しているのと同様に、彼らも彼女を見下していたから。

初めて夫の姿を見た。ギヨーム・デュカ。記者たちから質問されていた。新聞に掲載されたその写真をまじまじと眺める。五十代くらいの自信満々なオトコ。この人、あたしのことを知ってるんだろうか。ふと、そう思った。

県内のあちこちでエヴリーヌの捜索が行なわれてる間、あたしはうつっぽい状態に陥った。さまざまな感情に次々と捕われ、翻弄《ほんろう》された。怒り、悲しみ、憎しみ、愛情、不可解さ、罪悪感……真逆の感情に怒濤《どとう》のように襲われて、ひどく苦しんだ。第四の人生は、自分の手で終わりにする前に奪われてしまった。いつもの「ちょっとした自殺」の儀式さえできなかった。くそっ、エヴリーヌに会いたい。あたし、マジでイカれちゃったかもしれない。突然ひとりで置いていかれて、路頭に迷った気分。どんなに離れていても、見下されても、居場所がわかってさえいれば、生きててくれさえすれば、安心していられたのに。

アパルトマンの外に出るのをやめた。室内に引きこもって、ポム、仲間たち、そしてもちろんママからの電話にも出なかった。指定された用量を無視して、アロマオイルを乱用した。

おまえのせいだ、すべておまえのせいだ。頭の上でそういうことばがぐるぐると回転しつづける。あんなことを言わなければよかった。後悔ばかりが募る。おまえはバカだ、すべてを台なしにした、おまえはいつだって何もかもダメにしてしまう……。

憲兵に対して、あたしは無実を訴えた。

ある朝、憲兵たちがアパルトマンにやってきた。ヴィジエ准尉《じゅんい》とその同僚。彼らの制服を見て、全身に緊張が走った。でも、予測はしてた。エヴリーヌに愛想を尽かされるまでは、かなりの頻度で電話をしてたから、履歴を見ていずれやってくるだろうと思ってた。だからすでに何を言ったらいいか考えてあった。

あたしってば、大嘘つき。

「はい、知り合いでした。市場で出会ったんです。あたしが作った服に興味を示してくれて。それで仲よくなりました」

准尉は、うんざりしたように眉を上げた。ようすがおかしい。捜査がなかなか進展しなくて、途方に暮れてるのかもしれない。

「仲よくなったとは？　どういう意味ですか？」

「え、ことばどおりの意味ですけど？　友だちになって、たまに会ってました。彼女はひとりでいることが多かったですし、あたしもこのあたりに引っ越してきたばかりなので、一緒によく散歩をしました。彼女は歩くのが好きでしたし」

「なるほど。一月十八日は一緒じゃなかったですか？」

あたしは悲しげな表情を作ってため息をついた。

「いいえ。一カ月近く前から会ってませんでした。ひとりでトレッキングしてたんじゃないかと思います。そういうことがよくあったので」

「なるほど。その日、あなたは誰かと会ってましたか？　つまり……」准尉は少しためらった。「あなたが彼女と一緒にトレッキングをしていなかったと、証明してくれる人はいますか？」

「はい。その日はずっとサークルの事務所にいたので。その場に十二人くらいはいたと思います」

　確かめればわかることだ。それに、実際、エヴリーヌとあたしは、クリスマス以来ほとんど電話のやりとりをしていない。准尉も納得して、もうそれ以上はあたしを調べようとしないだろう。あたしはとんでもない嘘つきだ。でも、本当のことを言うつもりは毛頭なかった。少なくとも憲兵に対しては。だって、疑われるに決まってる。彼女と寝てたとか、最後に彼女に会ったのはあたしだとか、そんなことを知られたら、あたしはガチで終わりだ。

　でもあたしは、ほかの人たちが知らないことを知っていた。

　エヴリーヌの失踪はこの冬の寒波のせいだろう、と噂《うわさ》されていた。天候不順の時にトレッキングなんかするから、山頂の高原で猛吹雪に襲われたのだ、と。春になって雪が解けたらトレッカーや羊飼いの遺体が見つかった、というのはよくある話だ。ひとりの女性の失踪にまつわる謎《なぞ》は、大きく膨らんだ風船がしぼむように縮んでいって、あとには、やっぱり冬登山には用心しよう、という教訓だけが残るのだ。

ところが、みんなは知らなかった。エヴリーヌはすでに山から下りていたことを。あたしは、その帰り道に彼女とすれちがった。疲れてはいたけど、確かに生きて帰ってきて、村のはずれに停めてあった車のところへ戻ろうとしてた。猛吹雪なんて、彼女の失踪にはなんの関係もない。

それから、エヴリーヌの車は村のはずれで見つかったと、マスコミは言っていた。つまり、山に上る前に本人が停めておいたところに置かれたままだったのだ。

いくら考えても、ほかの可能性を探っても、無駄だった。これしかありえない。彼女が失踪したのは、あたしたちが言い争いをしたあの場所から、停めておいた車のところへ行くまでの間に、何かが起きたからだ。だからこそ、あたしはこんなに罪悪感にさいなまれてるんだ。

しかも、それだけじゃない。

あたしたちが言い争ってる間に、ちょっとしたことが起きた。あまりにささいなことだから気づかなくてもおかしくないほどで、実際、あたしはあまりに怒ってたせいで、その時はほとんど注意を払わなかった。

そう、遠くのほうで足音がしたのだ。あたしがエヴリーヌに向かって怒鳴りちらそうとする直前のことだ。

くそっ、マジか！　そのことを思いだした時、あたしは心の中で叫んだ。

あの夜、あの通りは閑散としてた。でも、確かにあたしたち以外に誰かがいた。誰かがあたしたちを見てた。もしそのオトコが——オンナかもしれないけど、あたしはすでにオトコじゃないかと思ってた——まだ憲兵から取り調べを受けてないとしたら、たったひとつしか考えられない。そいつがやったんだ。

そいつが、エヴリーヌが車のところへ戻るのを妨げた。

そいつが、エヴリーヌを殺したんだ。

もっと早く出ていくべきだった。

こんな谷間の村で、することなんかもう何もない。雪が降ったり止《や》んだりしながらいつまで経っても終わらない冬、事件のことなど誰もが忘れてしまうほど長い冬に、すべきことは何ひとつ残ってない。そもそも、こんなところに来るべきじゃなかった。ここに来たこと自体が間違いだったんだ。

それでも、なかなか出ていけなかった。まだわからない、と期待しつづけた。もしかしたらエヴリーヌが戻ってくるかもしれない。そう願わずにいられなかった。

そう、あたしがとどまったのは迷いがあったからだ。

迷いだけが、あたしを村に引きとめた。

ひとりであちこちを探し回った。山道、山の麓、カルスト台地などを、愛する人を探して車を走らせた。彼女の自宅のそばに車を停めて、出入りする人たちを見張りさえした。夫はほとんど外に出なかった。大きな4WD車が芝生の上にずっと停まってる。あたしたちがセックスをした部屋のちょうど真下くらいだ。一度、農民らしきオトコが歩いて敷地内に入っていったのを見かけた。まるで泥棒みたいだった。

その瞬間、あたしは思った。こいつだ！

でもその男じゃなかった。あとになってそれがわかった。

こうして、数カ月が経った。その間、どうしてこんなことが起きたのかと繰り返し考えつづけた。すると日が経つにつれて、だんだん見方が変わってきた。あの夜にいたはずの殺人犯のことを考えていて、市場で服を売ってた時にこっちを見ていたオトコたちを思いだした。そう、あたしの作りもののおっぱいを、禁じられた欲望の対象みたいにしてチラ見してたやつら。そういえば、とあたしは思った。ひとつ、気になってたことがあったんだ。村を歩いてる時、誰かの存在を感じることが何度かあった。

まるで、尾けられてるみたいに。

いや、まさか。そんなの思いこみに決まってる。あたしは自分に言い聞かせた。

ところが。

ある夜、玄関ドアを叩く音がした。エヴリーヌの名前が新聞にあまり載らなくなってきた頃だった。ドアに嵌《は》めこまれたガラスが三回叩かれた。その時のあたしは、寝室のベッドに仰向けに寝転がって白い天井を眺めていた。

起き上がって、居間に向かう。眉をひそめて、いったい誰だろう、と考える。ポムかもしれない。やさしいから、心配してようすを見に来てくれたんだろう。

ところが、ガラスの向こうのぼやけたシルエットを見てわかった。違う、ポムじゃない。ポムよりずっと大きい。背丈は一九〇センチほどで、ガラスを覆い隠すほど四角くてがっしりした体格をしてる。そばの壁に立てかけてあったトルソーが小さく見えるくらいだった。

またしても、ドアを叩く音。

あたしはためらった。なんだか少し怖かった。

「誰？」

少し間を置いて、返事があった。

「おれだよ」

おれ？ 誰よ、おれって？

「頼む、開けてくれ」

まるで知り合いのような話し方だ。あたしはドアの前に立ったまま、口元に手を当てて考えた。家の近所、市場、サークルで会ったあらゆるオトコたちの顔を、記憶からよみがえらせる。そしてとうとう、ドアノブを引いて扉を開けた。

玄関口に立つ男の顔をまじまじと眺める。

がっしりしたからだつきで、くたびれたデニムを穿《は》き、チェックのネルシャツを着ていた。丸々とした顔で、目の上で眉毛が一本につながってる。恐ろしくはなかった。少なくとも今のところは。むしろやさしそうだった。途方に暮れたようでもあった。

下唇に手を置いて、ことばを探すようにして咳《せき》ばらいをする。

「わかってるよ、もう少し待ってくれっていうんだろう？」と、小声で言う。「でもどうしても我慢できなくて」

「え、何？」

奇妙だった。知らないおっさんだ。いや、よく知らない、というべきか。なんとなく見覚えがある気がした。でもいったいどこで……もしかしたら、どこかの通りか市場ですれちがったのかもしれない。二、三回、あるいはそれ以上。

ところが、おかしなことに、その姿は風景の一部でしかなかった。

このおっさん、ずっとそばにいたのかもしれない。あたしの生活圏内に。

おっさんはさらに言った。

「どうしても知りたいことがあったんだ」

「え、何を？」

「こないだ電話をかけてきたやつのことさ。警察だって言って、きみの話をしてた。きみの名前まで知ってた。まさか、冗談だろう？」

あたしはおっさんの顔を見た。完全にあっけにとられていた。

「何を言ってるの？　さっぱりわかんないんだけど」

おっさんは眉を八の字にして、ごつい手を自らの髪の中につっこんだ。

「頼むよ、冗談だって言ってくれ」

唇が震えてる。あたしを見つめるその目には、よく知ってる何かが潜んでた。単なる欲望じゃなくて、それよりずっと強いもの。愛とか、そういう強烈な何か。長く一緒にいるパートナーに対する目つき。気味が悪い。すぐにでも逃げだしたい。あたしはそっとドアノブを押して、扉を閉めようとした。

「何かの間違いです。あたしは……」

「待って」

おっさんは足を挟んで、ドアが閉まるのを妨げた。あたしは困惑し、ドアノブを力いっぱい押した。

「ちょっと、いいかげんにしてよ。あたしはあんたなんか知らないし、訳のわからないことを言われてうんざりしてるんだけど」

おっさんは人の話を聞いてなかった。すごい勢いで話しつづけている。

「待ってくれ、それはないだろう。あれだけふたりでいろいろと話をして……ずっときみのために尽くしてきたのに。なあ」

「信じらんない。あんた、ガチで頭おかしいんじゃないの」

おっさんは呆然《ぼうぜん》とし、数秒ほど黙りこくっていた。頭が混乱しつつも、どうにか事態を理解しようとしてるように見えた。あたしは内心、よかった、これで帰ってくれるだろう、とホッとした。ところが、そうじゃなかった。突然、おっさんは目線を下げて、あたしのおっぱいを凝視した。何こいつ、スーパーの陳列棚に並んでるメロンを見るような目をしやがって、と思った。ぞっとするほどいやらしい目つきだった。さっきまでは途方に暮れてたくせに、いまや欲情にかられた目つきになっている。目が血走って、今にも血管がブチ切れそうになってるのがわかった。

そして突然、おっさんがあたしに飛びかかってきた。

腕をつかまれたので、思わず後ずさる。ドアが全開になった。

腕を突っぱって、必死に相手を押しのけようとした。唇に口を近づけてくるのを、あたし無我夢中で押し戻した。激しく抵抗しつづける。でもこんな大男が相手なら、あたしなんかやすやすと組み伏せられてしまうだろう。このままだとヤラレてしまう。ちくしょう、こんなやつにレイプなんかされてたまるか。何か言ってるようだったけど、何も耳に入らなかった。近づいてくる上半身を懸命に押しのけながら、首をあちこちに振ってキスを回避しようとする。あたしがからだを後ろにのけぞらせると、ふたり一緒に床の上にひっくり返った。テーブルが倒れて、ロックミシンが床に落ちる。テーブルに肩をぶつけながらも、おっさんはあたしの上に馬乗りになった。手足をバタつかせながら必死に抵抗する。ざらついた指で手を押さえられ、手首を押さえつけられた。

もうダメかもしれないと思いつつ、あたしは大声を上げ、罵声《ばせい》を浴びせた。

すると、どうやったのか覚えてないけど、片膝《かたひざ》を立てることができた。のしかかってくるおっさんのからだを、両脚でガードする。それから、力いっぱい相手を両腕で押しのけた。ありったけの力で、うなり声を上げながら両腕を突っぱった。すると、相手の上半身がわずかに後退し、回転して横向きになった。

その瞬間、あたしは相手に蹴りを入れた。

自分でも驚くほどの力で、思いきり蹴りを入れてやった。

当たったのは顔面だった。おっさんは顔から後ろに飛んでいって、壁にぶつかった。

その隙《すき》にあたしはおっさんから離れて、部屋の反対の隅まで逃げていった。

おっさんは顔に手を当てて、うめき声を上げながらよろよろと座りこんだ。右目を手でこすっている。

沈黙。

あたしは動けなかった。そのままじっとしていた。

おっさんがようやく顔を上げた。頬の上に大きな青あざができていた。ひどい顔だ。どうやらあたしの足が命中したらしい。おっさんは目をそむけた。すっかりおとなしくなっていた。もう欲情も危険も感じない。完全に打ちひしがれたようすで、唇を嚙み、悲しげな表情で部屋のあちこちに視線を動かしていた。もう怖くない。これで終わったんだ。

少しの間、そのままの状態だった。

やがて、おっさんは立ち上がると、もごもご詫《わ》びらしきことばを口にした。小声で、ごめん、とかなんとか言ってるようだった。

それから、ドアを全開にしたまま出ていった。


一週間後、あたしは村を出た。

あんなことでも、少しは役に立ったというわけだ。つまり、村を出るきっかけにはなった。そうでもなければ、あの辺鄙《へんぴ》な片田舎で一生を送ってたかもしれない。ある朝、ミシンとトルソーを車の後部座席に、作りかけの服をトランクに積んで、第四の人生をあとにした。ここに来るべきじゃなかったし、もう二度と戻らないだろう。苦しみと不可解さを残しながら立ち去った。

でもあたしはこのことを、ひとりで抱えてはいられなかった。あの日、眠れない夜を過ごしたあと、ポムに電話をかけた。お願い、うちに来てくれない？　聞いてほしいことがあるんだけど。そう言って、駆けつけてくれたポムにすべてを打ち明けた。すべて、というか、ほとんどすべてを。ポムはあたしをやさしくなだめて、話に耳を傾けてくれた。この子のこういうところが好きだ。ポムは村人たちのことをよく知ってるので、あたしを襲おうとした相手のことも教えてもらった。名前は、ミシェル・

ファランジュ。山の上で牛を飼育してて、ソーシャルワーカーの女性と結婚してるという。普段はもの静かなタイプらしい。どうしてあんなことをしたのかわかんないけど、山の上での生活がかなり大変なんだろうな、と想像できた。

おそらく、夫婦仲がうまくいってないんだろう。

溜まりに溜まったものを爆発させてしまったのだ。

もちろん、告訴すべき案件だったと思う。ポムもそうするよう勧めてくれた。でも、あたしはそうしたくなかった。だって、自分の名前が公《おおやけ》になって、これまでのあれこれが新聞に書きたてられて、エヴリーヌとのことも世間に知れわたって……いや、マジでそれは勘弁してほしい。それに、結局のところ、怖い思いをした以外は何もなかったんだから。あのおっさんはただあたしにキスしようとしただけだった。あたしはポムに、このことは誰にも言わないでほしい、と頼んだ。きっと今も約束を守ってくれてるだろう。

たとえ、あたしが出ていったあとでも。

たとえ、ミシェル・ファランジュが失踪したあとでも。

今もエヴリーヌのことはしょっちゅう考える。ぶっちゃけ、すごく会いたい。彼女は、ほかの連中にはないものを持ってた。人生、幸せ、愛情など、あたしが追い求めてきた理想がようやく手に入ると信じさせてくれた。

　彼女は死んだ。あたしはそう確信してる。でも時々、彼女が生きて目の前に現れる夢を見る。あたしをもう一度そっと抱きしめてくれる夢。だって、その後のあたしの人生は、それほど順調じゃなかったから。あの村を出てから、たまたま行き着いた海辺の町で暮らしはじめた。二、三人の知り合いがいて、あたしを歓迎してくれた。タバコをひっきりなしに吸いながら、やるべきことを探しつづけた。たくさんあったアロマオイルは全部捨てた。そして、自分の不運を嘆いた。ひとり取り残された時の、よく知ってるあの感情に再びとらわれていた。

　またしても、あたしは空から地面に向けて急降下してた。パラシュートが開く瞬間を待つみたいに、この負のループから救ってくれるヒーローが現れるのを待っている。

　第五の人生を待っている。

　でも、襲われかけたあの夜のことは忘れないだろう。牛農家からやってきたあのおっさんに無理やり脚を開かされ、レイプされる自分を想像した時の恐怖を、これからもずっと覚えているだろう。そして何よりも、ミシェル・ファランジュの目を見た時に感じたあの奇妙な印象を、あたしは決して忘れないだろう。

　あのおっさんは、逆上したり魔が差したりしたわけじゃなかった。

そうじゃない。今なら確信できる。バカげたことだけど、あのおっさんは、あたしたちが知り合いだと心の底から信じてた。あいつがあたしに襲いかかるまで、その瞳《ひとみ》はある種の喜びに輝いてた。心からの深い愛情に満ちた目だった。ほかの誰かと間違えていたんだ。おっさんが恋に落ちた相手、いや、おそらくそれ以上の感情を抱いた相手。でも、それが誰かを知ることはできないだろう。その子がどこにいて、あのおっさんに何をしたのかもわからない。

あたしには、その子の名前しかわからない。

あの時、あたしに襲いかかった時、ミシェル・ファランジュはその子の名前を呼んでいた。

アマンディーヌ、って。

ARMAND
アルマン

「イケメンで、いつもシャレた服を着て……」

金曜の夜のマキ（レストランやナイトクラブのこと）。パーティーの真っ最中だ。

ここは、町じゅうのやつらが集まる人気夜遊びスポットだ。室内はカラフルなライトに照らされている。この国生まれのダンスミュージック、クーペ・デカレが、スピーカーユニットから大音量で響きわたってる。きっと隣近所のバーまで丸聞こえだろう。外の通りには埃《ほこり》が舞い散り、ブロック塀に沿ってたくさんのバイクが乱雑に停められてる。女どもがお立ち台の上でケツを揺らす。プリンセス気取りで着飾って、ハイヒールを履いて、スカした顔で野郎どもを見下ろしてる。

だが、今夜の主役はこのおれさまだ、マジな話。

そう、ＤＪがしゃべってるのはおれの話だ。小さな舞台の上で、マイクに向かっておれのことを語ってる。

「いつも羽振りがよくて、みんなに奢《おご》りまくって……」

人ごみの奥で、四人のダチたちがビールを飲んでいた。シルヴェストル、ドリス、ムッサ、クリスティアン。やつらの視線を浴びながら、ガーガーと音を立てるスピーカーシステムに沿って、キングのような笑みを浮かべて歩く。シガーを口にくわえ、ゴールドのチェーンネックレスを指でもてあそび、ベルトのバックル、高級腕時計、キラキラと光るシャツを見せびらかす。おれという人間をアピールするために。

DJがおれのニックネームを連呼する。

「CFA将軍！　やつこそがCFA将軍だ！　みんなもよく知ってるだろう……さあ、やつがカネをバラまくぞ……札束をまき散らすぞ！」

いよいよ、おれは〈トラヴァイユマン〉を始めた。そう、セレブの証《あかし》として、DJがおれの名前を連呼する間に紙幣をバラまく儀式だ。モニークにちらっと視線を送る。バーカウンターにもたれて、男どものナンパをクールにあしらってる。ざまあみろ、その女はおれのツレだ。おれはデニムのポケットに手を突っこんで、入っていた紙幣をすべて取りだした。一枚ずつ空中に放り投げる。ステージの上、お立ち台の上へと、次々と紙幣をバラまく。そこらじゅうがCFAフラン札だらけになった。雨のように紙幣が降り、おれは無頓着《むとんちゃく》にその上を歩き回った。みんなが床に落ちたカネを拾い集めてる。全部でいくらあるのか、おれにだってわかんねえ。でも大金だってことは確かだ。〈トラヴァイユマン〉でカッコつけるには、一週間で稼いだカネをすべて使いきらなきゃならない。大金を持ってるってことをみんなに見せつけるためだ。

ダチたちのところに戻る前に、たっぷり時間をかけて楽しむことにした。DJはしゃべるのをやめて、場を盛り上げるために音楽をかけはじめてる。おれはバーカウンターまで行くと、膨らんだシャツの中から札束を取りだした。スタッフの女がイイ感じにほほ笑んで、おれたちの目の前にシャンパンボトルを置く。ここに来た時からずっとシルヴェストルが目をつけてた女だ。おれはまわりにいたやつらのグラスにシャンパンを注いだ。雑なやり方だったので、液体が床にこぼれて灰色の土に浸《し》みこんでいったけど、気にしなかった。

それから、モニークとフロアに出て踊りはじめた。みんなが羨《うらや》ましそうにおれたちを見ている。連中はおれのフェイスブックのフォロワーなので、おれが投稿した写真を見ているはずだ。ホテルの客室のキングサイズのベッドに寝そべって、何十枚もの紙幣が散らばったシーツの上で、カメラ目線でファインダーを指さしている写真。もちろん、モニークも注目の的だ。だって、このマキで一番イケてる女だから。ミニスカートを穿き、フェイクダイヤで縁どりされたビスチェを着てる。胸の膨らみが強調されるファッションだ。モニークの踊りはサイコーだ。ケツを擦りよせておれを煽《あお》る。

熱くなって気分が盛り上がる。

思う存分楽しんでやる。

そう、今夜は、思いきり楽しんでやる。いつも金曜になると、一週間で儲《もう》けたカネを全額使いきって、人気のナイトクラブで豪遊しつづけてきた。まるでこの栄光が永遠に続くかのようにふるまった。みんなの期待どおり、ずっと〈ATM男〉でいられるふりをした。ライトの明かりの下で汗をかきながら、今この瞬間を楽しむことだけに神経を集中させた。

とにかく、ほかのことは考えないようにした。

今夜の〈トラヴァイユマン〉を見たやつらは、これがおれにとっての最後の豪遊になるかもしれないなんて、きっと思いもしないはずだ。おれの仕事は絶不調だった。少し前から、カネなんて一銭も入ってきやしねえ。このままだと、近いうちにモニークも失ってしまうだろう。

ビールとシャンパンを浴びるように飲んだのは、明日待ちかまえてることを忘れるためだ。何週間も前からずっと先送りにしてきた、恐ろしい現実。だけど、運を取り戻すためには、今度こそやらないといけない。

明日、おれは子どもをひとり殺さなきゃならない。

いったいどうしてこんなことになったんだ？　ほんの一年前までは、おれがこんなに羽振りがよくなるなんて、誰も思ってなかったはずだ。そして、まさかこんなヤバいことに手を染めるなんて……。つい最近までは、毎日あくせく働くしがない労働者にすぎなかったのに。

あの日のことはよく覚えてる。ダチたちと一緒にビールを飲もうと、行きつけの〈ディナミック〉っていうマキにやってきた。店のオーナーは、高級ホテルの経営者気取りの男だ。いつも手作りのテーブルの後ろにでんと構えてる。がたつく棚の上に酒のボトルを並べて、その奥にアロコ（揚げバナナ）を揚げるためのガスレンジを置いていた。おれらはいつもその店でチキンのグリルを食べて、一本売りされてるタバコをちまちまと吸いながら、ちゃちな仕事についておしゃべりをした。こないだのあれは儲かった、とかそういう話だ。

その日、みんなより遅く到着したおれを、シルヴェストルがにやりと笑いながら見上げた。テラスの反対端のプラスティックテーブルを指さしながら目で合図する。

「おい、見ろよ。やばくねえか？　めっちゃイイ女」

シルヴェストルはこういうやつだ。いつまで経《た》っても変わんねえ。

みんなでそっちを振り向く。バーカウンターのそばのテーブルに、その女は友だちふたりと座ってた。笑いながら、使い捨て容器に盛られた魚のアチェケ（発酵キャッサバ粉を炊いたもの）をつついてる。シルヴェストルは正しい。かなりイケてる。丸いケツと、吸いつきたくなるような唇。ハイヒールを履いて、ダイナマイトバディが露《あら》わになったピチピチのワンピースを着て、革のハンドバッグ、アクセサリーなどいろんなものを身につけてる。おれらなんか眼中にないと言わんばかりにスカしてる。まるでパリジェンヌみたいだ。

「なあ」ドリスがシルヴェストルに言う。「おまえ、シャツを新調したって噂《うわさ》になってるぞ。それでちょっといい気になってんじゃねえの？」

シルヴェストルは相手にしなかった。〈カステル〉ビールをひと口ラッパ飲みすると、床に置いてあった壺《つぼ》の水で手を洗う。立ち上がってシャツをデニムにたくしこみ、女のテーブルのほうに向かって歩きだした。白いプラスティックテーブルと、背もたれに穴が空いた椅子《いす》の間を、縫うように進んでいく。女はゴールドのイヤリングを揺らしながら、シルヴェストルの全身を値踏みするように眺めてた。おれたちはそのようすをビール瓶を片手に見物した。ドリスがおれのほうにかがみこむ。

「あいつ、本命のカノジョだって満足させらんねえくせに、もう浮気しようとしてやがる」

ドリスはすぐに他人をディスる。糞尿《ふんにょう》を垂れ流すようにして悪口を言う。でもおれたちはもう慣れたので、笑って聞いてられる。

シルヴェストルと女の会話はほとんど聞こえなかったが、女が最後に発した大声だけはこっちまでしっかりと届いた。

「さっさとどっかに行ってよ！　邪魔しないで！　ほら、行ってってってば！」

ドリスが膝《ひざ》を叩《たた》いて大笑いする。シルヴェストルは、スニーカーをひきずりながらすごすごと戻ってきた。やつをきっぱりとフッた女は、すでにこっちを見もせずに女同士でおしゃべりをしている。

「おい、もっとナンパの技術を磨いたほうがいいぜ」

「うるせえ、黙れ」シルヴェストルは立ったままビールを飲み干すと、給仕に向かって叫んだ。「おい！　ビールをもう一本！」

シルヴェストルは椅子に座り、口元に手を当てた。黙ったまま、注文したビールが来るのを待っている。こいつのことならよく知ってる。今はムカついてるけど、すぐにけろっとするはずだ。

「なあ、アルマン、どうだった？」ムッサがおれに尋ねる。

ムッサは親友だ。こいつとうちの家族が同じ村の出身で、おれたちは幼なじみだ。ガキの頃から一緒に遊んで、近所を走り回ってた。基本、無口なやつだ。女にも興味がないので、変人だと噂するやつらもいる。ドリスはしょっちゅうムッサをディスる。あいつはホモだ、男が好きなんだ、って言う。でもそれは違う。ムッサはもともとこういうやつなんだ。それだけのことだ。おとなしくて、目立つのが好きじゃないだけ。神さまのことを考えすぎて、話をしなくなることもある。こんなに信心深いやつ、ほかに見たことがない。

「なあ、アルマンってば」

おれはチキンをほおばったまま、返事をしなかった。考えごとをしてた。ほかのことで頭がいっぱいだった。もううんざりだ。ちゃちな仕事ばかりして、女たちから値踏みされるような目を向けられるのに飽き飽きした。シルヴェストルが声をかけたあの女のような目つきだ。そう、おれが決心したのはあの女の目を見た時だった。これ以上はもう我慢できねえ。こんなみみっちい仕事ばかりやってられっかよ。一刻も早くどうにかしねえと。

このあたりで一番有名な〈なりすまし成金〉になってみせる。

頂点に立ってやる。

だって、モニークに再会できたんだから。おれは今、あいつにメロメロなんだ。

翌日、早起きして仕事に向かった。いつになくやる気に満ちていた。

おれはまだ父親と一緒に暮らしてた。姉さんのファビオラ、弟たちも一緒だ。毎日、庭のマンゴーの木の下で、家族の誰かしらが友だちと一緒に茶を飲んでいる。簡素な家だ。寝室がふたつ、居間がひとつ、浴室がひとつ。断水の日は、ポリバケツに溜《た》めておいた水を使う。ひとつの寝室にウレタンマットレスを敷きつめて、きょうだいで雑魚寝《ざこね》する。毎晩、扇風機の取り合いでケンカになる。

外に出ると、ファビオラが庭を掃いていた。友だちの髪を結ってやる約束があるらしい。

「アルマン、そんなに急いでどこに行くのよ?」

「仕事。姉さんたちみたいな女と違って、のんびり遊んでらんねえんだよ」

ファビオラは目を丸くした。

「は? 仕事仕事って、やってることは詐欺《さぎ》のくせして。あんたがどうやってお金を稼いでるか、父さんに知られたらどうすんのさ」

「うざ。余計なお世話だよ。何が悪い? 口出しすんなよ」

おれは家を出て、バイクにまたがった。父さんのことを考えながら走る。ああは言ったけど、ファビオラは正しい。おれが大金を稼ごうとしてるこの仕事を、父さんは心底嫌ってる。これまで何十回説教されてきたかわからない。カネを騙《だま》し取った人間はいずれは殺されるんだ。怒りをこめた大きな目でおれを見ながら、いつも父さんはそう言った。まじめに働けば自分の人生を生きられるし、そういうカネを使えば自分に誇りを持てる……。父さんはおれを整備士にしようとしてた。兄さんのデジレのように。デジレは地元の自動車整備工場に雇われていた。

だがおれは別の道を選んだ。

朝のアスファルトの道を、埃をもうもうと舞い上げながら、車があちこちを行き交ってる。おれもその列に加わってバイクを走らせた。沿道にはマキがずらり軒を連ねてる。〈ル・フロマジェ〉、〈ル・シャルマン〉（夜明けから店主が疲れるまでオープン、って書かれてる）、そして〈シェ・エルネスト〉。いずれの店も、屋根にタイヤがのっていて、正面が黒いシートで覆《おお》われている。外から見えない店内では、若いやつらがギャンブルをしたり、麻薬をやったりしてる。市場の近くまで来ると、ガキどもが歩道や排水溝の脇《わき》を走り回ってるのが見えた。ぼろぼろのサンダルを履いて、汚れた服を着てる。頭の上にのせたたらいに石けんやティッシュを詰めこんで、ドライバーや歩行者たちに売っているのだ。

ネットカフェに着いた。どうやら一番乗りらしい。

クアシが目の前で、白いグリルシャッターを開けた。アイロンがビシッとかかったシャツを着てる。腹が出ていて、笑うと金歯がむき出しになる。

「アルマン、ずいぶん早くから仕事を始めるんだな。いいことだ」

「あざっす。昨日、フォーマットを書いといたんで」

それだけ言えば、意味は通じるはずだ。そりゃそうだ、クアシはおれたちのリーダーなんだから。この仕事のやり方を一から教わった。独立するまでの半年間は、クアシのために働いた。当時は毎日、鉄道駅の裏手にあるクアシの邸宅に通ってた。扇風機が数台置かれた居間に十人くらいが入って、タイル張りのひんやりした床に寝そべったり、ブランドものの肘《ひじ》かけ椅子の革クッションにもたれたりしながら仕事をした。高速接続のパソコンと携帯電話一台ずつが一人ひとりに与えられた。つまり、仕事に必要な機材を支給してもらってたんだ。

クアシはおれたちの正面に座って、一日七時間、仕事の基礎をみっちり教えてくれた。まあ、おれたちが稼いだカネの七〇パーセントは、クアシの懐《ふところ》に入ってったけどな。おれたちはバッティングマシンみたいなもんだ。クライアントのメアドを手に入れて、文書を作成し、添付する写真を選んで、メッセージを送信する。でもこみいった話になったり、相手にカネを要求したりする段になると、それ以降はクアシの出番だ。たくさんある携帯電話のうちの一台を手にして、声色を変えて話すのを、おれたちはじっと耳を澄まして聞いていた。一字一句も漏らさないよう真剣だった。もうすぐ、自分たちも同じことをするってわかってたからだ。

とにかく、マジでクアシは仕事のやり方を熟知してた。ニックネームが〈ミリオネア〉なのも納得だ。ひと仕事終えるたびに大金が舞いこんできた。クアシの〈職業訓練スクール〉は町じゅうに知れわたってた。

おれはネットカフェに入ると、いつもの席に座った。部屋の一番奥で、二枚のベニヤの仕切り板の間にデスクトップパソコンが一台置かれてる。この席は暑い。ポロシャツの下はすでに汗だくだ。それでもおれがここに座るのは、裏口に一番近いからだ。万一に備えて、っていうやつだ。パソコンの電源を入れると、床に置かれたタワー型の本体が動きはじめる。脚に振動を感じていると、やがてモニターの画面が明るくなった。そこにドリスとシルヴェストルが現れた。

「おお、早えな、もう来てたんか？　今夜も出かけるだろ？」

「いや、やめとく。今日は仕事だ」

「マジか！　お祭り人間のおまえが！」

おれはモニターに向かった。画面上に、ビル・ゲイツが作ったアイコンがひとつずつ順番に現れる。古いパソコンだから動きが遅い。あとから来たふたりが席につく頃、おれはメールソフトを開いた。昨日は長い時間をかけてフォーマットを書いた。完璧《かんぺき》に仕上げたかったから、何度もスペルチェックをかけた。スペルミスが目立つとうまくいかないことが多い。昨日書いたやつをもう一回読んでみる。


はじめまして、こんにちは！

まずは自己紹介から。すべて正直に書くわね。わたしはアマンディーヌ・ミラン。フランス生まれのフランス育ちで、年齢は二十八歳。独身です。こうしてあなたにメールを送ったのは、運命の人を探してるから。だって、いきなり変な人に会って、嫌な思いをしたくないんだもの。身長は百七十五センチ、体重は五十四キロ、服のサイズは三八で、靴のサイズは三九。目は黒くて、髪も黒色です。かつては、パリ郊外のイシー＝レ＝ムリノーに両親と一緒に暮らしてました。住所は、エルヴァン通りの五十番地。でも三年前に父が亡《な》くなって、母と一緒にカナダに移住したの。ところがその二年後、今度は母が亡くなって、わたしは天涯孤独の身に。必要にかられて仕事を探しだしたところ、数カ月後にある男性と出会って交際を始めたの。ところがその人に騙されて捨てられちゃって……すると、孤児院の先生から働き口を紹介してもらえたの。アフリカのとある協会のために服を作る仕事。ほかに頼る人もいないので、思いきって移住しちゃいました。距離は問題じゃないの。好き合っていれば多少離れていても平気だし、運命の人のためならここを出ても構わない。わたしは喫煙者じゃありません。性格は、寛容で、正直で、思いやりがあって、情熱的で、享楽《きょうらく》的で、もの静かなタイプ。これまでこんな人生だったから、これからはどうしても幸せになりたいの。だから、運命の人に出会いたいと心から思ってるし、神さまがわたしのために誰かを見つくろってくれてる気がしてる。それはもしかしたら、あなたなのかな？　本物の幸せをつかむために、わたしと一緒に人生を歩いてくれる人を探してます。こうしてこのメールをあなたに送ったのは、誠実に長くおつき合いできる人を見つけたいという一心からなの。読んでくれてありがとう。お返事待ってます。

アマンディーヌ・ミラン

アマンディーヌという名前にしたのは、おれの名前のアルマンと似てるから。うっかりミスを避けるためだ。このメールを八百件のアドレスに一斉送信した。便利だからみんなが使ってる〈エクストラクター〉っていうソフトで、出会い系サイトから読みこんだメアドばかり。ターゲットはフランス人、ベルギー人、そしてカナダ人。白人はカネ払いがいいからだ。

そう、これがおれたちの仕事。なりすまし詐欺ってやつだ。この町に多少の外貨をもたらす唯一《ゆいいつ》の職業。おれらは初心者だから、まだ大金は稼げない。でもすでに手口はマスターした。それぞれに得意分野もある。ドリスとシルヴェストルはコンピュータに詳しいから、キーボードを叩きながら公式書類を偽造して〈ギャンブル詐欺〉を行なう。フォトショップで画像を編集して偽《にせ》の宝くじ当選メールを作って、獲物をおびき寄せるんだ。クリスティアンの専門は〈遺産相続詐欺〉。ちょっと複雑な遺産相続ストーリーをでっち上げるのが得意なんだ。ムッサはわりとオールマイティー。

そして、おれの得意分野は〈ロマンス詐欺〉。つまり、女になりすまして、相手に恋愛感情を抱かせる。

どうして〈ロマンス詐欺〉専門にしたかっていうと、よく考えた末、一番カネを取れると思ったからだ。そう、これぞまさに市場の法則。希少なものほど高く売れる。ぶっちゃけ、ヨーロッパの連中は愛情に飢えてやがる。一番不足してるものだと言ってもいい。いつも家に引きこもってるせいで、出会いがないんだ。パリにいるやつらは、たくさんのカネやモノを持ってて、キレイな部屋に住んで、古くて高いワインを飲んでる。ところがそんなもんは何の役にも立ってなくて、やつらはやっぱり不幸せなんだ。愛情――つまり、連中が言うところの真実の愛ってやつが不足してる。夜になるとひとりで大きなベッドに横になって、真実の愛を手に入れる夢を見る。そしてこのおれは、想像を絶するような素晴らしい真実の愛を、やつらに与えてやるってわけだ。

真実の愛でやつらを酔わせてやる。

だが、それには代償が必要だ。そう、この地球上で無償で手に入れられるものなど何もない。きれいなバラにもトゲがあるように。

おれが必要としているのはカネだ。

アマンディーヌのメールボックスに五十通の返信があった。予想より少なかったけど、まあ十分だろう。さっそく読みはじめる。フランスからが多い。ふうん、どれもだいたい似たような内容だな。いつもどおり。白人らしいっつうか。おれは二通目のメールを書きはじめた。ここからが肝心だ。クライアントが食いつくかどうかはこの二通目で決まる。

「なあ、ドリス。なんか、いい女の写真ねえかな？」

「ああ、ちょお待てよ」ドリスはにやりと笑った。「超イケてる白人の女のがあるぞ。見ろよ」

ドリスは、USBメモリを持っておれの席までやってきた。こいつはネットで画像を探す天才だ。ファイルを開いて、新しく手に入れた写真を見せてくれる。前かがみになって、モニター画面を間近で凝視してる。その耳に石が光ってた。なりすまし詐欺を始めた頃に買ってたやつだ。

「ほら、こいつ。きれいだろ。神さまの授かりもんだ」

四枚の写真が画面に現れた。髪はブロンドだ。ワンピースを着てる写真と、船の上で水着を着てる写真があった。

「でけえよ。まるでキリンじゃねえか。黒髪で、もっと若い女がいい」

「ああ？　んだよ、めんどくせえやつだなあ」

そう、おれはめんどくさい男なんだ。

ドリスは別のフォルダを開いた。若い女、ババア、でけえやつ、ちっこいやつ、黒人、白人……画面に現れた写真を全部きちんと見る。おれの頭の中では、アマンディーヌの姿がすでにできあがっている。そしてとうとう理想的な女を見つけた。

「ストップ。この女がいい」

褐色の髪、バカでけえ乳。写真は三枚あった。どれもカメラ目線で、こっちを食い入るように見てる。ベッドに横たわってるやつ、木の前に立ってるやつ、そしてメガネをかけて本を読んでるやつだ。

「どっから出てきた写真だ？」

「待てよ、見てみる」ドリスはそう言って検索を始めた。「ああ、わかった。おい、この写真、エロ動画サイトのだぜ」

「エロ動画サイト？」

ドリスは歯をむき出しにして大声で笑った。

「ああ、この女、AV女優だ。でもそれほど知られてないみたいだな。名前は……えぇと、アリシア・モール。アリシア・モールだとさ」

アリシア・モール。おれは写真をもう一度まじまじと眺めた。すげえ、完璧じゃん。この女こそアマンディーヌだ。

「こいつにする」

「アルマン、マジか」ドリスはまだげらげらと笑っていた。

「まったく、おまえにはかなわねえよなあ」

おれは写真を自分のパソコンにコピーして、メールに貼《は》りつけた。そして数分後に一斉送信した。フランスに向けて、何十ものアマンディーヌが旅立った。この女を見た白人たちはみんな飛び上がって喜ぶだろう。ああ、間違いねえ。

女は男を狂わせる。おれは心底そう思う。倫理に反する行為、神を裏切る行為、悪魔に近づく行為——男がそういうのをしでかす時は、いつも女のためだ。ああ、そんなこともむかしからわかってたさ。でもまさか、自分がここまでやれるとは夢にも思わなかった。善と悪の境目がどこにあるかぐらい、わかってるつもりだった。限界を越えることは決してしないと思ってた。ところが、モニークに再会してすべてが変わった。頂点を極めたいと思うようになったのは、それからだ。

そう、あいつのためなら、おれは何でもできる。

モニークは、ほかの女たちとは違う。マジでレベチだ。あいつとは、むかしからずっと一緒にいた気がする。中学の頃のことをよく覚えてる。モニークは庭で洗濯ものを干しながら、よく歌を唄《うた》ってた。町じゅうのやつらが耳を澄ました。あいつの姉貴も、妹の声はパスポートや旅行チケットのようなものだ、いずれはダイヤの原石を探してアフリカじゅうを訪ね歩く白人のスカウトマンに見初《みそ》められて、ヨーロッパに行ってしまうだろう、って言ってた。

もちろん、初めてモニークと過ごした夜のこともよく覚えてる。市場が立つマルシェ広場の裏手でセックスをした。板張りのデッキの上だったから、背中に引っかき傷ができた。おれたちの頭上には満天の星が輝いてて、少し離れたところからほかのカップルたちの声が聞こえた。忘れられない夜だ。あれからしばらくの間、おれはダチたちにその自慢ばかりしてた。みんなすっげえ羨ましがって、モニークを見ただけでキョドってた。ただし、ムッサを除いて。

ところがある日、あいつはどこかへ行っちまった。両親と一緒によその町に引っ越して、それからいっさい音沙汰《おとさた》がなかった。風の便りで、高校卒業後に夢を叶《かな》えて、白人のために歌を唄いながら世界ツアーをしてるって聞いた。その一方で、正反対の噂も耳にした。首都の売春宿で脚を広げて商売してるってやつだ。それ以来、おれはモニークのことは忘れようと決めた。

ところが、おれはあいつと再会した。まったくの偶然だった。

ある日、閉店後のバーでショーが開催された。着席したまま静かに音楽を聴くタイプのやつだ。普段のおれは、その手のイベントには行かない。クリスティアンに誘われたんだ。きっとやつも、おしゃべりをする相手が欲しかったんだろう。

何人かのやつらが、ステージの上で配線をしたり機材を設置したりしてた。モニークはそこにいた。ゴールドのイヤリングを揺らしながら、マイクの調整をしてた。おれはあいつから目が離せなかった。もちろん、すぐにモニークだってわかった。でも前よりさらに美人になっていた。背が高くて、黒いドレスの下の胸の形がきれいだった。背後の音楽家たちを振り返ったり、長い三つ編みを耳の後ろに引っかけたりするしぐさを、ずっと目で追っていた。ざわつく観客たちの中で、あいつだけがひとり目立ってた。歌いはじめる前から、会場全体をとりこにしてた。

そしてあいつがアフリカの歌謡曲を歌いはじめると、そのディーヴァのような声がおれの心臓をピックハンマーのごとくえぐった。

もちろん、クリスティアンにも、おれがモニークに一瞬でメロメロになったのがわかったようだった。眉《まゆ》をひそめ、同情する目つきでおれを見た。

「おいおい、あいつは無理だぞ」

「なんで？」

クリスティアンはガラス窓の向こうの通りを指さした。

「あのすげえ車が見えるか？　道路の反対側に停まってる、でかくて黒い４ＷＤ車だ。あいつはあれに乗って来たんだぜ。金持ちの家に住んでるんだ、わかるだろ？」

「ああ……」

なるほど、そういうことか。

つまり、あいつは成功者なんだ。

その夜、ショーのあと、モニークと少しことばを交わした。これから帰って娘の面倒を見ないと、って言ってた。それ以上のことは何も話さなかった。この数年間どうしてたかもわかんねえ。でも、あいつは電話番号をくれた。ハミガキ粉のＣＭのような完璧な笑顔で、また会いたいって言ってた。もしかしたらチャンスがあるかもしれない。そうさ、今モニークがどうしていようが、たとえ政治家と結婚していようが、おれにだってチャンスがないわけじゃない。

だってあいつも、満天の星空の下で過ごした夜のことを覚えてたんだから。

二通目のメールを送信した三日後、おれのクライアントは五人に絞られた。五人の白人が、褐色の髪で巨乳のアマンディーヌの罠《わな》にかかって、いそいそと返事をよこしたんだ。だがこれからが本番だ。ロマンス詐欺は、たった数時間じゃ片がつかねえ。

長い時間と忍耐が必要だ。最初のカネを手に入れるまでに数カ月かかることもある。我慢すればするほど高額を稼げる。大丈夫、ターゲットはこっちの手中にある。やつらはおれの獲物、おれのカモだ。すでにやり方はマスターしてる。

五人の中で、とくに気になるやつがひとりいた。最初にもらったメールを読んで、こいつならいけそうだとすぐに感じた。

アマンディーヌ、こんにちは。

おれのアドレスをどうやって見つけたのかわからないけど、とにかくメールを読みました。つらい人生だったんだね。おれに何ができるかわからないけど、アフリカにはずっと行ってみたかったんだ。よかったらまたメールをください。

ミシェル

名前はミシェルというらしい。翌日、場所をMSNチャットに移して、相手とリアルタイムでやり取りを始めた。初めは慎重に進めるのが肝心だ。相手に質問をして、こっちもアマンディーヌのことを教えてやる。

ミシェル：きみはいったい何をしたいの？
アマンディーヌ86：言ったでしょ。運命の人を探してるの。あなたのお仕事は何？
ミシェル：農場を経営して、牛を育ててる。
アマンディーヌ86：えー、ステキー！　わたし、動物が大好きなの。ねえ、あなたも何か質問して？　あなたのことを知りたいし、わたしのことも知ってほしい。
ミシェル：写真を見たけど、すごくきれいだね。
アマンディーヌ86：ふふっ、ありがと。嬉《うれ》しいけど、恥ずかしい。でも、大事なのはからだより心だと思う。

白人はこういうセリフが大好物だ。クライアントに気に入られるには、相手の好みを知っておく必要がある。
熱気がこもったネットカフェで、キーボードを打ちつづける。目がチカチカするのを我慢してモニター画面に張りつき、ベニヤの仕切り板に肘をぶつけながらマウスを動かした。隣のパソコンでは、シルヴェストルも獲物をゲットしてた。海外宝くじに当選したけど、莫大《ばくだい》な当選金を受けとるには弁護士に手数料を支払う必要があると、白人を騙すのに成功したらしい。昨日、シルヴェストルはそいつの電話番号を手に入れて、カフェで歓喜の雄叫《おたけ》びを上げた。おれらもダチを祝福するために、同じように声を上げた。電話番号を手に入れたのなら、もう成功したも同然だ。

だがおれは、さらにその上を行くつもりだった。ミシェルの所持品をすべて奪ってみせる。そう、やつの全財産を巻き上げて、今年一番の大金を稼いでやる。そうすれば、誰もがこのおれ、CFA将軍の噂をするようになって、金持ちの家に住むモニークの耳にも届くだろう。そのためには、パソコン上で歯が浮くようなことを言ってるだけでは足りないのだ。

おれはさらに甘いことばをいくつか打ちこんだ。

アマンディーヌ86：もう行かないと。これからまた服作りなの。
ミシェル：そうか、わかった。
アマンディーヌ86：明日も来れる？　また話ができたら嬉しいな。あなたはやさしいし、男の人にやさしくしてもらったのは久しぶりだから。

ミシェル：明日の夜、牛の乳搾《ちちしぼ》りを終えたらまたこのソフトを開くよ。
アマンディーヌ86：ありがとう。じゃあね。

おれはパソコンの電源を切った。カフェを出る前に、奥の事務室に立ち寄る。クアシがいた。ここはクアシ専用の事務室で、たくさんのモニターが置かれ、女たちと一緒に撮った写真が飾ってある。窓には鉄格子《てつごうし》が入り、天井には巨大な扇風機が回ってた。

「やあ、アルマン。どうだ調子は」金歯を輝かせながら、おれに尋ねる。

「ぼちぼちっすね」

「クライアントたちとはうまくやってるか？」

「うっす。案件はいくつか抱えてるんすけど、神さまのおかげでどうにか」

おれは少しためらったあと、思いきって尋ねてみた。

「あのー、この間話してた男のことなんすけど……」

「どの男？」

「パパ・サヌーとかいう」

クアシは眉をひそめながらこっちを見た。おれは真剣な表情を作った。背後で、みんながキーボードを叩いてる音が聞こえる。

「おまえ、そんなにカネが欲しいのか。本当に会いに行くのか？　それがどういう意味かわかってるのか？」

「はい、わかってます」

クアシは剃《そ》り残しのある顎《あご》に手で触れた。

「わかった。やつの居場所を教えよう」


ぶっちゃけ、ほかに手段がなかった。

本気で大金を稼いで、ミリオネアと呼ばれてるクアシのようになりたいなら、呪《まじな》い に頼るしかない。

なりすまし詐欺に引っかかるやつが増えたせいで、白人たちは用心深くなっていた。サツも警戒を強化してる。白人は以前より騙されにくくなっている。これからはワンランク上のテクニックが必要だ。相手をその気にさせて、こっちの要求を素直に聞いてもらうには、方法はひとつしかない。呪いの力で白人をつなぎとめるんだ。なりすまし詐欺をどうしても成功させたいなら、呪い師に頼んでクライアントに呪いをかけてもらうのが一番いい。

パパ・サヌーは、この町に掃いて捨てるほどいる呪い師の中で、もっとも強力なパワーを持っているとされる。

ほかの呪い師にはできないことができるという。ことばではうまく説明できないようなことだ。たとえばある日のこと、パパ・サヌーは、マキで一日じゅうビールを飲んでいた。ところが、一度もしょんべんをしに行かない。なんと、ほかのやつらに自分の生き霊《りょう》を乗り移らせて、代わりにそいつらを便所に行かせてたんだ。クアシは何年も前からパパ・サヌーと一緒に仕事をしてた。その呪いのおかげで、なりすまし詐欺で成功できた。

ただし、それには代償が必要だ。パパ・サヌーの要求はえげつない。カネを支払わなきゃならないのはもちろんだが、それに加えて供物《くもつ》も捧《ささ》げなきゃなんねえ。そうとうの覚悟が必要だぞ、ってクアシは言ってた。自分自身も大きな代償を払わされたからだ。成功と引き換えに、クアシはパパ・サヌーに夜間の睡眠を差しだした。それ以来、クアシは日中にしか眠れなくなった。しかもほんの数時間だけ。だから夜も仕事をしてる。でももっとひどい目に遭ったやつもいる。去年は、ヨキ・ランテルナシオナルという名で成功した詐欺師が、猛烈な頭痛に苦しんだのちに死んじまった。噂によると、やつは丸二年間大金を稼いでゴージャスな暮らしをする代わりに、二年が経過したら命を落とすって契約をしたらしい。つまり、神さまへの信仰を捨てて、悪魔と契約を交わしたが最後、魂ごと悪魔のものになっちまうんだ。

とにかく、初めてパパ・サヌーのところを訪れた時は、マジですげえビビった。やばいことに手を染めちまったってつくづく思った。大きなリスクをしょったんだ。でもこのことは誰にも話せなかった、ムッサにさえもだ。こんなことを知られたら、ひどく責められるってわかってたからだ。

たぶん、あそこへ行くべきじゃなかったんだろう。そうすれば、あんなことも起こらずに済んだんだ。あの子のことを思いだすたび、最初からやめとけばよかったってつくづく思う。

排水溝の脇にバイクを停めた。近くの住民が捨てたらしいゴミの中から、大きな雑草が生えていた。おれは乾いた土の上を歩いた。ちょうど正午で、マキのテラスには太陽がかんかんに照りつけてる。ここ数日ほど、この町の空には雲ひとつなかった。電話屋の脇の小道を行け、ってクアシは言ってた。あたりを見回すと、広げたパラソルの下にひとりの男がいて、盗んだ携帯電話を小さなショーケースに並べて売っていた。その裏手の道に入る。看板も横断幕もない。呪い師がいるという目印は皆無だった。これまでの業績——好きな人を振り向かせた、ギャンブルで儲かった、取り憑《つ》いたてた悪霊が消えたなど――をアピールする文句も書かれてない。ただ、ふたつのブロック塀に挟まれた細い道が伸びてるだけだった。

かがみこみながらトタン屋根の下をくぐり、外光がほとんど入らない薄暗い室内に入る。まるで死霊の家にやってきたようだった。奥まで進むと、左手に扉があった。扉を開けて中に入ると、そこは小さな部屋だった。白木の壁一面に呪いらしき文字が書かれていて、土鍋《どなべ》、動物の絵画、小さな彫像などが並んでる。あいつはそこにいた。おれの到着を待ちかまえてたかのように、あぐらをかいて座ってた。

パパ・サヌーだ。

隠者風の若い男だった。タンクトップを着て、植物の種子をつなげたネックレスを首から下げて、緑色のニット帽を被《かぶ》ってる。

「ちっす」おれは言った。「おれ、ある男を……」

「わかってる。そこに座れ」

低い声だった。おれにいくつか質問をし、おれの返事を聞きながら頷《うなず》いている。

「うむ。その白人の写真はあるか?」

おれはプリントアウトした用紙を取りだした。おれのクライアント、ミシェルの写真が印刷されている。相手から送られてきた顔写真だ。太い眉の男。にこりともしていない仏頂面《ぶっちょうづら》。

パパ・サヌーはその顔を長い間眺めていた。

小さな袋から四つのタカラガイを取りだす。白くて小さな巻貝だ。両手で包みこんで振ってから手を広げ、その上に唾《つば》を吐くようおれに命じた。おれはためらったが、言われたとおりにやつの手のひらに唾を吐いた。パパ・サヌーは貝を床に放り投げると、それをじっと見つめた。床に落ちた貝が描く形から、何かを読みとってるらしい。いや、マジな話、巻貝が語りかけることばを聞いているように見えた。

「ふむ」

やつは目を閉じた。それから、低い声でこう言った。

「その白人は、おまえを助けたいと思っている。おまえが求めるものを、この白人は与えてくれるだろう」

やつはおれの両手を取ると、頭を揺らしながらその手を握りしめ、おれには聞きとれないことばをつぶやいた。それから一方の手でミシェルの写真を持ち、もう一方の手で小さな彫像をひとつつかんだ。両腕をまっすぐ前に伸ばし、再び腕を曲げて写真と彫像を抱きかかえる。それからこう言った。

「◎△$♪×¥●&%#……。おまえは栄光を手に入れる。仕事で成功をおさめる」

おれは黙ったままそのようすを眺めた。おれもミシェルに神経を集中させる。昨日チャットでやり取りした内容を思いだしながら、カネと牛に囲まれ、アマンディーヌを夢見てる姿を想像した。あいつは何も知らない。この国で行なわれてることを想像もできないだろう。今、パパ・サヌーはあいつをアマンディーヌにつなぎとめている。

「だが、そのためにしなくてはならないことがある」

心臓が激しく高鳴る。パパ・サヌーはわざと間を置いた。おれはじっと次のことばを待った。緊張が走る。

「カナリをひとつ買え。夜、ふたつの道が交わるところへ行って、そのカナリを地面に叩きつけて割るんだ」

おれはパパ・サヌーの言うとおりにした。市場に行って大きなカナリを買った。カナリとは、このあたりでは水を運ぶのに使われてる素焼きの土器のことだ。家の近くの赤土の小道をスニーカーをひきずりながら歩き、ふたつの道が交差するところへ向かう。到着するとすぐ、土器を地面に叩きつけて割った。おれが大金を稼ぐのを妨げるすべてのものを退けて、ビッグチャンスをつかむために。たいして難しい要求じゃなかった。むしろ簡単すぎるくらいだ。あの日、パパ・サヌーの指示を聞いた時、おれはホッと胸をなで下ろしたもんだった。

この時は、まさか次があるとは思わなかった。そう、これは最初の要求にすぎなかったんだ。

いずれにしても、この日を境にミシェルの態度は一変した。やつはアマンディーヌにメロメロになった。これにはマジで驚いた。おれも相手を焚《た》きつけたりと、やるべきことをしてきたつもりだが、やっぱりパパ・サヌーの呪いが効いたとしか思えなかった。だって、やつは単にアマンディーヌを気に入っただけじゃなく、心底入れこんじまってたからだ。最初の頃はこんな感じだった。

ミシェル：どういう男が好きなの？
アマンディーヌ86：そうね、まじめで、わたしの話をよく聞いてくれて、一緒にいて楽しくて、関係を長く続けていける人がいいな。あなたは結婚してるの？
ミシェル：ああ。でも、もう妻への愛情はとっくになくなってるよ。もうすぐ離婚して農場を売りに出すと思う。
アマンディーヌ86：残念ね。
ミシェル：うん。愛する女性がいないのはつらいもんだ。きみに会えたらいいのになった。
ところがその一週間後、やつは完全にアマンディーヌに入れこんでいた。
アマンディーヌ86：ねえ、あなたとまじめにおつき合いしてみたい。
ミシェル：うん、おれもそう思ってた。なんだか、きみのことがすごく身近に感じるんだ。
アマンディーヌ86：神さまがわたしたちを引き合わせてくれたらいいのに。わたし、一生あなたのそばにいて、あなたの面倒を見て、あなたを幸せにしたい。それが今の夢なの。
ミシェル：おれはきみの写真を毎日眺めて、どこへ行く時も持ち歩いてる。
アマンディーヌ86：あなたって、女性を大事にしてくれるのね。どんどんあなたのことが好きになっていく。
この段階では、クライアントにとことんやさしくするのが鉄則だ。甘いことばをいくらでも与えてやる。相手はそれを望んでる。そして安心させるために、アマンディーヌが実在する証拠を見せる。だからおれは、あのAV女優の写真を次々と送りつけた。しかも、どんどん肌の露出を多くしていった。やつにウェブカメラを設置させて、こっちで女優のビデオを流したりもした。ぼやけてはっきり映らないのは、カメラが古くてピントが合わないせいだって言った。ショートメールも送った。やつの携帯電話宛《あ》てに、一日じゅう愛のことばをささやいた。

おれは一日十時間、蒸し暑いネットカフェで過ごした。ミシェルとのやり取りのためにずっとキーを叩いてたせいで、キーボード上の文字の印刷が剝《は》げてきたほどだった。とにかく完璧にやり遂げたかった。ダチから携帯に電話がかかってきた時も、おれはそっけない返事をしただけだった。

「わりい、会議中なんだ。十分後にかけ直してくれ」

邪魔されたくなかった。ドリスがおれの背後に立って、肩を叩いてこう言うこともあった。

「よう、アルマン、今夜出かけねえ?」

「いや、やめとく。仕事するわ」

「おい、ちったあ休めよ。ずっとモニターにべったりじゃねえか。チューインガムみてえだぞ」

「ああ……」

おれは生返事をした。仕事に集中してたからだ。

夜、バイクに乗って家に帰りつく頃には、目がしょぼしょぼしてた。薄暗い庭に、ファビオラが女友だちと一緒にいることもあった。忙しそうに仕事をしながら、その場にいない友だちをディスったりしてる。おれが通りかかると、まるでゾンビを見るような目つきでこっちを見た。おれはじめじめしたマットレスの上に寝転がると、一瞬で眠りに落ちた。弟たちが寝るために部屋に入ってきた時だけは片目を開けたが、あとはうつ伏せになったまま朝まで熟睡した。朝になると、父親に見つからないよう、こそこそとネットカフェに戻った。あれこれ言われるのがうざいからだ。いつになったらデジレと一緒に整備工場に通うんだ？　整備士として働け。

ミシェルがエッチな話をすることもあった。それを読みながら、おれはにやにやと笑った。

ミシェル：言いにくいことを言うけど、変に思わないでくれるかな？
アマンディーヌ86：もちろん。なんでも話して。わたしたち、隠しごとをしない間柄でいましょ。

ミシェル：今、きみのことを考えてアソコが勃《た》ってるんだ。
ミシェル：きみの気分を害してないといいんだけど。
ミシェル：？
アマンディーヌ86：気分を害したりはしてないわ。でも、我慢してほしい。
ミシェル：わかってるよ。ごめん。
アマンディーヌ86：わたし、これまで男の人たちにずいぶん傷つけられてきたから、すごく慎重になってるの。あなたからはそういうことをされたり、もてあそばれたりしたくない。
ミシェル：悪かった。おれはそんな男じゃないよ。信じてほしい。

やつはアマンディーヌにめちゃくちゃハマってる。間違いねえ。おれは神さまと呪い師に感謝のことばを捧げた。

そろそろやつにカネをせびってもいいだろう。それだけのことはしてきたはずだ。

白人は、何世紀にもわたってアフリカで略奪を行なってきた。おれら黒人を奴隷《どれい》にして、財産を奪ってきた。自分たちは一銭も払わずに、おれらを搾取《さくしゅ》することで自分たちの国を発展させてきた。そして今も、軍隊を使っておれたちの国を占拠し、おれたちのためだとうそぶいて、自分たちの経済的利益を守ろうとしてる。やつらは、アフリカはヨーロッパに対して借金があるというが、それは断じて違う。そんなのは嘘《うそ》っぱちだ。やつらのほうがアフリカに対して借りがあるんだ。おれたちの祖先に対してやつらが作った借りを返してもらわねえと。そういうのを〈旧植民地に対する負債〉っていうんだ。もちろん、なりすまし詐欺が不正行為だってことはわかってる。白人に対して悪いことをしてるのは百も承知だ。だけど、おれたちはやられたことをやり返してるだけなんだ。神さまは公正だ。なりすまし詐欺に引っかかった白人が、おれらに少しずつカネを支払うことで、国の〈旧植民地に対する負債〉を返済してるんだ。この状況はこれからも続くだろう。ネット上に騙《だま》されやすい無防備な人間がいる限り、なりすまし詐欺は横行しつづけるだろう。

そんなことを考えながら、おれは居場所を探してた。どこかに静かなマキはないだろうか？　町じゅうに響きわたるエンジン音が聞こえないところがいい。結局、〈シエ・クリント〉に入った。冷房が効いた小さなレストランで、窓がしっかり閉じられてる。おれは奥の席に陣取って〈カステル〉ビールを注文した。冷えていてうまい。そばでひとりの男が女をナンパしてた。リアナよりもきみのほうがきれいだ、などと失礼なお世辞を言っている。おれは女の顔をチラ見してほくそ笑んだ。

やるなら今っきゃない。おれは言うべきことばを頭の中で何度も繰り返した。それから携帯電話を取りだし、ミシェルの番号を押した。かけた先はもちろんフランスだ。喉《のど》の通りをよくするために咳《せき》ばらいをする。

「もしもし」

初めてやつの声を聞いた。低くて、ぶっきらぼうで、とっつきにくそうな声。背後から動物の鳴き声が聞こえる。

「こんにちは」おれはなるべく深刻そうな声を作った。「わたしは外科医・鑑定医のフォンテーヌです。ミシェル・ファランジュさんでお間違いないでしょうか」

「ああ、おれだが。何か……」

「当院の救急外来に、アマンディーヌ・ミランさんという若い女性が搬送されてきました。今朝、交通事故に遭ったのです。町で道路を歩いていたところ、車にはねられました」

「なんだって！」

「はい、そうなんです。重篤《じゅうとく》になりかねない大事故でした。幸い、早急に手当を施したので命に別状はありません」

「それは本当か？　でも、どうしておれに電話を……」

「いいですか？　よく聞いてください」おれは即座に相手のことばを遮った。「ミランさんは、脚に大ケガを負っています。大至急手術をする必要があります。今すぐ手術をすれば、療養期間を経てまた歩けるようになるでしょう。問題は、この手術には高額な費用がかかるのに、ミランさんには支払い能力がないという点です」

「これはいたずらだろう？　あんたは彼女の友だちかなんかで……」

「話を聞いてくださいと言ってるでしょう？　搬送されてきたミランさんは、意識を失う前に、あなたに電話をかけてほしいと言ったんです。自分にはあなたしかいない、この広い世の中で自分を助けてくれるのはあなたひとりだけだ、と」

沈黙。電話の向こうからは牛の鳴き声しか聞こえない。

「ファランジュさん、おわかりですか？　なるべく早く手術をしなくてはならないんです」

「わからん……あんたが言ってることが本当なら、それを証明してくれないか？　こんなふうにいきなり電話で言われても……あんたが誰かさえ知らないのに」

「わかりました。おっしゃることは理解できます。それでは、わたしの名刺と、当外科医院の公式書類をお送りしましょう」

「わかった。それを見せてもらおう。ところで、彼女は大丈夫なのか？　できたら話をしたいんだが」

おれは内心ほくそ笑んだ。やつが彼女を心配してることは確かだ。

「今は意識を失ってます。でも数時間後には目を覚ますでしょう」

おれは送金の方法を説明した。請求額は、九百五十ユーロ。初回の稼ぎにしてはかなりの高額だ。やつはメモを取ってたようだが、送るとは明言しなかった。できるかどうか検討する、とだけ言っていた。最後におれはこう言った。

「心から感謝します、ファランジュさん。どうか忘れないでください。彼女が再び歩けるようになるかどうかは、あなた次第なのです」

おれは電話を切った。携帯電話を両手で握りしめ、祈るようにキスをする。一軒家に暮らし、たくさんの牛を飼っている白人が、慌《あわ》てふためいてるようすを想像する。実際にそうであることを願った。

ネットカフェに戻る。ドリスに手伝ってもらいながら、編集ソフトでさっそく書類を作成した。フェイスブックで見つけた写真を使って外科医の名刺を作り、偽のレターヘッドと署名を使って医療鑑定報告書を偽造した。

「すげえ、完璧だぜ。サンキュ」おれはドリスに礼を言った。

それから、ミシェルのメールアドレスに書類一式のデータを送信した。

さらに一時間後、別の携帯電話からショートメールを送った。


お医者さんから電話があった？ ごめんなさい、わたしったら気が動転しちゃって、誰に助けを求めたらいいかわからなかったの。本当にありがとう。いくら感謝してもし足りない。いつかあなたに会えたら、わたしの愛情とキスでたっぷりお礼してあげる。


それから、じめじめと蒸し暑いネットカフェで、ほかの仕事をしながら暗くなるのを待った。

最後にもうひとつ、やるべきことがあったんだが、やりたくなくてずっと先延ばしにしてた。やらなきゃいけないのはわかってる。でもなかなか決心できなかった。実は今朝、仕事の前にパパ・サヌーに会いにいったのだ。たくさんの護符に囲まれた小さな部屋で、やつはもう一度呪いの儀式を行なった。目を閉じて、頭を揺らしながら、おれの守護霊に訴えかける。

「おまえは欲しいものを手に入れられる。しかし、それを妨げるものがひとつある……チャンスをつかむのだ。そう、チャンスは自分で引き寄せないといけない」

突然、パパ・サヌーは目をかっと見開き、奥深くまで見通すような瞳《ひとみ》でおれを見つめた。それから、心臓が止まりそうなことを言った。

「素っ裸になって、大勢の人たちが集まる広場を横切るのだ。そう、おまえがしなくてはならないのはそれだ。まわりに人が多いほど、そして多くの人を驚かせるほど、おまえの呪いの力は強くなる」

おれは言われたとおりにした。

日が落ちて交通量が多くなった頃、バイクに乗って遠くへ出かけた。知り合いに会わずに済むところに行きたかった。そこですべての服を脱ぐと、ペニスを丸出しにして通りを歩いた。いや、マジで、パパ・サヌーに言われたとおりにしたんだ。たくさんの車が行き交い、クラクションを鳴らす音が響きわたり、ナイトクラブに人々が集まってくる時間帯だった。みんながマッパのおれを指さしたり、悲鳴を上げたり、遠巻きにしたり、頭がいかれたやつを見るような目を向けたりした。おれは気にしないよう努めた。脳裏にはひとつのイメージしかなかった。モニークの姿だ。あいつのためにやってるんだ、と何度も自分に言い聞かせた。

多くの人から罵《ののし》られ、たくさん恥をかけばかくほど、自分の呪いが強力になるのを感じた。

「なあ、どうだった？」

ムッサが笑顔でおれを見つめる。行きつけの〈ディナミック〉に行くと、すでにみんな揃《そろ》ってビールを飲んでいた。ちょうど正午で、日よけテントの下は満席だったらしく、通り沿いのウッドフェンスのそばのテーブルに座ってる。板と板の隙間《すきま》から外の景色が見えた。テラスには太陽がかんかんに照りつけてる。バーカウンターの後ろでは、パーニュ（民族布の巻きスカート）に身を包んだ女料理人が、火にかけた鍋のそばにしゃがんでた。いつものようにアロコを揚げてるんだろう。おれはわざと少し間を置いてから、デニムの後ろポケットに手を突っこんだ。札束を取りだして、プラスティックテーブルの上に置く。

「ウエスト！」おれは叫んだ。

ダチたちは一斉に立ち上がると、〈カステル〉ビールのボトルを掲げながらおれを祝福してくれた。

「すげえ、やったぜ！」

「さすがCFA将軍！　ナンバーワン！　おまえにはかなわねえな！」

〈ウエスト〉とは、国際送金サービス大手の〈ウエスタンユニオン〉のことで、カネをゲットできたという意味の隠語だ。おれのはったりは大成功。ミシェルはまんまと引っかかってくれた。おれの嘘を信じて、こっちの要求額どおりに送金してきやがった。一発で千ユーロ近くをゲットだ。チョロいぜ。勝利を祝して、ダチたちが飲み食いしたビールとチキンの代金はおれが持つことにした。それから、今回の手口について打ち明けた。医者になりすまして電話をして、あとでショートメールを送ったくだりを説明する。

ムッサは心配そうにおれを見た。

「なあ、呪いは？」

「どの呪い師と会ったんだよ？」

パパ・サヌーの話はしなかった。ダチたちには言いたくない。とくにムッサには。やつがなんて言うか、容易に想像できる。神さまは見てるんだぞ、悪魔に魂を売りとばすようなことはしちゃいけない、って説教されるに決まってる。ムッサはこういうことに関しては、笑って受け流したりしない。

「なあ、新しい法律のこと、知ってたか？　これからはサツに見つかったら、最長二十年の禁固刑になるらしいぞ」

ドリスはムッサの忠告を笑いとばした。

「は？ ムッサ、何言ってんだよ。おまえ、意外とビビりだよな。心配いらねえよ、サツなんて、カネさえ握らせておきゃあいいんだ。そしたら、こっちが何をしても見て見ぬふりしてくれるさ」

そう、今のところ、サツはまったく問題ない。そんなもの、ちっとも怖くねえ。この日のおれは、自分の勝利に酔いしれてた。おれら五人はしばらくの間、最近の仕事やその手口について話したり、クライアントたちをこきおろしたりした。やがてビールの酔いが回ってきて、気持ちの準備ができると、おれは数週間前からやりたくてしかたがなかったことをとうとう実行した。

モニークに電話をかけて食事に誘ったんだ。

あいつの姿が見えた時、おれの心臓はマジで停止した。

完全にKOされた。この世界は、全能の神によって、あいつのためだけに作られたんだと思った。ボディラインに沿った、ヨーロッパ風の白いワンピース。芸術品のような胸とケツの形が強調されている。白と黒のタイル張りの床の上を、ヒールの音を立てながら歩いてる。野郎どもがあいつを振り返って声をかけた。

「おねーさん、こっち向いて」

モニークはすべてシカトしてた。おれのほうに向かって歩いてくる。きれいな唇に笑みを浮かべ、ゴールドのイヤリングを輝かせて、三つ編みにした黒光りする髪を肩の上で揺らしながら近づいてくる。第一声、何か喜ばせることばをかけたかったが、あまりに見とれすぎて、なんて言ったらいいかわかんなくなった。おれはキョドりながら、ようやくこう言った。

「よっ、モニーク。すっげえきれいだぜ」

「アルマン、ありがとう。あなただってなかなかよ」

この日のためにあらゆる準備をしてきた。服とアクセサリーは新たに買いそろえた。カッコいいシャツを着て、キラキラ輝くゴールドのネックレスを身につけた。

今いるこのレストランは、この町でもっとも高級な店のひとつだ。白いシャツにネクタイ姿の給仕が、おれたちを席に案内する。テーブルにはクロスがかかり、カトラリー類がまっすぐに並べられていた。ホールは広々として、冷房がよく効いていた。奥の大きな窓ガラスからは庭の池が見える。まわりでは、着飾った客たちが食事をしてた。白人が多くて、ビジネスマン風のやつら、政治家や外交官らしい連中もいる。そして、おれのような〈なりすまし成金〉たちも、やっぱり女連れでやってきてた。

そう、おれら詐欺師《さぎし》も、この仕事のおかげで国の要人たちと肩を並べる存在になれる。これまで何年もの間、大金を湯水のように使う醍醐味《だいごみ》をやつらに独占させてきたが、ようやくおれたちの出番がやってきたんだ。

モニークと一緒にここにいるなんて、まるで夢みたいだった。かつて過ごした夜を思いだしながら、美しく成長したその姿をしげしげと眺めた。

ちくしょう、マジでやばい。死ぬほど嬉しい。

「この店に来たの、久しぶり」モニークはそう言いながら、フランス語の料理名が並ぶメニューを眺めた。

「うん、おれも」おれは嘘をついた。

もちろん、こんな店に来たことなんかない。モニークは、嘘だってわかってるけどそんなこと気にしてない、というようにほほ笑んだ。

「ねえ、アルマン、その後、どうしてたの？」

「まあ、いろいろな。神さまのおかげで忙しくさせてもらってるよ」

「うん、どうやらそのようね」モニークはそう言いながら、両手を上げて大きく伸びをした。「ねえ、もっと近況を教えてよ。お姉さんのファビオラはどうしてる？　障がいのある若い人たちを支援してるって聞いたけど」

「ああ、知ってのとおり、相変わらずだよ。人助けが好きなんだ。自慢の姉だよ」

長いこと会ってなかったなんて、嘘みたいだった。言いたいことがありすぎて、ひっきりなしに話しつづけた。モニークは、おれがなりすまし詐欺をしてると気づいてるようだったが、それについてはいっさい触れなかった。おれは、彼女がかつて住んでた地区が、その後どんなふうに変わったかを説明した。喜ばせるようなことを言ったり、笑わせたりした。笑ってる姿を見るたび、どんどん心を奪われた。こいつが欲しい、とますます思った。

そう、おれはずっと前からこいつが欲しかったんだ。

料理が運ばれてきた。皿の上に食べられるものはほとんどのってなかったけど、こういうもんだってわかってた。食いもんが少ないほど、高級な印なんだ。

「モニーク、おまえはどうしてたんだ？　むかし、言ってたよな、ここを出たいって。この国から出てくって」

「うん、覚えてたの？」

「実現させたんだと思ってたよ。もうとっくに出てったもんかと」

「そう？　でもまだいたのよ。あれからいろいろあって。歌を唄《うた》いながらあちこち旅はしてたんだけど、それほど遠くには行かなかった。このあたりをうろうろしてたの。

それに、娘がひとりいるから……」

父親はいったい誰なんだよ……。おれは心の中でぐちゃぐちゃと女々しく考えた。いや、でも今はひとりで暮らしてるって言ってたし。そっちのほうが重要だ。むしろ問題は、今、誰のカネで暮らしてるかってことだ。この町で一番の高級住宅地の邸宅で暮らせるだけのカネを、どうやって稼いでるかってことだ。

モニークはその話もしてくれた。裕福な暮らしの裏には、やっぱり男がいた。予想どおりだった。

モニークは自分の歌で生活を立てようとした。むかしからの夢だった。たくさんの聴衆に囲まれて、大きなステージで歌いたかった。ところが、物事はそう簡単には運ばなかった。国内のあちこちのマキで、こぢんまりしたコンサートをするのが精いっぱいだった。生活はかつかつだった。するとある時、とある白人から大きな仕事が持ちこまれた。モニークはふたつ返事で承諾した。どんなケツにも合うパンツはある。どんな人間にも必ず居場所はある。こうして三年前、モニークは、町から二百キロほど離れた炭鉱の現場で歌を唄うことになった。毎晩一回の公演で、一日で三日ぶんのギャラをもらえた。ほかになんの楽しみもない辺鄙《へんぴ》なところで、雇用者や鉱員たちの前で唄った。輝かしい舞台ではなかったけど、やりがいはあった。そして二日目の夜、バーでの公演を終えたあと、ある男から声をかけられた。鉱山に出資してるフランス人の金持ちで、この国とフランスを行ったり来たりしながら暮らしてた。モニークの歌を気に入って、モニーク自身にも惚《ほ》れこんだ。そりゃそうだろう、アフリカで一番の美人なんだから。そのフランス人はまたモニークに会いたいと思った。

フランス人は、この国に来るたび、モニークをあちこちの珍しい場所に連れ回した。モニークにとっては初めて経験することばかりで、その新しい世界に魅了された。そしてとうとうある日、フランス人はモニークに〈現地妻〉にならないかと提案した。母国には家族がいる。妻だけでなく、子どももいる。だが、この国に第二の家庭が欲しいのだという。高級住宅地にモニーク名義の家を買って、毎月贅沢《ぜいたく》に暮らせるだけのカネを送るという。いつでも好きな時に、好きなところで歌を唄ってかまわない。自分の留守中に何をしてもいい。フランス人が望むのは、出張でこの国にやってきた時、一緒に過ごしてくれることだけだった。

こんな好条件の提案を断れる女がいるだろうか？

「娘も何不自由なく暮らせる。わたしにはそれが一番だったの」

「チャンスをつかんだんだな、モニーク。でも一番ラッキーだったのはその男だよ。そいつ、おまえの価値をちゃんとわかってるやつだといいんだけど」

モニークは含みのある笑みを浮かべ、悩ましげな声でこう言った。

「アルマン、あなたにも、わたしの価値をわかってもらいたいな」

そう聞いた途端、熱いものが全身を駆けめぐり、心臓から股間《こかん》にまで達した。おれは少しためらったのちにこう言った。

「今日、おまえのパトロンは家にいんの？」

モニークは、濡《ぬ》れた唇の間から舌の先をちらりとのぞかせて、ゆっくりと首を横に振った。マジか、やばい、やばすぎる。もう無理だ、限界だ。我慢できない。おれは食べ終わったばかりの料理の皿に視線を落とした。

「じゃあ、出る？」

「うん、出よう」

おれたちは店を出た。

バイクにふたり乗りして、モニークが暮らす家へ向かった。おれにとっては初めて訪れる街だった。道路がまっすぐに伸び、歩道もきちんと整備され、すべてが過不足なく揃って整然としてる。マキ、散髪屋、雑多なものを売ってる店などは影も形もない。ずらり建ち並ぶでかい家々の間に、刈りそろえられた芝生、手入れの行き届いた花壇、柵《さく》の内側に停められた４ＷＤ車やベンツがあるだけだった。ここは間違いなく、町で一番の高級住宅街だ。誰もがここに住みたがってる。みんなが、金持ちであることをひけらかし、宝石を身につけて、高級車を乗りまわして、地元の連中を見下してやりたいと思ってる。ここは、企業家、サッカー選手、国の要人といった成功者だけが暮らせる街だ。まるで別の町、いや、別の国のようだった。おれのような凡人は、一発当てたあとじゃないと足を踏み入れることさえできない。ありもしない話をでっち上げて、女に信じたふりをさせて、高級レストランでシャンパンを開けたり、高級ホテルに一泊したりするのが精いっぱいだった。

モニークの家はやばすぎた。外壁が真っ白で、先端がまっすぐ尖《とが》った屋根の上にはパラボラアンテナが立っていて、バルコニーもついてる。まるで宮殿のようだった。二階には寝室が三つもあった。居間には、壁のあちこちにアンティークの仮面が飾られ、巨大なサイドボード、革製のアームチェア、薄型テレビが置かれてた。ぶっちゃけ、こんな家に入ったのは生まれて初めてだった。おれは信じられないような気持ちで、あちこちをきょろきょろ見回した。

「ねえ、やめてよ」モニークが言った。「そんなに目を丸くして、まるで魚みたい。もういいから、こっちに来て」

おれはあとをついて行った。階段を一段ずつ上っていく。導かれるようにして入った部屋には、大きなベッドが置かれてた。

その部屋で、おれたちはかつてないほど激しいセックスをした。

この時が来るのをずっと待っていたかのように。

神さまは公平だと思った。

モニークと過ごしたこの夜が、その後の絶頂期の始まりだった。おれは運に恵まれ、何をやってもうまくいった。翼を広げて飛んでるような気分だった。おれを止められるものは何もないと思った。

休まずに仕事をした。一日じゅうネットカフェにこもって、モニターに張りついてキーボードを叩《たた》きつづけた。雨季が近いせいで、室内にはもわっとした熱気が立ちこめている。汗だくになりながらも、キーボードを叩く手を止められなかった。フランスとベルギーの複数のクライアントと同時にやり取りしていた。今のところ、みんなアマンディーヌのとりこになっている。まるで鎖につないだ犬のように、おれはそいつらを自在に操った。

なかでも一番カネ払いがいいのが、初めから目星をつけてたあの牛飼いのミシェルだった。アマンディーヌと毎日欠かさずやり取りをしないと気が済まないらしい。

ミシェル：昨夜は妻と同じ部屋で寝なかったんだ。牛小屋に残って、きみと一緒にいる夢を見た。
アマンディーヌ86：わたしもあなたの夢を見たわ。ねえ、一生愛するって誓ってくれる？
ミシェル：誓うよ。その後、脚のケガはどう？
アマンディーヌ86：おかげで歩けるようになりつつあるわ。本当にいろいろありがとう。あなたがしてくれたことは一生忘れない。

もうすぐフランスに会いにいく、ようやく一緒になれる、とおれは書いた。するとミシェルとのやり取りはその話題がメインになった。そして、この国を出てフランスに行くには、クリアしなきゃならないことがいろいろある、とも書いた。そのたびに、おれはやつにカネをせびった。相手を脅すような真似《まね》もした。やむをえない。この仕事にはそういうのもつきものなんだから。

アマンディーヌ86：わたしのパスポートが盗難に遭った件だけど、もう送金はしてくれた?
ミシェル:いや、時間がなくて。でも、それって本当に必要なのかい?
アマンディーヌ86:わたしを疑ってるの?
ミシェル:まさか! でもちょっと高額すぎる気がして。
アマンディーヌ86:わたしはあなたに永遠の愛を捧《ささ》げてるのに、あなたはわたしの気持ちをもてあそぶのね!
アマンディーヌ86:わたしを助けるのが嫌なら、はっきりそう言ってよ。ふたりで幸せになるなんて嘘だったのね。もうこれ以上期待させないで!

アマンディーヌがごねるたび、ミシェルは必ず折れて、すぐにカネを振りこんだ。おれはそれを即日現金化した。やがておれは、ネット上でやり取りができるようにペイパルのアカウントを開設した。ミシェルから受けとったカネは、全部合わせるとかなり高額になった。こんな大金を手にしたのは生まれて初めてだった。

おれは、うまくいってるやつらがみんなそうしてるように、儲《もう》けたカネはなるべく早く使いきった。服、靴、ゴールドのチェーンネックレス、ブランドものの帽子、新車のスクーター、高級時計などを買いあさった。欲しいものはなんでも手に入れた。

ちょっとでも時間ができると、すぐにショッピングに出かけた。街を歩いてる時に少しでも立派な人間に見えるよう、着飾るものを何かしら手に入れた。みんなから注目されて、金持ちだと思われたかった。そう、この時期のおれは、誰よりも見栄《みえ》を張ってカッコつけていた。

夜はあまり出歩かなかったが、出かける時は評判のいいナイトクラブに行った。なりすまし詐欺師としての腕前をひけらかすために、〈トラヴァイユマン〉をしてあちこちのテーブルに紙幣をばらまき、散財しまくった。カネならあり余るほど持っていて、使っても使いきれないほどで、金貨に埋もれて悲鳴を上げている……そういう人間だと思われたかった。CFA将軍がチャンスをつかんだ、と噂《うわさ》された。おれはもう無名のアルマンじゃなかった。

ムッサ、ドリス、クリスティアン、シルヴェストルだって、そこそこ儲けてた。でも、おれのように短期間で大金をつかんだやつはほかにいない。すべてはロマンス詐欺のおかげだった。

おれは二カ月間ホテルで寝泊まりした。最初はスタンダードルームだったけど、やがてスイートルームに移った。家に帰るのが嫌だった。ファビオラと出くわして、なんだかんだと文句を言われるのがうざかった。そしてそれ以上に、どうやってそんな大金を手に入れたのかと、父さんに問い詰められるのが怖かった。ホテルのほうがずっと居心地がいい。おれが日中働いてる間、スタッフがベッドメイキングもしてくれる。シガーをくわえ、サングラスをかけ、紙幣の山の上に寝そべった格好で、写真を自撮りした。それを見せびらかすためにフェイスブックに投稿した。

女たちはなりすまし詐欺師が好きだ。それは周知の事実だった。なりすまし詐欺師と親しくなれば、高級携帯電話、ブランドものの服、人毛ウイッグなど、欲しいものを買ってもらえる。そのために、進んで詐欺の手伝いをする女もいる。ターゲットをだますために、ウェブカメラの前でポーズを取ったり、色っぽい声色を使って電話に出たりする。

倫理観が崩壊したこういう女たちは、スパンコールのドレスや、胸や背中が露《あら》わになったワンピースを着て、カネを持ってそうな男を物色するために夜な夜な街中に繰りだす。噂によると、詐欺師たちがクライアントをつなぎとめるために呪《まじな》い師に頼るのと同じように、こうした女たちも詐欺師をつなぎとめるために呪い師に頼ってるという。詐欺師が〈ウエスト〉によってカネを手に入れた時、自分のことを思いだすように呪いをかけるのだ。おれが有名になった時も、ハチミツに群がるハエのようにまわりに女どもが寄ってきた。

「ねえ、アルマン、あんたってすごいわね」女どもはそう言った。「やり手だわ。たいしたもんよ」

せっかくなので、何人かの誘いに乗ってやった。あらゆる手を駆使してしつこく逆ナンされたので、一、二回は寝てやった。まあ、おれだって男だし。

でも神さまも知ってるように、おれの本命はモニークただひとりだ。おれが栄光に輝いてたこの時期、おれたちはしょっちゅうふたりきりで会った。あいつのパトロンに負けてないことを証明するために、たくさんのプレゼントを贈った。あいつがおれのホテルに来ることもあれば、あいつの家で過ごすこともあった。家のプールで一緒に泳いだりもした。モニークはおれのからだを好きだと言った。夢のようだった。あいつのためならなんでもするつもりだったし、たった数週間で幸せの頂点に上りつめたと思った。妻が夫にそうするように、モニークはおれにすべてをゆだねた。そう、あいつはおれの妻のようにふるまったし、いずれ本当にそうなる気がした。おれだっていずれは、あいつの名義で家を買ってやるんだ、と思った。

ところが実際は、おれがどんなに成功していても、家を買ってやるにはまだまだだった。今のところは、モニークをフランス人のパトロンとシェアするしかない。幸いにも、やつはそれほど頻繁にはこの国に来なかった。でも出張でやってきたが最後、おれはモニークと会えなくなる。家の中に残るおれの痕跡《こんせき》をひとつ残さず消し去って、あいつはパトロンのためだけに尽くす。やつがいる間じゅうずっとだ。腸《はらわた》が煮えくりかえるが、どうしようもない。話し合いで解決できることじゃない。一度、おれがこの件で文句を言ったら、モニークはかっとなって言い返してきた。

「だからなんなの？　あんたにはどうすることもできないんだから、わたしの邪魔をしないでよ！」

だからおれはじっと我慢して、いつか必ず夢を実現させると自分に誓った。

どんなコインにも表と裏がある。そんな簡単なことにもっと早く気づくべきだったんだ。無知なガキみたいにカネを無駄づかいしてた頃は、この絶頂期に終わりが来るなんて考えもしなかった。それでもわかってることがひとつだけあった。おれがチャンスに恵まれ、この仕事がうまくいってるのは、アマンディーヌに言わせた甘いことばのおかげだけじゃない。

そう、この仕事がうまくいってるのは、あの呪いのおかげだ。おれのクライアントたちは、パパ・サヌーがかけた呪いにとり憑《つ》かれてる。やつらがおれにカネを送ってくるのもそのせいだ。おれが急に大金を稼いだり、有名になったりしたのは、すべてあの呪い師のおかげなんだ。その点について、ムッサはしつこくおれを追及した。今回の成功の裏で、おれが危険を冒してないか、考えなしの行動を取ってないか、いつも知りたがった。

「神さまが見てるんだぞ。忘れんなよ。気をつけないと大変なことになるぞ」

おれはそう言われるたびに、笑ってごまかした。

「大丈夫だよ、心配すんなって。おれは何があっても頂点に立ってみせるぜ」

するとムッサは悲しげな目でおれを見た。まるで、おれが頂点にたどり着く前に転落してしまうことを、すでに知ってるみたいだった。

おれは毎週、細い泥道の奥にある小さな家でパパ・サヌーに会った。ここに来るのがすでに習慣のようになっていた。やつの正面に座って、クライアントにしてほしいことを説明する。するとやつはいつもの儀式を始める。タカラガイの形を読みとって、呪文《じゅもん》を唱える。おれはやつに、写真、電話番号、母親の名前など、クライアント個人にまつわる情報を提供する。相手をより強くつなぎとめるのに必要なんだそうだ。パパ・サヌーのところに通いつめるにつれて、おれの仕事にはやつの黒魔術がどうしても必要だと確信するようになった。

代償としておれに要求されるのは、初めはたわいもないことだった。たとえば、数日間物乞《ものご》いの格好をして、他人に食料を恵んでもらう、など。確かに屈辱的な行為だけど、目的があるので耐えられた。喉から手が出るほど欲しい〈ウエスト〉が手に入るなら、このくらいなんでもなかった。

ところが、やっぱりパパ・サヌーは並大抵の呪い師じゃなかった。クアシが言ってたとおりだ。呪いのパワーが強力になるほど、大きな代償が求められる。実際、やつの要求はどんどん過激になり、実行するのが難しくなっていった。もっと早く気づくべきだった。

「おまえが求めさえすれば、相手はそれに応《こた》えてくれる。相手はおまえの言いなりになり、おまえは次々と大金を稼ぐだろう。だがそのためには、おまえはしなくてはならないことがある」

ある時は、姉さんの陰毛を剃《そ》ってくるよう命じられた。儀式を行なうのに必要なんだという。しかたがないので、言われたとおりにした。夜になると、カミソリと石けんを持って、ファビオラの寝床にしのび寄った。毛布の中にもぐりこんで、陰毛をきれいに剃り上げた。翌朝、目を覚ましたファビオラには、すぐにおれのしわざだとバレたようだった。

「この家から出ていけ!」ファビオラは叫びながら庭に出ると、おれのあとを追いかけ回した。「帰ってきたらひどい目に遭わせてやる！ あんたなんか、チュリ彗星《すいせい》まで飛んでいっちまえ！」

それから一週間、おれは家に帰らなかった。いずれにしても、おれは手に入れたものをパパ・サヌーに献上した。

また別の時には、倒錯的な性行為を強要された。知的障がいのある女とヤッてこいって言われたんだ。パパ・サヌーによると、こういう女は単にバカなんじゃなくて、内側に特別な才気を秘めてるらしい。だからこういう女とセックスすると、その才気を自分の内側に呼びこめるのだ。知的障がいのある女が、父親のわからない子を妊娠するケースが多いのは、こういう理由からなんだという。こうした罰当たりな行為も、おれは言われたとおりに実行した。

それでも、こんなのは全然たいしたことじゃなかった。

そう、そのあとで要求されたことに比べれば、ちっともたいしたことじゃない。その時初めて、とんでもないことに首を突っこんじまった、とおれは悟った。この瞬間のことをおれは一生忘れないだろう。

「◎△$♪×¥●&%#……」パパ・サヌーは何かをつぶやいていた。

呪文を唱えてる時間がいつもより長かった。ニット帽の下の両目を閉じて、小さな彫像を握りしめ、頭を揺らしてる。まるでおびえたネズミのようだった。

「何かがある……そう、何かが……おまえがさらなる大金を手に入れるのを阻《はば》む、何かが見える」

おれはそのようすをじっと見つめていた。パパ・サヌーに呼びだされた亡霊たちに取り憑かれたかのようだった。どんどん不安が募っていく。心臓が大きく高鳴りはじめた。何か恐ろしいことが起きていると思った。

「今回はこれまで以上のことをしなくてはならない。でないと、おまえの栄光もこれまでだ。守護霊の支えを失ったらそうならざるをえない」

やつはそう言うと、まるで雷に打たれたかのように全身を震わせた。

「◎△$♪×¥●&%#……」

突然、すべての動きが止まった。パパ・サヌーは首を前に垂れて、全身の力を弛緩《しかん》させた。それから、両目を大きく見開いた。

「おまえはこれまで多くの成功を手に入れてきた。今回はいけにえが必要だ。代償を払わなくてはならない」

「いけにえって……鶏っすか？」

パパ・サヌーは首を横に振った。違う、鶏では足りない。

「子どもだ」

神さま、あの男はおれに子どもを殺すよう命じたんだ。

パパ・サヌーの最後のことばが、一日じゅう頭から離れなかった。どんなことを命じられるか、これまであれこれ予想してきた。クアシのように夜間の睡眠を捧げるとか、とんでもなく屈辱的なことをさせられるとか。それでも、成功するためならしかたないって思ってた。ところが、子どもをいけにえにするだって？　人を殺して、その血を献上するなんて、そんなの無理だ、やれるはずがない。ムチャぶりにもほどがある。この恐ろしい命令が脳裏にこびりついた。どんなに追いはらおうとしても、まるで取り憑かれたみたいに離れない。寝てる間も夢に見た。

あまり深く考えないようにして、仕事を続けた。クライアントたちがオンラインの向こう側の、世界の果てで待っている。一週間前、牛飼いのミシェルから千九百ユーロという大金が送られてきた。フランスに会いに行くから航空チケット代を送ってほしい、と言っておいたのだ。もちろん、行けなくなった言い訳を、これから見つけなきゃならない。まあ、飛行機に乗り遅れたとか、搭乗の際にトラブルがあったとか言っておけばいいだろう。まてよ、モロッコでトランジットをした時、アラブ人の悪党に囚《とら》われたことにしようか。カネを払えば解放してやると言われたので大至急送ってほしい、と頼んでみよう。あの男はこっちの言いなりだ。誰よりもアマンディーヌに夢中になってる。やつがおれの仕事の足枷《あしかせ》になるとは考えられなかった。

ところが、それは大きな間違いだった。

夜になると、モニークと一緒に、白人が経営するレストランに出かけた。みんながこっちを見てる。ほかのなりすまし詐欺師たちもいた。やつらの間でおれはすでに有名人だ。手を上げて互いに挨拶《あいさつ》を交わす。町じゅうの金持ちが集まる場所でも、おれらは自分たちの同類をすぐに見分けられる。いつものように、先週稼いだカネはすべて使い果たした。シャンパンも注文した。

「アルマン、すごいわ、オシャレすぎ」

モニークも、白人のパトロンがいる裕福な女として、まわりから一目置かれてた。そう、モニークでさえ、おれの内心の葛藤《かっとう》を知らない。脳裏に死のイメージがにこびりついて、どんなに追いはらおうとしても離れないことに気づいてない。いや、おれは誰も殺したりしない。もう呪い師の力を借りる必要なんかないんだ。おれは何度も自分にそう言い聞かせた。そして、せっかく手に入れた栄光を失わないために、有り金をすべて使いはたした。

しかし、運命は決して避けられない。悪魔に取り憑かれたが最後、もう逃げることなんかできない。翌日、おれはそう思い知らされた。MSNチャットを開くと、〈オンライン〉を知らせる緑のランプが点灯してた。ミシェルだ。すぐに画面を開く。

アマンディーヌ86：あなた、そこにいるの？　待ってたのよ。

要求すべきことはわかってる。すべて準備万端だ。ところが、相手はまったく想定外のことを口にした。マジで驚いた。

ミシェル：よかった、とうとう実行したんだね！

アマンディーヌ86：何が？

ミシェル：こっちに来るって言ってただろう？　やっと来てくれたんだね！

アマンディーヌ86：？？

ミシェル：きみを見かけたよ。昨日、自作の服を市場で売ってたじゃないか。声をかけたかったけど、なんだか気後れしてできなかった。言ってくれれば、空港に迎えに行ったのに！

何も答えられなかった。しばらく画面を見つめたまま、相手が何を言ってるのか理解しようと努めた。

「ドリス！」おれはダチを呼んだ。「ちょっと来てくんねえ？」

「待てよ、今忙しい」

「いいから、来いって！」

ドリスがこっちを振り向いた。耳にヘッドフォンをつけている。次の〈ウエスト〉について交渉してる最中らしい。そのあとも少しだけ相手と話していたが、やがてこっちに来て隣に座った。

「なんだ、トラブルか？」

「まあな。見ろよ」

ドリスは眉《まゆ》をひそめながら、ミシェルとのやり取りを読んだ。チャットの文字列に合わせて視線を上下に動かしながら、何度も読み返してる。

「おいおい……こいつ、頭がイカレちまったんじゃねえの？」

「だろ？　誰かと間違ってるみてえだな」

「だろうな。この男、女がマジで飛行機に乗ったと思いこんでやがる！」

おれたちは顔を見合わせた。すると、ドリスが突然笑いだした。

「アルマン、おまえも同じだぞ。おまえだって、女のせいでイカレちまったじゃねえか」

確かにそうだ。ウケる。おれも一緒になって笑った。

「なんて返そう」

「こりゃもうダメだろ。バイバイしろよ、な？」

「バカか。おれの一番の太客だぜ？　こんなことで終わりにしたくねえ」

「じゃあ、間違いだって言えよ。その女は別人だって」

ドリスの言うとおりだ。本当にそうすべきだったのだ。しかしその時、おれには別の考えがあった。キーボードを叩きはじめる。

アマンディーヌ86：そう、あれはわたし。

ミシェル：きみが来てくれたなんて本当に嬉《うれ》しいよ。

アマンディーヌ86：でも、少し時間が欲しいの。

ミシェル：え？

アマンディーヌ86：わたし、これまで男の人たちにひどい目に遭わされてきたのよ。あなたを本当に信用していいかどうか、まだよくわからないの。だから、もう少しこのまま会わないでいたい。
ミシェル：でも……。
アマンディーヌ86：それに、あなた、奥さんとまだ一緒に暮らしてるんでしょ？
アマンディーヌ86：もしあなたがわたしに永遠の愛を捧げてくれるのなら、あと少しくらい待てるはずよ。もうすぐわたしはあなたのものになる。あなたの妻になって、ずっとあなたのそばにいて、死ぬまであなたを大事にして、愛しつづけるわ。

その時は、名案だと思った。これであいつとこのまま関係を続けていけると思った。まさかこの会話のせいで、向こうの国にもアマンディーヌが存在するようになるなんて思いもよらなかった。おれは大きなミスを犯しちまったんだ。

ぶっちゃけ、自分が最高のクライアントを失ってしまったことに、すぐには気づかなかった。その後の数日間はむしろ真逆の印象だった。ミシェルはいっそうアマンディーヌに夢中になった。写真より本物のほうがずっときれいだ、もっと背が高いかと思ってたけどそれでもやっぱりステキだ、などと褒めたたえた。実物が現れたため、アマンディーヌの愛情を疑う気持ちなど、もはや一ミリも見せなくなった。チャンスだ、とおれは思った。このままずっとこいつをつなぎとめておけるかもしれねえ。おれたちは頻繁にチャットをした。ミシェルがアパルトマンに会いに行きたいと言っても、おれは必死に引きとめた。もう少し時間が必要だ、今はまだどうしても会えない、自分は内気でつつましい人間だから、などと言い訳をした。それで万事うまくいっていた。ミシェルはアマンディーヌにぞっこんだったので、おれのことばを疑わなかった。おれは相手をつなぎとめるために、甘いことばをたっぷりとささやいた。

さらば、パパ・サヌー。おれはモニターの前で、にやりと笑ってそうひとりごちた。あいつの残虐《ざんぎゃく》な要求なんか知るもんか。

しばらくして、おれはミシェルに再びカネの無心をはじめた。フランスに着いた時にある人から大金を借りたのだけど、すぐに返済しなきゃならなくなった、という話をでっち上げた。そしてその時、すべてが変わってしまったことにようやく気づいたんだ。

アマンディーヌ86：ねえ、ペイパルで送金してくれた？　この国で暮らすのって高くつくのね。昨日もまた例の人から早く返済するよう迫られて……。
ミシェル：ふふふ。
アマンディーヌ86：？？　何よ、わたしをバカにしてるの？　ひどいわ。ねえ、わたしを一生愛してくれるんじゃないの？　あなたにすべてを捧げたのに、どうしてそんな態度を取るの？
ミシェル：落ちついて、アマンディーヌ。
ミシェル：玄関ドアの下を覗《のぞ》いてごらん。封筒の中に何かが入ってるはずだよ。

おれは両手で頭を抱え、ため息をつきながら木製椅子《いす》の下にずるずると沈みこんだ。最後の一行をもう一度読む。封筒の中。マジか……こいつ、おれのカネを向こうにいる女に全部やっちまった。これはヤバい。ピンチだ。やつは今でもアマンディーヌにつなぎとめられてる。いや、むしろ今まで以上にずっと強く。今なら何を要求しても応えてくれるだろう。だが、おれはもうそれを受けとれないんだ。おれはまわりを見回した。ダチたちは涼しい顔で仕事を続けてる。いまやおれは、この町でもっとも稼いでる詐欺師のひとりとして知られてる。おれはみんなに気づかれないよう、音を立てずにこっそりネットカフェをあとにした。何かを尋ねられても、なんて答えたらいいかわかんなかったからだ。

それから数日間、おれはミシェルを説得しようと試みた。あれこれ言い訳をつけて、ネット上で送金してくれるよう頼んだ。どうしても借金を返済しなきゃいけなくて、大金だから現金でやり取りしたくない、と言って、腹を立てるふりもした。ところが相手は、封筒に入れて渡す、の一点張りだ。ドアの下にプレゼントを置いておいたよ、などとぬかしやがる。おれは時折、向こうの国にいる女のことを考えた。なんてラッキーなやつだろう、おれのおかげで、何の苦労もせずに大金を手に入れている。

カネが入ってこなくなった。何週もの間、ほとんど送金がない。ほかのクライアントたちから、たまに少額が入金されるくらいだ。おれはなりすまし詐欺をしながら、ミシェルとコンタクトを取りつづけた。でも結局、時間を無駄にするだけで、何の利益にもならなかった。とうとう運が尽きたんだ。おれはようやく理解した。もはや何をやってもうまくいかねえ。過去に稼いだカネも目減りしてく一方だ。栄光が遠のいていく。頂点に立つという夢も消えかかってる。ホテルのスイートにあと何泊できるだろう？　そろそろ父親の家に戻らなくては。ああ、またファビオラに罵《ののし》られる日々が始まるのか。デジレと一緒に、整備工場で働かざるをえなくなるかもしれない。もう終わりが近づいている……おれはひしひしとそう感じた。もうすぐ、モニークに食事を奢《おご》ることさえできなくなるだろう。白人が経営する高級レストランに、せっかく行きつけになったっていうのに。モニークを失うなんて、おれにはどうしても受け入れられなかった。

おれの運が尽きたのには訳がある。そうだ、わかってる。呪いだ。呪いが解けたんだ。

パパ・サヌーに命じられたことをしなかったから、その罰が当たったんだ。呪いなんかなくても平気だと思ってたけど、大きな間違いだった。おれが成功したのはすべてやつの呪いのおかげで、それを忘れちゃいけなかったんだ。強大なパワーを持つ呪い師の力を借りると決めて、やつのそのすげえ霊力のおかげで大金を稼げるようになったっていうのに、それをすっかりなおざりにした。今、そのツケを払わされてる。クアシにも忠告されていたっつうのに。

それから数週間は、地の底に落ちた気分だった。数カ月間この指で触れてたはずの世界を失っちまった。またしても、いけにえのことが脳裏に浮かんで離れなくなった。子どもを殺す。パパ・サヌーと最後に会った直後のように、またしてもその考えに取り憑かれた。夜寝てる間も、死んだ子どもたちの夢を見た。そのたびにマットレスの上でガバッと起き上がり、暗闇《くらやみ》の中でそのまましばらく座りこんだ。

いや、そんなことはできねえ。神さまの罰が当たるに決まってる。おれは自分に言い聞かせた。そんな恐ろしいことをして、神さまに許してもらえるはずがない。もしムッサに相談していたら、きっとおれをうまく説得してくれただろう。ところがおれは、よくわからないうちに、やる方向で検討しはじめてた。恐ろしい計画だと知りつつも止められなかった。いつの間にか、どうやってやろうか、とさえ考えていた。きっと一瞬で済むはずだ。そうすれば、また元の地位を取り戻せる。これほど大きな犠牲を払うんだから、きっと次のチャンスは一生続くだろう。とうとうモニークもおれのもんになる。あいつを自由の身にしてやるんだ。カネにものを言わせてあいつを手に入れた白人から、今度こそ解放してやる。

時間が経《た》つにつれて、おれの懐《ふところ》具合はどんどん乏しくなっていき、それに比例してやる決意が固まっていった。やるしかねえ。それしか道はない。

そして金曜の夜、マキのパーティーで、おれは最後になるかもしれない〈トラヴァイユマン〉をやった。みんなの目の前で散財して、手元に残ってたすべてのＣＦＡフランを使いきった。それから恐ろしい決断をした。

ちくしょう、明日こそやってやる。

〈ディナミック〉の外へ出ようとした時、腹の中に大きな塊があるように感じた。ムッサが席から立ち上がる。

「アルマン、どこに行くんだ？」

「ちょっと姉さんに会いに」

「いったいどうした？　おれにはわかるぞ。おまえ、なんかあっただろう？」

「大丈夫だって、心配すんなよ。ちょっと姉さんの手伝いをしてくるだけだって」

「おい、気をつけろ。何かあったら連絡しろよ！」

おれはムッサを安心させたかったが、やつはどうやら納得してないようだった。ほかの連中が〈カステル〉を飲んでる間も、立ったままこっちを見てる。背中にムッサの視線を感じながら、バイクのほうへ向かった。やつは、おれが大変なことをしようとしてるのに気づいてる。恐ろしいことを考えてるのに勘づいたんだ。

道は混んでいた。クラクションを鳴らしながら走る車や自転車に交じって、バイクを走らせる。熱い風が頬を叩く。空は雨季特有の灰色の雲に覆《おお》われている。今にも雨が降りそうだった。空気がじめじめして、風が歩道の埃《ほこり》をまき散らしている。小道の土は湿気でべたついていた。アスファルトの道に沿って並ぶレストランは、すでに雨《あめ》避《よ》けシートを設置していた。新聞売りが、洗濯バサミで吊《つ》るしてた店先の雑誌を回収している。おれはまわりをほとんど見ずに、ひたすらまっすぐ走りつづけた。喉《のど》がからからに乾いて、心臓が破裂しそうだった。頭の中にあるこの計画を、本当にこの自分がやるんだろうか、とずっと考えていた。

バンコ川の脇《わき》を通りすぎる。ここは町最大の洗濯場だ。たくさんの男女が、並べられたタイヤの上で衣類を叩きながら洗ってる。よその家々を回って集めた衣類を洗濯して、小銭を稼いでるんだ。こうした洗濯人は地元で〈ファニコ〉と呼ばれてるが、衣類でぱんぱんになった袋をかついで、毎日一キロ以上歩いてここにやってくる。こんな物乞いみたいな仕事を自分もするようになったら……そう思ってぞっとした。でももしこのまま運が尽きてしまったら、そうなってもおかしくないだろう。

おれは唾《つば》を呑《の》みこみ、バイクを走らせつづけた。

行く場所は決めてある。地区と地区の間にバナナ農園が広がっている。中学生の頃、よくここを通ったもんだった。白壁沿いにバイクを停める。灰色の汚水が流れる排水溝を跳び越え、バナナの木々の間を縫うように続く小道を歩いた。ここは大通りより少し低いところに位置してる。大きな緑の葉に一面覆われてるので、その下で起きてることは通りから見えない。おれは小道の中ほどで立ち止まった。よし、ここがいい。まさに理想どおりの場所だ。

バナナの木と木の間に、アグーチ（ネズミの一種）のように入りこむ。そしてそのまま待った。土の上にしゃがんで、ひたすら待ちつづける。すぐそばまで垂れ下がったバナナの房から、みずみずしい香りが漂ってる。おれは両手に武器を握ってた。できればこんなものには触りたくなかった。取っ手がボロボロになったキッチンナイフ。使えそうなものは、家にこれしかなかった。心臓が激しく鼓動し、今にも爆発しそうだ。おれはモニークのことを考えた。白人の家で抱いたあのからだを思いだそうとした。おれはたくさんのカネを稼いできたし、これからも稼ぎつづけるんだ。ちくしょう、このまま終わっちまうなんて絶対にありえねえ。

今朝、ミシェルにこう言っておいた。カネを返さなきゃいけない相手が、とうとう自分を脅迫しはじめた。でもすぐには返済できない。このままだと大変なことになってしまう。でも封筒に現金を入れるのはやめてほしい。ペイパルで送金してくれないと困る、と……。

雨が降りはじめた。バナナの葉に雨粒が落ちる音が聞こえる。

そしてとうとう、やつらがやってきた。右手のほうから、雨に濡れた小道を笑いながら歩いてくる。十人ほどいるようだ。学校の帰り道で、Tシャツを着て、背中に通学カバンをしょっている。ここを通るのはわかってた。家までの一番の近道だからだ。小さな子どもはみんなそうだが、やつらもかなり騒がしい。冗談を飛ばしたり、しりとりの一種の〈ガ＝ガ〉をしたりしてる。子どもが好きなことば遊びだ。バナナの木の陰にいるこっちの姿は見えないはずだ。しかも雨が降ってるから、みんなうつむいて歩いてる。そのままおれの前を通りすぎる。人数が多すぎた。おれはさらに待った。十人の子どもたちは、畑から出て、泥道の坂を上り、コンクリートの壁のほうに遠ざかっていった。それからさらに三人が通りすぎた。

そしてとうとうやってきた。

この時をずっと待っていた。集団から離れて、ひとりで歩いてる子ども。背中のカバンがずり落ちるのを、ひっきりなしにしょい直してる。色あせて穴が開いたTシャツを着て、ぼろぼろのサンダルを履いていた。ひとりで何かしゃべってる。自分で話をして、自分で笑ってた。雨に濡れてもあまり気にしてないみたいだ。ゆっくりとおれのほうに近づいてくる。

今だ！　おれは思った。さあ、やれ、やるんだ！　両腋《わき》を冷たいものが流れる。全身が動くのを拒否してるようだった。雨に濡れた顔を手でぬぐって、わずかな間だけ目を閉じる。目を開けると、目の前に子どもがいた。ほんの数メートル先だった。

ちくしょう、まるで悪魔に対する供物《くもつ》のようだぜ。

おれは立ち上がって歩きだすと、そっと子どもの背後に回った。相手はまったく気づいていない。そしていきなり襲いかかった。子どもの口を手でふさぎ、後ろから抱えこむと、木々の奥へと引きずりこむ。子どもはパニックになって、おれからのがれようと両足をバタつかせ、両手で地面を引っかいた。おれはそのからだをしっかりと抱きかかえた。

さっきおれが隠れてた場所まで引きずっていく。両腕の中に子どもがいる。濡れた髪が胸元に当たってた。子どもは暴れつづけた。おれは心の中で、やめろ、やめてくれ、と祈りつづけた。デニムの後ろポケットからナイフを取りだす。おれは目を細めて、子どもの首筋に刃を近づけた。よし、いいぞ、これでいい。あとは刃を引くだけだ。やれ、やるんだ。おれは何度も自分に言い聞かせた。やれ、それしか道はない。ところが、おれの手は子どもの喉元に置かれたままびくともしなかった。ダメだ、できない……。するとその時、子どもがナイフの存在に気づいて、いっそう激しく暴れだした。首を曲げておれを見上げる。その目は恐怖で大きく見開かれていた。そうか……こいつは死ぬのが怖いんだ……死にたくないと思ってるんだ。くそっ。おれは大きく息を吸って、ナイフを握る手に力をこめた。首筋の皮膚に刃先が触れて、わずかに血がにじみ出た。

その時、手に鋭い痛みが走った。子どもに嚙《か》まれたのだ。はずみで手をゆるめた隙《すき》に、子どもが逃げだした。一メートルほど先で再びつかまえる。すると、子どもは悲鳴を上げた。声を振りしぼって叫んでる。けたたましい声だ。こんな小さなからだで、よくこんなに大きな声が出るものだ。おれは子どもの頭をつかんで、再び口を手でふさごうとした。ところが、雨水で滑ってうまくふさげない。いつの間にかナイフを落としていた。子どもを引きずりながら、ナイフを取りにいこうとする。大丈夫だ、まだ間に合う。おれが隠れてた場所には水たまりができていた。雨水がバナナの葉をつたって地面に流れ落ちている。

「おい、そこで何してる！」

どしゃ降りの雨の中で、いきなり声がした。まるでビックリ箱だ。心臓が止まるかと思った。脈拍が二百まで爆上がりした。おれは子どもを押さえつけたまま、声のするほうを振り返った。男がいた。おとなの男だ。子どもの叫び声を聞きつけたんだろう。激しく暴れる子どもをつかまえたまま、おれは落ちていたナイフを拾った。男がこっちに向かって歩いてくる。

「そこでいったい何をしてるんだ」

おれの服は雨でびしょ濡れになり、這《は》いつくばって移動したせいでデニムは泥まみれになっていた。腕の中の子どものおびえた顔を見つめる。神さま、パパ・サヌーの要求に応じるために、おれはこの子を殺そうとしています。突然、死んだ子どもたちの姿が次々と脳裏に浮かんだ。今までよりずっと残酷なイメージだった。頭の中ですべてが猛スピードで進んでいき、とうとう何がなんだかわからなくなった。

「クトゥブ！」

おれは再び振り返った。

いつの間にか、時間が経っていたようだ。男はすぐ目の前まで来ていた。シャツにショートパンツ姿のガタイのでかいやつだ。雨水を滴《した》らせながら突っ立ってる。おれと子どもを交互に見ながら、最悪の事態を妨ごうとしておれのほうに腕を伸ばした。おれは目線を男から子どもへ、さらに子どもから手の中のナイフへと移した。どうにかしないと。なんとかしないといけない。でもどうすればいい？

逃げよう。それしかない。

おれは子どもから手を離した。子どもは悲鳴を上げながら走りだした。おれは一目散に逃げだした。男があとを追ってくる。

泥に足をすべらせながら、バナナの木々の間を必死に走った。バナナの葉がおれの顔を叩き、葉から落ちてきた大量の水が地面に落ちてはね上がる。畑の外に出て、排水溝とゴミ箱を跳び越えながら、豪雨の中を走りつづける。叫びながら追ってくる男が、穴を跳び越えようとして滑って転んでるのが見えた。

「あいつは人殺しだ！　誰か捕まえてくれ！」

男は倒れたままだったが、まわりにいたやつらがその声に気づいた。倒れた男が指さす方向を見て、逃げるおれに気づいて追ってくる。そのうちのひとりはどうにかかわしたが、新たに別の三人が加わった。

「おい、止まれ！　観念しろ！」

走ってる間、眼下に広がるバナナ農園で、あの子どもが泣いてる声が聞こえてきた。坂道を上りきった先におれのバイクがある。白壁沿いに、スタンドを立てて停めてある。おれは競走馬のように走った。四人の男が、あたり一帯に聞こえるような大声で叫びながら追いかけてくる。このままだと捕まっちまう。一巻の終わりだ。マジであいつらに殺されちまう。

おれはバイクに飛び乗ると、大急ぎでエンジンをかけた。タイヤが泥の上でスリップする。危うく横に倒れかけたけど、ハンドルを操作しながらどうにか体勢を整えた。

ひとりの男があと一歩というところまでやってきたが、運よくぎりぎりでかわすことができた。おれはスピードを上げながらも、地面に転がってる石に乗り上げないよう慎重にバイクを走らせた。

そしてようやくアスファルトの道路に入ると、死神から逃げるかのように猛スピードで走りだした。

「汚いなあ、早く着替えな！　まるで下水道みたいだよ！」

家に帰りつくなり、ファビオラにそう言われた。浴室に入り、バケツ三杯の水をかぶって泥を洗い落とす。その日はずっと、部屋のマットレスに横になったまま過ごした。携帯電話が何度も鳴った。かけてきたのはムッサだったが、一度も出なかった。

おれの脳裏には、さっきのシーンが何度も再現されていた。おれが殺そうとした子ども、そしておれを追ってきた男たち。今日のところはどうにか撒《ま》いたが、顔を覚えられたにちがいない。いずれは見つかっちまうだろう。不吉な予感しかない。もううんざりだ。つくづく嫌になった。そして怖かった。どうしてあんなことをしちまったんだ？　本当に、どうしてあんなことができたんだろう？

パパ・サヌーのことも考えた。昨日、非人道的な行為を実行する決意を固めたあと、もう一度やつに会いに行った。呪いを続けてもらうために、必ず子どもの血を持ってくるって約束した。だが結局、やつに捧げられるものは何もない。要求されたものは手に入らなかった。約束は守れねえ。だから、会いにいけねえ。おれは追っ手から隠れるのと同時に、パパ・サヌーからも身を隠した。

これでおれの運は完全に尽きるだろう。あいつはタカラガイの形を読みながら、そう予言してた。マジでそうなるんだ。おれは手に入れたすべてを失うんだ。カネ、名声、そしてモニークも。

ネットカフェに行ったのは翌日になってからだった。ムッサが駆け寄ってきて、どうしてたんだ、心配したんだぞ、と詰め寄られた。おれは適当にかわして、何も言わなかった。このことは、ずっと自分の胸にしまっておく。この重みは自分ひとりで背負っていかなきゃなんねえ。おれはいつものように奥の席に座り、ＭＳＮチャットを開いた。クライアントは誰もいない。〈オンライン〉を示す緑のランプはひとつも点灯してなかった。ほらな、これが結末だ。これで終わりだ、もうどうしようもない。みんな、自分が恋した女がこの世に存在しないことに気づいちまったんだ。そうだ、〈ウエスト〉が欲しいあまり、ぐいぐい行きすぎたのがいけなかった。もう誰ひとりとしてカネを送っちゃくれないだろう。またゼロからやり直しだ。新しいクライアントを探さないと。でも、呪い師にいけにえを提供できなかったおれが、自分ひとりの力でクライアントをつなぎとめられるんだろうか？

おれがパソコンの前でため息をついた時、モニター画面にある名前が表示された。ミシェルだ。ミシェルがチャットを始めたらしい。

そうだ、あいつは今まで以上に女の存在を信じきってる。飛行機に乗って自分のところに来てくれたと思いこんでるんだ。

ミシェル：そこにいるのかい？

アマンディーヌ86：いるわよ。

ミシェル：今、何してるの？

もうやつからカネを取れるとは思ってなかった。何も絞りとれないだろう。だから、失うものは何もないというやけっぱちな気持ちで尋ねてみた。

アマンディーヌ86：別に何も。服を作ったりしてただけ。ねえ、頼んだお金は送ってくれた？
ミシェル：いや。
アマンディーヌ86：約束を破ったのね。
アマンディーヌ86：あなたとは、お互いに心から尊重しあって、幸せな家庭を築きたかったのに。
アマンディーヌ86：あなたはすべてを台なしにした。
ミシェル：待ってくれ、確かに金は送らなかった。
アマンディーヌ86：ほらね。あなたって人は、あたしがどんな目に遭っても構わないのよ。
ミシェル：でもおれは、きみのためにあることをしてあげたんだよ。
アマンディーヌ86：？？？
ミシェル：これでもう、きみは金を返済しないで済むんだ。

いったい何を言いたいのか。ことばを濁してばかりではっきりしない。おれはだんだんムカついてきた。

アマンディーヌ86：いったい何のこと？　さっぱりわからないんだけど。
ミシェル：きみが金を借りた女のことさ。前から言ってただろう、あの女に脅迫されてるって。
アマンディーヌ86：そうよ、借金を返せないせいよ。あなたを信じてたのに。あなたがわたしを危険にさらしてるのよ。
ミシェル：こないだの夜、見たよ。路上であの女と一緒にいただろう？　実はおれもあの場にいたんだ。ふたりで言い争ったあと、きみが紙幣を地面にばら撒いたところも見た。
アマンディーヌ86：だから？

なかなか返事がなかった。まるで何かを言いだすのをためらってるみたいだった。それから、ようやくメッセージが表示された。

ミシェル：だから、おれがすべて解決しておいた。もうあの女にわずらわされることはないよ。
アマンディーヌ86：どういうこと？

ミシェル：これ以上は言えない。でも約束する。きみがあの女に会うことはもう二度とない。

おれは眉をひそめながら、ミシェルのメッセージを読みかえした。こいつ、どうやらマジでやばいことをやっちまったらしい。この男は、アマンディーヌのためならなんでもやりかねない。のめりこみすぎてる。文面を読む限り、どうやら誰かに危害を加えたっぽい。まさか、アマンディーヌにカネを貸したと思いこんだ相手を、殺《や》っちまったのか？　信じられねえが、やつならありえないとは言いきれない。

白人の連中は、恋に落ちたらなんでもする。経験上、それは身に染《し》みていた。相手に大金を貢《みつ》いで、どんな辱《はずかし》めに遭っても我慢する。愛に飢えてるから、愛のためなら抑えが利《き》かなくなる。聞いた話だと、昨年はクアシのクライアントのひとりが、好きになった女が実在しないと知って自殺しちまったらしい。この事件はテレビでも報道された。テレビでは、なりすまし詐欺はこの国のイメージを低下させる、この国の犯罪者のせいでヨーロッパの人たちが破産したり命を落としたりしてる、って言ってた。おれたちに罪の意識を抱かせようとしてるんだ。

でもおれは、やつらはたっぷりカネを持ってるんだから少しぐらいいいじゃねえか、と思う。それに、おれたちはカネを出せと脅迫してるわけじゃねえ。ただお願いしてるだけだ。まあ、確かに、おれのクライアントが誰かを殺したとすると、あまりいい気分はしない。昨日おれがやりかかったあの犯罪と関係があるんだろうか？　あれ以来、脳裏に何度も浮かぶあのイメージと、何かつながりがあるんだろうか？　もしかしたら、おれがバナナ農園で子どもを殺しかけたちょうどその時、やつも遠い国で実際に誰かに手をかけてたのかもしれない……。だがたとえそうだとしても、おれは罪の意識を感じなかった。

だって、決めたのはやつだ。ネットで好みの女を探してたのもやつだ。おれはその需要に応えただけだ。とにかく今わかってるのは、何度も言うようだけど、おれはもうやつからカネを取れないってことだけだ。

きっぱりと認めるしかない。おれはもうこの仕事を辞めるしかねえんだ。

神さまはよくわかってる。ほんの少しでも問題を起こせば、すべてががたがたと崩壊していく。たった数週間のうちに、これほど立てつづけにトラブルが起こるとは、まったく予想してなかった。

おれはミシェルとチャットを続けた。やつは、アマンディーヌと面と向かって話ができる日を待ち望んでる。おれは、もう少し我慢してほしい、って言った。なんだかんだと言い訳をしながら、できるだけ時間を稼ごうとした。やつも渋々了承した。どうしてかわかんねえけど、アマンディーヌと、誰よりも彼女を愛してるこの男との関係を、もう少し続けたかった。

もしかしたら、一風変わったこの関係が、今後どうなってくのか興味があったのかもしれない。あるいはただ単に、ほかに相手をするクライアントがいなかったせいか。呪いがない状態では、おれがどんなに頑張っても、白人をひとりもつなぎとめられなかった。なりすまし詐欺はもう機能しない。もしかしたらまたチャンスがあるかもと、一日じゅうネットカフェのパソコンにへばりついてたけどダメだった。おれの悲惨な急落ぶりを、ダチたちは知る由《よし》もなかった。あいつらの前では、名声と体面を保つために、今でもがっぽがっぽ稼いでるふりをしてたからだ。やつらの目から見て、CFA将軍はいまだ健在でありたかった。

だが実際は、かなりやばい状態だった。

おれは一文なしの、すっからかんになってた。

モニークの豪邸を訪れるたび、レストランに誘わずにすむよう、一銭もカネを使わなくて済むよう、あれこれ嘘《うそ》をつきつづけた。一文なしになったなんて知られたくなかった。モニークはますます美しく上品になっていく。カネを失っても、あいつへの愛は募る一方だった。そうさ、あいつを失うなんてマジで考えたくねえ。しかし、このままだといずれはそうなっちまう。白人のパトロンからもらってないもので、おれがあいつにあげられるものはいったい何だ？　外交官御用達《ごようたし》ホテルに宿泊したり、豪《ごう》奢《しゃ》な暮らしを送ったりしてきたあのモニークが、ただの貧乏人になってしまったおれを受け入れてくれるんだろうか？

モニークは、何かが変わったと気づいたみたいだった。少しずつ距離を置こうとしてるように見えて、おれはビビった。その一方で、まったく関係ないことで悩んでるふうでもあった。でもおれには打ち明けてくれなかった。どうやらパトロンに関することらしい。わかったのはそれだけで、それ以上は見当もつかなかった。

この時期、おれは常にびくびくしてた。そう、あの子どもを殺そうとした日以来、絶えず脅《おび》えながら生活してた。夜になると、何度もあの子の夢を見た。死ぬまでずっと同じ夢を見つづけるんじゃないかとさえ思った。昼間は、あたりを警戒しつづけた。あの日、おれを追ってきた男たちがまた戻ってくるような気がした。外に出て通りの角を曲がるたび、やつらに捕まって、おれがあの子にしようとしたのと同じことをされるんじゃないかと恐れた。

その後、一度だけパパ・サヌーに会った。あの小さな部屋でやつの正面に座って、あの日の出来事をそのまんま伝えた。子どもを殺しそこねたと打ち明けて、別のいけにえを捧《ささ》げるからまた呪いの儀式をしてくれないか、と頼んだ。もう一度チャンスが欲しかった。

おれがそう言った時の、やつの表情は今も忘れらんねえ。目を閉じ、唇を曲げて、しかめ面《つら》をしたまま、ニット帽をかぶった頭を横に振った。

「おやおやおや……とんでもなく大きなトラブルが起こるぞ。わたしには見える……」

「全員動くな！　何も触るな！」

そしてとうとう、最悪の事態になった。サツだ。ある日の午前中、八人の詐欺師《さぎし》仲間がネットカフェでそれぞれの仕事をしてたところに、いきなりサツが飛びこんできたんだ。誰もがヘッドフォンをつけてクライアントと話したり、携帯電話のボタンを押したり、画面上に書きこみをしたりしてる時だった。おれもいつもの席でキーボードを叩《たた》いてた。想定外の出来事だった。これまでずっと、サツはおれたちのことは放ったらかしにしてた。見て見ぬ振りをしてもらうために、稼ぎの一部を賄賂《わいろ》として渡してる詐欺師も多かった。

制服姿の警官が四人、大声を上げながら駆けこんできた。全員が白シャツの上に〈科学捜査官〉のロゴ入りポロシャツを着て、首からプラスティック製のＩＤカードを下げている。

「手を上げろ！　ほら、早く手を上げるんだ！」

運よく、チャット画面を閉じるのに間に合ったやつらもいた。その一方で、パソコンの電源を落とそうとした寸前に、サツに制止されてモニター上の会話を読まれちまったやつらもいた。おれは警官の姿を見た瞬間、逃げよう、と思った。すぐ右手に、クアシの事務所と屋外につづく裏口のドアがある。おれは勢いよく立ち上がった。はずみで椅子が後ろに倒れる。タイル張りの床で足を滑らせながら、細い通路を全速力で走った。

ところが、やっぱり逃げきれなかった。外の通りにも数人のサツがいて、そのうちのひとりにすぐに捕まっちまった。地べたにひっくり返ったところを上から押さえつけられる。そいつは背後からおれのＴシャツの襟をつかむと、逃げださないようにこぶしで締めつけた。手錠の数が足りない時にこいつらがよく使う手だ。

「おい、おまえ、どこへ行こうとしてた？」

おれはまわりを見回した。全員が外に出されてた。シルヴェストルもいる。サツたちに囲まれて歩道の端に座ってる。ドアを全開にしたでかい4WD車の向こうには、近所の野次馬が大勢集まってた。サツたちを怒鳴りつけてるやつらもいる。普段からおれらの稼ぎの分け前にあずかってる連中が、味方をしてくれてるんだろう。でもサツたちは平然としてた。新しい法律ができてから、おれらを逮捕するのに警察は大きな権限を持つようになった。おれたちは全員車の後部座席に詰めこまれた。

呪いだ。何もかも呪いが解けたせいだ。おれは車に乗っている間じゅう、ずっとそう考えてた。パパ・サヌーが「とんでもなく大きなトラブルが起こるぞ」と言ってた時の表情を思いだす。このことを言ってたにちがいねえ。きっとダチたちと一緒に刑務所行きだ。今夜から独房で寝泊まりすることになるだろう。

ところが、神さまのおかげで、そうはならなかった。

警察署に着くと、おれたちはひとりずつ別々の部屋に入れられた。真新しいデスクの上に、最新のコンピュータが置かれてる。冷房の利きすぎで身震いした。仕事の内容を尋ねられた。金を騙《だま》しとってる相手のことを考えたことがあるか、と言われた。気の毒だと思わないか？　なぜ無実の人間をそんな目に遭わせるんだ？

おれはずっと下を向いてた。こういう時は、おとなしくしておくに限る。経験からそうわかってた。

「ういっす。そのとおりっす」おれはそれだけ言った。

この時、おれはもう終わった、と思ってた。

身ぎれいな男が部屋に入ってきた。腹は出てるが、シャツにカフスボタンをつけている。男は正面に座って、おれをじっと見つめた。それから、ネットカフェでサッに没収されたおれの携帯電話を取りだした。

「さあ、これからこの男性に電話しよう。名前は、ミシェルというのかな？　画面にそう書かれてるが」

おれは素直に首を縦に振った。

男は携帯画面を眺めた。送信履歴を見てるらしい。それから、デスクの上の固定電話の受話器を手に取ると、番号を押しはじめた。スピーカーを通して呼び出し音が聞こえる。数回鳴ったあと、ようやく相手が出た。携帯で何度かやり取りをした相手の、聞き覚えのある低い声。

「もしもし？」

「もしもし、こんにちは。ミシェル・ファランジュさんでしょうか」

「はい、そうですが」

警官が自らの身分を名乗る。

「ファランジュさん、あなたは、アマンディーヌ・ミランと名乗る女性とネット上でやり取りしていましたね？　今から三十分ほど前ですが」

「ああ、まあ……え？　どういうことだ？」

「お伝えしたいことがあります。あなたは詐欺の被害者です。ミランという女性は存在しません。あなたから金を巻き上げるために作られた架空の人物です」

電話の向こうで、相手はしばらく黙りこんでいた。

「ファランジュさん？」

「ああ、聞こえてる。冗談だろう？」

「いいえ。冗談ではなくまじめな話です」

「あんたの話は何ひとつ信じらんねえ。あんた、アマンディーヌの知り合いか？　友だちかなんかか？」

「いいえ。繰り返しますが、わたしは科学捜査官です。あなたがやり取りしていた女性は存在しません。真っ赤な嘘です。なりすまし詐欺師による犯罪行為です」

「馬鹿《ばか》を言うな。いったいどういうことだ？　あんた、彼女とはどういう知り合いなんだ？」

さすがはミシェル。こんな状況になっても、あの女に夢中なままだぜ。警官はやれやれというように首を振った。

「ファランジュさん、法律上の義務としてお尋ねします。あなたから金を騙しとった男がわたしの目の前にいます。この男を告訴しますか？」

「何だと？　どういうことだ？　告訴だって？」

「はい。法律で定められた手続きです、ファランジュさん」

「まさか……いや、告訴をするつもりはない」

そう言うと、ミシェルは電話を切った。

男はアームチェアに座ったまま、しばらく動かなかった。ふたりの間で電話機がツーツーという音を立てている。男は自分の顔を手で撫《な》でてから、ため息をついた。それからおれをじっと見た。まるでうちの父さんのような目つきだった。

「運がよかったな。神さまに感謝するんだぞ。これに懲《こ》りて、もう二度とやるんじゃない」

運がよかった。確かにそうだ。あの白人の男がアマンディーヌにメロメロになってくれたおかげで、最悪の事態はまぬかれた。ぶっちゃけ、あの男がおれを救ってくれたんだ。そう、手を染めたのが〈ロマンス詐欺〉だったからよかった。シルヴェストルの場合は違った。「大統領一族が残した高額な遺産の一部が手に入る」と騙した相手が、悪質な犯罪だと憤《いきどお》って、居住地のベルギーからシルヴェストルを告訴しやがった。警察署を出てから、ずっとシルヴェストルに会ってない。裁判までは、ずっとブタ箱に入れられてるんだろう。

つまり、おれは刑務所に入らずにすんだ。神さまはそういうふうにはおれを裁かなかった。だが、ネットカフェにサツがやってきた日を境に、おれはこの仕事から足を洗った。ああ、なりすまし詐欺を辞めたんだ。呪いが解けてからは、すべてがうまくいかなくなった。カモがひとり残らず離れてった。しかも、子どもをひとり殺しかけて、バナナ農園の外でリンチに遭いそうになり、刑務所に入れられそうになった。もうこりごりだ。新しいクライアントを探すなんて、考えるだけで恐ろしかった。その後数週間は、誰が相手でもネットでやり取りするのさえ怖かった。

ホテルのスイートも引きはらった。一日じゅう、家でだらだらして過ごした。パソコンにかじりつく生活をやめた今、どうやって時間を潰《つぶ》していいかわかんなくて、マットレスの上に寝そべったり、アームチェアに座ってテレビを見たりした。おれは一文なしのプー太郎になった。ファビオラはまだ陰毛の件を根に持っていて、庭で女友だちの髪を結いながらおれの悪口ばかり言っていた。あんまりぼろくそに言うので、思わずおれが言い返すと、こう言ってバカにしやがった。

「文句があるなら国連平和部隊に訴えれば？　バーカ」

おれの今の立場では、もう何も言い返せなかった。

あー、モニークに会いてえ。あいつに会って、あの豪邸でセックスしてえ。プールで泳いだり、ホテルのスイートに泊まったりして、もう一度贅沢《ぜいたく》に暮らしてえ。でももうすべて過去の話だ。おれはまた貧乏人に戻っちまった。あー、ツラい。ツラすぎる。底辺まで落ちた今の姿を見られたくなくて、電話さえできなかった。今頃、ほかのなりすまし詐欺師と会ってたりして。いや、あの白人のパトロンが来てるかも。白人はいつだって、おれらの国でがっぽり稼いで、アフリカ人の女を家に囲っておくんだ。そう考えると、おれは胸がつぶれるような苦しさを感じた。

ところが、それ以上に最悪のことが起きた。モニークが町から出ていくらしいと人《ひと》伝《づ》てに聞いたんだ。

時々、ムッサと一緒にマキに行って、ビールを飲んだり近況を話したりした。やつはまだ詐欺の仕事を続けてた。でも細々としかやってなかった。ふつうの生活ができる程度で十分だという。そしてある日、マキのテラスのテーブル席で、魚のアチェケができるのを待ってる間にムッサが言ったんだ。

「なあ、知ってたか？　モニークのこと」

「え、なんのことだ？　教えろよ。おれ、あいつが今どうしてるか、全然知らねえんだよ」

するとムッサは困ったような顔をした。

「なんだよ」おれは不安にかられて、さらにせっついた。「なにか悪いことでも起きたのかよ？　おい？」

「ちがうんだ、ただ……。うん、聞いた話なんだけど、こっから出ていくらしいぞ」

「は？」

「そういう噂《うわさ》なんだよ。パリに移り住むって」

心臓が止まるかと思った、マジで。

おれは何も言えなかった。ムッサのことばは、岩の表面を刻んだみたいにおれの心にくっきりと痕《あと》を残した。モニークが行っちまう。この町を、この国を出ていく。むかしからの夢を叶《かな》えるために。呪いが解けてからいろいろ悪いことが起きたが、これがとどめだった。もう行きつくとこまで来ちまった。悪魔に心を売り飛ばしたせいで、とうとうすべてを失った。名声も、カネも、仕事も、そして好きな女も。

当然のむくいだ。すべて自分で蒔《ま》いた種なんだ。すぐにモニークに電話をして事情を聞きたかったけど、やっぱりできなかった。結局一度も話をすることなく、あいつはヨーロッパに旅立った。おれは人伝てに事情を知った。噂によると、例の白人のパトロンから、フランスで一緒に暮らそうと提案されたという。どうやら妻が死んだらしい。どこまで本当か、詳しいことはわかんねえ。正直、どうでもよかった。あいつがもういないことには変わらねえんだから。

あいつはおれに電話ひとつくれずに、黙っていなくなった。

あんなに好きだった女が遠くに行っちまった。

とうとう父親に働くよう命じられた。自分の人生をつかみ取るにはまじめに働かなきゃいかん、としつこく説教され、毎日のようにくどくど言われたあげく、確かにこのままだらだらしちゃいらんねえな、と思うようになった。そこで毎日デジレと一緒に自動車整備工場に行って、整備の仕事をした。車の中に手を突っこんで、身を粉にして働いて、なりすまし詐欺なら数日で稼げるカネを一カ月かけて手に入れた。おれは敗北感にさいなまれた。いつかはせざるをえなくなるかも、と恐れてた仕事を、今まさにしてるんだ。いや、こんなのはもっといい仕事を見つけるまでの一時しのぎだ、とおれは自分に言い聞かせた。ぴかぴかに着飾ったり、〈トラヴァイユマン〉をしたり、浴びるように酒を飲みながら騒いだりするのを、おれはまだ諦《あきら》めたわけじゃねえんだ。

しかしまさか、またしてもあのフランス人が、おれを窮地から救ってくれることになるとは、この時はまだ夢にも思わなかった。

そんなことは考えもしなかった。

クアシから連絡があったのは、おれがネットカフェに行かなくなって数週間経《た》った頃だった。おれはその時、自分では絶対に買えない、でかい車のシャーシの下に入って仕事をしてた。木製テーブルの上で鳴った携帯電話を、デジレが車体の下に滑りこませてくれた。おれは寝そべったまま電話に出た。

「やあ、アルマン」クアシはいきなりそう言った。「久しぶりだな。どうだ?」

「まあ、ぼちぼちっすね」

「知らせておきたいことがあるんだ。おまえを探し回ってるやつがいる」

「どんなやつっすか」

「おまえを探しながら、この町のネットカフェをしらみつぶしに回ってるらしい。白人で、図体《ずうたい》がでかいやつだ」

「白人？　おれの名前を知ってるんすか？」

「いや、知らないようだ。アマンディーヌって名乗ってたやつを探してるんだとさ。気をつけろよ。なんとなくいけ好かないやつだ。変な目つきをしてやがる」

アマンディーヌ？　おれは頭の中でその名前を繰り返した。

そしてすぐに、誰だかわかった。あいつだ。あいつがここまでやってきたんだ。サツがかけた電話のせいで場所がバレたんだ。おれに文句を言うためにわざわざこの町までやってきやがった。おれに復讐《ふくしゅう》するために……そうだ、間違いねえ、やつは復讐したくておれを探してるんだ。ちくしょう、まだ終わっちゃいなかった。悪魔はまだおれにつきまとってる。きっとあいつはおれに払ったカネを取り戻そうとするだろう……。

ところが、そうじゃなかった。

MICHEL

ミ シ ェ ル

きっといつかは見つかってしまうだろう。おれだって、そこまで甘い夢を見ちゃいない。

人間がそんなに簡単に姿を消せるわけはない。おれのようなやつはなおさらだ。

だが、見つからないようできるだけのことはしておいた。出発前にあれこれ考えた。まず、エヴリーヌ・デュカの車があったのと同じ場所に、自分の車を停めておいた。高原に上っていく小道の登り口のすぐ近くだ。捜査をかく乱させるためだ。おれの知る限りではエヴリーヌ・デュカもまだ見つかっていないから、さまざまな噂《うわさ》が飛び交うだろう。野生動物に襲われたとか、サイコパスみたいな輩《やから》に捕まってどこかに監禁されているとか、刑事ドラマのような話がでっち上げられるだろう。馬鹿馬鹿《ばかばか》しい。きっとやつらは今もあちこちで捜索をして、失踪《しっそう》する前のおれの行動を分析したり、最後におれを見かけた人間を探したりしているはずだ。そして、アリスに何度も同じことを尋ねているのだろう。

アリスか……くそっ、あいつには悪いことをしたと思わないでもない。ほんの一週間前まで、あの農場でふたりで暮らしてたのだから。

だがあの農場は、ふたりのものというより、あいつのものだ。

あらかじめ現金も準備しておいた。かなりの大金だ。こういう時に一番重要なのは金だ。しばらく前から、何回かに分けて少しずつ引き出しておいた。いざとなったらアマンディーヌと一緒に出ていこうと思っていたからだ。

交通手段についても一考した。そして、村から出ていくならやっぱりこれしかないと思い、真夜中に県道でヒッチハイクをした。拾ってくれたのはトラックだった。運転手はたぶんルーマニア人だろう。フランス語は話せなかったが、おれにとってはむしろ好都合だった。今やあらゆる地方新聞におれの顔写真が掲載されているはずだが、少なくともあの男は、それを見て警察に通報したりしないだろう。もしあれが地元の人間だったら、ヒッチハイクをした男がミシェル・ファランジュだとすぐにバレてしまったはずだ。

そのあと、飛行機に乗った。家からなるべく遠くにある小さな旅行会社に行って、現金でチケットを買った。機内はすでにどことなくアフリカっぽかった。むかし、アリスと話していた時に想像した雰囲気に似ていた。

だがいずれにしても、いつかおれは見つかってしまうだろう。間違いない。人間がそんなに簡単に姿を消せるわけはない。

あとは、ただ待つだけだ。

もうすぐ決着がつくだろう。

ホテルの部屋が一番静かだった。この町ときたら、まるで悪夢だ。そこらじゅうで車やバイクがクラクションを鳴らし、外を歩けば角を曲がるたびに通行人から金をせびられる。おれが白人だからそういう目に遭うんだ。まったく信じられん。その上、この暑さだ。この国のことはたいして知らなかったので、当然頭の中で想像してたのは、サバンナ、アフリカゾウ、のどかな村、頭の上に水の入ったバケツをのせて背中に子どもをしょった女性、などだった。いかにも観光客向けのイメージ。かつてアリスと一緒に旅行の計画を立てた時は、ふたりともそういうのを見たいと思っていた。いや、むしろ見たがっていたのはアリスのほうだ。あいつは一旦《いったん》話しだすと止まらなくなって、おれにはほとんど発言権がなかった。アリスはそういうやつだ。これだけ長年一緒にいれば、いやでも相手のことがよくわかる。

だが、おれにはもうほかの選択肢はない。この土地に慣れなくては。冷房が利《き》いた部屋から出て、外の世界に立ち向かわないと。もっと安い部屋を探したほうがいいのかもしれない。これからはなるべく節約していかないと。それにそのほうが、それほど金を持っていないように見えるだろう。

後悔はしていない、今回ばかりは。

もう後悔はしないと決めた。

これまでの人生、いつも間違った道を選んできた。まわりの人間のほうがおれ自身よりもどうすべきかわかってると思いこんで、いつも他人の言いなりになってきた。そして、あとになって後悔した。

なかでも最大の失敗は、あの農場だ。そう、アリスの父親の農場を引き継いで、自分の好きなように運営していけると思ったのが間違いだった。あのオーブラック牛の群れのために、ブリュジエ親父《おやじ》は自らの生涯を捧《ささ》げてきた。親父の坐骨《ざこつ》神経痛が悪化したために、雌牛の分娩《ぶんべん》の手伝いに行った時、初めてあの家を訪れた。いい人だと思った。ずんぐりした体型の年配者で、本当の父親のように接してくれた。ヘビースモーカーのしゃがれた声には、ある種の知性が感じられた。初めて会った数日後には、国家機密を取り扱う者のようにきょろきょろとまわりを見回しながら、農場を隅々まで案内してくれた。すでにその時から、親父の意図は見抜いていた。農場と娘の両方をまかせられる男を婿《むこ》にする——それが親父の夢だった。これまで拡大してきた土地を小さな区画ごとに切り売りせずに済むには、それしか方法がない。農場を家族のものとして残しておきたかったのだ。おれはその罠《わな》にまんまと引っかかった。農場をおれに譲渡してくれると信じてしまった。農業従事者なら誰でも夢見るように、あの土地がすべて自分のものになると思いこんだのだ。

ところが、決してそうはならなかった。おれが農場主になったのは、手続き上のことだけでしかなかった。

親父の名前は至るところについて回った。農場も〈ブリュジエ農場〉と呼ばれつづけた。まるでおれなんか存在しないかのように。

おれは単なる娘婿にすぎなかった。誰もがおれを〝ブリュジエ親父のところの娘婿〟と呼んだ。

ブリュジエ親父は、やさしそうな顔をしてとんだ業突《ごうつ》く張りだった。何ひとつ手放そうとせずに、自らの手中に握りつづけた。〈おい、今年は牧草をあまり刈らなかっただろう？　トルスリエ爺《じい》さんのところに電話しておいたから、干し草を買ってこい〉、〈人工授精師のところへ行く時は、おれの代理で来たって言うんだ。忘れるんじゃないぞ〉、〈飼い葉桶《おけ》はしっかり洗うんだぞ。でないと何もかも台無しになっちまう〉などと、毎日おれに指示しつづけた。だが当時は、親父が老人ホームに入れば変わるだろう、そうなればおれの自由にやれるだろう、と思っていた。ところが違った。ホームに入ってからも、親父はおれのすることにいちいち口を出した。週に二、三回、おれの携帯に電話をかけてくる。週末ごとにホームを訪ねるアリスにも、おれへの指示をことづける。娘のあいつが文句を言って〈そろそろ農場から手を引きなさいよ〉と言い聞かせても、無駄だった。そしてアリスはアリスでそのことで不満を募らせて、おれに愚痴を言った。

アリスはよく、〈農場の設備をリニューアルするって言ってたくせに、何もしてないじゃない〉とおれを非難したが、何かにつけて口出ししてくる親父がいて、いったい何ができたっていうんだ？

おれはあの村の出身じゃない。だから常によそ者だった。部外者だった。もちろん、地域のやつらは親切だった。秋になるとみんなで狩りに行くのが楽しかった。それは本当だ。だが、おれはここの人間じゃないと思わされることはよくあった。結局は、おれはアリスの父親の使用人にすぎないのだ。それがつらかった。おれだって、自分のすべてをあの農場に捧げてきた。全エネルギーを注いできた。結局のところ、ブリユジエ親父が築いてきたあの広大な土地は、おれがたったひとりで担《にな》うには大きすぎたのだ。

結婚して五年後には、農場を譲り受けたことを後悔していた。維持するために必要なことはどうにかしつづけた。だが、設備のリニューアルをする意欲は失った。牛を飼育する仕事が、自分に向いてるかどうかさえわからなくなった。こんなことを考えていたのはおれひとりじゃない。農業組合の「若き農業従事者たち」の組合員たちだって、似たようなことを言っていた。だがあいつらはおれと違って、自分の迷いを口に出して言う勇気があった。

しかしおれは、アリスがポパイと呼んでいたあの男とはちがう。牛舎の中で、首を吊《つ》ったりする気などさらさらなかった。冗談じゃない。おれはただ、ここから出られる扉を探していた。

もし本人が聞いても「嘘だ」と言うだろうし、決して信じないと思うが、おれはアリスを一度も愛したことはなかった。おれが愛したのは——いやむしろ、おれが望んだのは、山の上であいつと一緒に暮らすことだった。あいつは自分の仕事をして、おれは牛を育てる。その考えが気に入っただけだ。順風満帆な人生という気がした。子どもを作ることさえ考えた。だが、よくよく考えてようやく気づいた。おれたちの間には何ひとつ共通点がない。最初からうまくいくはずがなかったのだ。おれは自由でいたかった。のびのびと暮らしたかった。ところがアリスときたら、どこにでも出しゃばってくる。延々と続くおしゃべりでおれをうんざりさせる。何にでも口を挟もうとする。父親のようにいつでも仕切りたがる。ウイークデーは毎日、トラブルを抱えた人たちに会うために、あちこちの農場を訪れている。他人の話を聞いて手を差し伸べるのが、あいつの専門分野だ。

実際、そのうちの何人かは本当に助けてきたのだろう。そのことに異議をとなえるつもりは毛頭ない。

だが、あいつは自分の夫は助けられなかった。

しかもあいつは、あの男と関係しはじめた。カルスト台地に住む羊飼いだ。山の上でひとりきりで暮らしているせいで頭がおかしくなった、とみんなが噂してる男。アリスは、おれが気づいているとは思わなかったようだ。だが、あいつの〈ダチア〉がボヌフィーユ家にしょっちゅう出入りしているのを、地域の牛飼いや羊飼いたちが気づかないはずはない。それにここ数週間のあいつの変わりようを見れば、こそこそと何をしてるかなんて簡単に見破れる。

だからおれは、アマンディーヌとのことで罪悪感を持つのをやめたのだ。そしてそのあと、エヴリーヌ・デュカの死体をどこに隠そうかと考えた時も、たいして悩まずに決められた。あの冬の夜、フロントガラスに雪片が次々と叩《たた》きつける中、おれは車でカルスト台地を上っていった。誰にも見られないよう、ヘッドライトを消したまま走った。

ジョゼフはあの死体をどうしただろう。もしかしたら、まだあの農場のどこかにあるのかもしれない。あるいは、牧草地のどこかに埋めたのか。あの死体をあそこに置いてくるというおれのアイデアは、どうやら悪くなかったようだ。あの男は誰にも話していないらしい。

世間では、あの女はただ失踪したことになっている。

おれも同じだ。ただし、生きている人間はそれほど簡単には姿を消せない。

まだ時間になっていない。もう少し待たないと。

部屋の壁に張りついている、このトカゲのように待ちつづけよう。こいつはかれこれ一時間以上も何もせずにじっとしている。

ホテルの窓ガラスが、エアコンのせいで細かく振動していた。内側から開けられないその窓の向こうに、市場が立つのが見える。いや、市場じゃなくてスークか。ものすごい喧騒《けんそう》だ。男たちが、カラフルなパラソルの間をあちこち走り回ったり、大声で怒鳴りちらしたりしている。まるで別世界だ。

だが、昨日あの少年を追いかけ回したあの地区に比べたら、こっちのほうがまだましだ。あそこは本当にひどかった。

もちろん、あいつの顔なんか知らなかった。だから数日間は行き当たりばったりで探し回った。ああいうやつらがネットカフェにいるという知識はあった。ネットでそういう記事を読んだことがある。一軒一軒しらみつぶしに当たって、アマンディーヌと名乗ったやつはいないかと尋ねて回った。あいつらは、頭がおかしい人間を見るような目をこっちに向けた。そうだ、あいつらはおれを気が触れてると思ったにちがいない。このおっさん、なんでこんなところに来たんだ、という顔。もしおれがこれほど頑丈なからだつきでなければ、あいつらの前に立つ勇気はなかったかもしれない。どのカフェにも、殺気にみなぎる目でこっちを睨《にら》みつけるやつがひとりはいた。だが、汗びっしょりでモニターの前に座るやつらをしげしげと見つめて、なんだ、みんな子どもじゃないか、と思った。あんなガキども、ちっとも怖くない。

そして、あいつのほうがおれに気づいた。

そりゃそうだ、あいつはおれの顔を知っている。何十枚も写真を送ったのだ。あいつはモニターの前でキーボードを叩いてるのではなく、ネットカフェの奥で別の男と話をしていた。おそらく二十歳にも満たないだろう。振り返っておれを見た途端に、おれをまっすぐ見つめたまま固まっていた。

だから、あいつだとわかったんだ。

おれを見るあの目つきで。

話をしたいと思った。ところが、そうさせてはもらえなかった。あいつが裏口から逃げだしたからだ。

おれもあとを追って外に出た。あいつは、おれがどこにいるかを確かめようと振り返りながら、通りを走っていく。ほかに選択肢はない。おれもそのあとを追いかけた。埃《ほこり》だらけの小道を駆けつづける。両脇《りょうわき》にコンクリートの壁が立つ細い道を、右に折れたり左に曲がったりするあいつの姿から、一瞬も目を離さずに追いつづけた。おれたちに向かって何かを叫んでいるやつらがいる。おれを罵倒《ばとう》したり、捕まえようとしたりする者たちもいる。あんな少年を追いかけ回して、いいおとなが何をしているんだ、と思っているのだろう。だがそんなのに構ってはいられない。自分がやってることの理由くらいわかっている。おれは叫んだ。

だが、あいつは止まらなかった。まるでおれが悪魔の化身か何かのように、完全にパニックに陥っている。

「待て！」

捕まえられる自信はあった。おれのほうがあいつの三倍は筋肉がある。通りに寝そべっている浮浪者風の男を跳び越え、道端に鍋《なべ》を置いてなんだかよくわからないものを揚げている女にぶつかりながら、スピードを上げて走った。角を曲がる時、あいつは足を滑らせて転びそうになった。体勢を立て直した時には、すでにおれはあいつの真後ろまで追いついていた。

おれは少年に飛びかかった。

肩からぶつかっていって、そばに積まれていたコンクリートブロックの山の上に相手を押し倒す。

少年はブロックに強くからだを打ちつけて、転がりながら地面に横たわった。背中を傷《いた》めたのだろう、からだを二つに折ってうめき声を上げている。おれはそのようすを見ながら呼吸を整えた。

「だから待てって言ったんだ」

少年は上半身を起こしておれを見た。脅《おび》えた目をしている。そう、明らかに怖がっていた。おれに殴られると思っているのだろう。もしおれがその気になれば、こいつはたっぷり十五分はひどい目に遭っていたにちがいない。

だが、おれにその気はなかった。遠路はるばるやってきたのは、自分から金を巻き上げたやつをこらしめるためじゃない。確かに合計一万五千ユーロの損失は痛いが、それが理由じゃない。

おれは少年が起き上がれるよう手を差し伸べた。

「何もしないから。わかったか」

少年はまだ疑わしげだったが、とりあえず頷《うなず》いた。

「話がしたい」おれは言った。「もし今でも金を稼ぎたいなら、提案したいことがあるんだ」

別におれは頭がいかれたわけじゃない。

わかってる。この話を聞いたやつらがおれのことをどう思うかってことは。

だが、違う。おれは断じて異常者でもなんでもない。

アマンディーヌがこの世に存在しないことはわかっている。そう理解するのに、確かに時間が必要だった。だが、今はきちんと理解している。しかし問題はそこじゃない。問題は、正面から突きつけられたその事実を、おれが受け入れたくない点にある。ああ、そうだ、そんな事実は受け入れられない。実際、おれは「存在する」ということばの意味についてさえ考えた。なぜなら、おれにとってよりリアルなのは、アマンディーヌが「存在する」かどうかより、自分が彼女に対して抱いた感情のほうだったからだ。それに、おれが経験したこと、つまりこの数カ月間続いた彼女との関係は、すべて確かに「存在して」いた。

それは今でもおれの中に「存在して」いる。

ほかの人間に理解できるかどうかはわからない。アマンディーヌは、おれにたくさんのやさしいことばを送ってくれた。アリスなんかよりずっと深い愛を注いでくれた。ほかの女たちには与えられないものをおれに与えてくれた。

そう、それは確かに「存在して」いたのだ。

アマンディーヌと出会った頃のおれは、何もかもがうまくいっていなかった。農場、家、結婚……すべてが自分の手からすべり落ちていた。おれの未来はおれ以外のやつらによって決められてしまっていた。そこから抜けだしたかった。でも出口が見つからなかった。農業従事者向けの出会い系サイトを見はじめたのは、ほんの偶然にすぎなかった。自分でも何を求めていたのかよくわからない。そこに彼女が現れた。遠い国から送られてくる情熱的なメッセージ、そして信じられないような自撮り写真の数々。もちろん、最初は半信半疑だった。こんなにきれいな子がおれのような男に関心を抱くはずがない。だが心のどこかに、信じたいという気持ちがあった。いや、そういうことだってありえないとは言いきれないぞ。もしかしたら、彼女はおれの人生の幸運の星かもしれない、と。

金をいくら失ったかなんてどうでもよかった。その金がどうなったかもまったく気にならない。おれにわかるのは、あの時からおれの人生が激変したということだけだ。自分を信じられるようになった。強くなれた気がした。ほかの連中の言うことに左右されなくなった。それもこれも、頭の片隅にアマンディーヌがいたからだ。どこに行っても彼女の存在がそばにあった。牛たちの世話をしながらも、携帯電話は手放さなかった。放牧地に出ている間も、ネットワークが切れないよう気をつけた。夜になってアリスが仕事から帰ってくると、地下の事務室にこもって何時間もチャットをした。アマンディーヌの写真をプリントアウトして持ち歩き、時々取りだして眺めた。農業組合の「若き農業従事者たち」の会合にも持っていった。あの日のことはよく覚えている。ジョゼフの姿を見かけた時、おれの妻と寝てるのはあの男か、と思ったが、それ以上は何も感じなかった。おれにはもっといい女がいる、もっときれいで、若くて、やさしくて、おれの悩みを聞いてくれる女がいるんだ、と思っただけだった。

ちくしょう、彼女はやさしいことばと愛情をたっぷり与えてくれたんだ。おれはそれを信じた。本気で、いつか必ず一緒になれると信じていた。すべてを捨てて彼女と一緒に生きようと思っていた。だから麓《ふもと》の村の市場であの娘を見た時、何ひとつ疑わなかった。あの娘は、自作の服を売っていて、おれが肌身離さず持ち歩いているあの写真にそっくりだったからだ。

アマンディーヌだ、間違いない。

ところが、そうじゃなかった。その結果、おれの勘違いのせいであんなことになってしまった。もしかしたら、エヴリーヌ・デュカは死に値する人間ではなかったかもしれない。

だが、おれは後悔していない。

もう後悔はしないと決めたのだ。


警察に電話をもらった日から、徐々にわかりはじめてきた。それまではまったく気づかなかった。電話をもらった時は、単なる冗談かと思った。ドッキリ的なやつだと思いこんだ。警官の声にはなまりがあったし、とても本当のこととは思えなかった。

ところが翌日から、アマンディーヌと連絡が取れなくなった。メッセージがまったく送られてこない。突然、やり取りを拒絶されたように感じた。その時は、何かトラブルが起きたのだろうと思った。すぐに帰ってくるにちがいない、と。ところが、どんなに待っても彼女は帰ってこなかった。

だから、自分から会いに行ったのだ。

待つと約束していた。家に会いには行かないし、時が熟すまでいつまでも待つと約束した。心のどこかで、そのほうが自分にとっても都合がいいと思っていた。そう、おれにとってもそれでよかった。リアルで彼女と会って、彼女と寝ることを思うと怖《おじ》気《け》づいた。本当のおれを知られるのが怖かった。もしかしたら、想像してた人と違ったわ、と言われて、気が変わってしまうのではないかと思ったからだ。

だがあの時、市場の娘がおれに罵声を浴びせ、おれの目を蹴《け》りつけた時、ようやくわかった。

ようやくすべてを理解した。

最初の数日間は、怒りしか感じなかった。ネットでググって、ネットカフェでなりすまし詐欺《さぎ》をしているやつらのことを知った。これほど長い間、おれから金を騙《だま》しとっていたのはいったいどんなやつなのか。仕返しをしてやりたかった。今に見ていろ、見つけだしてひどい目に遭わせてやる、と思った。

ところが一週間もすると、別の感情が生まれた。もう憎しみは消えていた。心の中に残ったのは、ただださみしさだけだった。さみしくてしかたがなかった。

ちくしょう、彼女が存在していないことはもうわかってる。

だけどさみしいんだ。彼女がいないのがさみしくてしかたがない。

農場の仕事もやる気がしなかった。気力が湧《わ》かない。牛などもう見たくもなかった。すべてやつらのせいのような気がして、心の底から嫌いになった。アリスとも話をしなかった。あいつは、おれを殴ったのは自分の不倫相手だと思いこんでいる。組合員たちに対してはカウンセラー気取りでも、自分の夫のことは何ひとつ理解していない。あいつの父親も相変わらず電話をかけてきては、牛の世話についてくどくどと説明する。もう何もかもがうんざりだった。

おれは出ていく決意をした。

午後五時になった。よし、そろそろいいだろう。

ちらりと窓の外を見る。通りには相変わらず人が多い。ここはいつだって騒がしい。ベッドに蚊帳《かや》をかける。小型のショルダーバッグを取り出し、重要書類がすべて入っていることを確認する。外に出る時のルーティンだ。こうすると少しだけ安心する。部屋のドアを開けると、外のむっとする熱気が流れこんできた。飛んでいる蚊を手で追いはらいながら、一階のエントランスホールまで階段を下りていく。

カップルの観光客がフロントでチェックアウトをしていた。ベルギー人、いや、ドイツ人かもしれない、よくわからないが。白い壁一面にアンティークの仮面が飾られている。アリスと一緒に見ていたガイドブックにも似たような仮面の写真が載っていた。ガラスの扉の向こうから、外の喧騒が聞こえてくる。

到着した時にスタッフに教えてもらった通路を歩く。モニターの前に座って、パソコンの電源を入れる。ものすごい音がする。起動画面が現れるまでじっと待つ。緊張して心臓が高鳴り、背中に汗が流れる。

ようやくウィンドウが開き、文字が現れた。自分の内側で固く締めつけられていたものが緩んでいくのを感じる。まるで停まっていた心臓が再び動きだしたかのように。

心の底からほっとした。

アマンディーヌ86：ねえ、あなた、わたしはここよ。

謝辞

国内外にいるぼくの斥候たち、セリーヌ・ボネルはもちろんのこと、グレゴワール・ゴーティエ、人間について造詣《ぞうけい》が深いクリスティアン・ルーセ、守秘義務がありつつも助けてくれたクレール・ルブロワ、〈トラヴァイユマン〉を見せてくれたコランタンとアワ・バンゼ、あちらの国で忍耐強くもてなしてくれたサラ・ドゥジャン、ティエリー・ルムジョン、エメ・マゾワイエ、イヴ・セルヴィエール、敬愛するアメリー・ジェルバル、イザベル・カリエール、風景の見え方について指導してくれたクロード・リュイリエ、ルイ・ファージュ、パガ指揮官、共同体生活について教えてくれたマノン、ふたり目の文学的解剖者であるフレデリック・グリモポン、憲兵である以上に友人であるローラン・ヴィリエラ、ルシー・ブドー、最終的にカットされたけどウエルベックのシーンでお世話になったジェレミー・ニール、ロックミシンについて教えてくれたバティスティーヌ・バンゼ、オートチューンについて教えてくれたクレマン・スーシエ、『ラムールXX』について教えてくれたセヴリーヌ・クルーシ、潜水服を着て校正してくれたミシェル・アムザン、グラフィック担当のジュブ、罵《のの》りことば担当のロール・ドゥベル、三十年後のギヨーム・コレ、すべての人たちに深謝するとともに、さまざまな不備や誤りがあったことを心から謝罪したい。本書における文責はぼくだけにある。

ルエルグ社のナタリー・デムーラン、あなたがいなければ、猛吹雪に見舞われた中でこの峠を越えることはできなかっただろう。

ぼくの日常的ヒロインであるエレーヌ、毎朝不法侵入してくるアレクシス、引き出しの中でいつもぬくぬくしているシャルロット、ありがとう。

解説

吉野仁

本作『悪なき殺人』の語り手となる五人の人物は、みな孤独な毎日をおくり、真実の愛を求める人びとである。たとえ家族がそばにいたとしても、その空虚な心を埋めることはできない。物語は、そうした彼らの思い違いがいくつも重なり、悲劇の連鎖が生まれる過程をたどる。それぞれの、先の見えない愛の行方を軸に、迷走する人間模様、そして皮肉で意外な結末にたどりつくという、じつにフランスミステリーらしい作品だ。語り手が知り得たことのみ語られるのは当然としても、さらに一方的な思い込みや明らかな誤解がそこに含まれているため、別の登場人物にバトンタッチをしたとき、意外な真実に気付かされたり、思いもよらない結びつきに驚かされたりする。犯人探しの探偵小説とはまた違った興趣にあふれているのだ。

作中に具体的な地名は書かれていないが、物語前半の主な舞台は、フランス中央高原のコース地方である。ロゼールと呼ばれる地域には、カルスト台地が多く存在する。

作者は本作を書きあげるために、ロゼール県の南あたりに二週間滞在し、羊農家と暮らしてその日常を取材したとインタビューで語っていた。

物語の最初の語り手は、アリスという四十二歳の女性だ。彼女は、牛飼いの夫ミシェルと山の上に住み、ソーシャルワーカーの仕事をしている。物事のはじまりは、一月十九日だとアリスは語る。実業家の妻、エヴリーヌ・デュカが失踪《しっそう》した日だ。夫のギヨーム・デュカは村の生まれだが、成人してパリに移り住み、外国で大金を稼いだのち、生まれ故郷に戻ってきた。エヴリーヌの乗っていた車は、村のはずれでみつかった。夫の話では、トレッキングをするために家を出たという。村人のあいだでは、エヴリーヌは猛吹雪に巻き込まれたという説が有力だった。

しかしアリス自身は、エヴリーヌの失踪事件よりも気になることがあった。ジョゼフ・ボヌフィーユのことだ。ジョゼフは、カルスト台地で羊飼いをしている男だ。アリスは、福祉委員としてジョゼフの家へ通っていたが、あるとき不倫の関係におちいったのである。

次の語り手は、その男ジョゼフだ。さらに、マリベという二十六歳の若い女性、アフリカの青年アルマン、そしてアリスの夫であるミシェルと章ごとに語り手は移り変わり、自身の過去や現在を語っていく。ページを進んでいくと次第に、それまでの出来事の奇妙なつながりが分かったり、さりげなく置かれていた伏線が回収されたりして驚かされる。バラバラだったパズルピースが揃《そろ》いはじめ、絵柄が見えてくるのだ。

しかし物語は、資産家の妻が失踪した事件の謎《なぞ》を中心に展開するのかと思いきや、アルマンの章で一挙に予想もしない場面へと移り変わる。アフリカが舞台となるのだ。国の名前は文中に記されていないが、訳者である田中裕子さんによると、コートジボワールだという。かつてフランス領であり、現在も公用語はフランス語だ。作中には、コートジボワール独自の「方言」があちこちにちりばめられているそうだ。青年アルマンの仕事はネットカフェでおこなう〈ロマンス詐欺《さぎ》〉である。水谷竹秀『ルポ　国際ロマンス詐欺』によると、ＳＮＳやマッチングアプリで偽《にせ》の人物を演じて、恋愛感情を相手に抱かせ、金銭を騙《だま》し取る特殊詐欺は、西アフリカを中心に世界中に広がっており、彼らの活動拠点はアジアにまで及ぶらしい。同書によると、起源はナイジェリアにあり、〈ヤフーボーイ〉とよばれる連中が詐欺に手を染めており、その標的の大半は、欧米諸国の白人で、そこに植民地時代の報復という理屈が働いているのだという。

ミシェルが語り手をつとめる最後の章で、すべての真相が明らかになるとともに、痛烈な皮肉というべき結末が待ち構えている。孤独な男がたどりついた、どこまでも切ない愛の成就《じょうじゅ》のかたちだ。

本作の原題は、*Seules les bêtes*〈動物たちだけが〉。これについてコラン・ニエルは、「〈動物たちだけが〉孤独に苦しんでおらず、また〈動物たちだけが〉遺体がどこにあるかを知っているので、このようなタイトルにした」と述べている。裏をかえすと、登場する人間どもは、いかに孤独にさいなまれ、真相にたどりつけないままでいるのか、ということだ。

また、別の著者インタビューでは、フランスのコース地方を舞台にした理由について、「馴染《なじ》みのない土地を書けるか、確かめたかった」という。さらに「誰もが人生のどこかで影響を受ける孤独について語りたいという欲求があった。この孤独は計りしれないもので、肉体的なものであり、社会的なものでもある」と語っていた。また農場の様子を詳しく描いたことについては、「あくまで小説として、魅力的なストーリーを構築し、愛着を持てるキャラクターを登場させ、読者の心をつかむ作品を書こうとしたが、その背景に私たちがあまり目にすることのない世界、あまり人が行かないような農場の内部を見せたかったという思いもある」という。

「グローバル化や都会の喧騒《けんそう》から隔離された農業の世界とそのなかの苦悩。農家であることは、独身を余儀なくされることがあるほか、うつ病、自殺、仕事量の多さといった問題を抱えており、それは、一人では手に負えないほど農場を拡大することをうながす農業政策が主な原因となっている」。

なるほど、語り手のひとりを大胆な行動へと向かわせるきっかけは、ある農家の男の死だった。孤独と報われない愛というテーマの裏側に、そうした社会の現実をひそませているのだ。厳しい山岳地帯の風土とそこで暮らす人々の日常、とくに羊農家の生活が丹念に描写されていたり、女性ソーシャルワーカーが登場したりするのも、作者が意図したことだとわかる。

そのほか、本作を読みながら、わたしは、ジェレミー・ドロンフィールド『飛蝗《バッタ》の農場』を思いだした。こちらも、すべてが謎めいた冒頭場面から、話が進むにつれ、さまざまな出来事の断片が集まり、最後に真実を描いた絵があらわれてくる、すなわちジグソーパズルを完成させるかのような展開の小説だ。農場で繰りひろげられる一連の奇妙な出来事について、誰の視点でどこから順番に語っていくか、ということが作品の大きな肝となるところも共通している。もしくは、偶然の連鎖が思わぬ結果につながったり、愛をもとめる人たちの悲喜劇が描かれていたりする部分は、フランスミステリーの奇才ピエール・シニアックによる怪作『ウサギ料理は殺しの味』に通じていると言えるだろう。

作者の小説が邦訳されるのは、これがはじめてのことだ。コラン・ニエルは、一九七六年十二月十六日、パリ郊外のクラマールで生まれた。大学で進化生物学と生態学を学び、卒業後は、生物多様性の保全に十二年間かかわった。そののち、南アメリカ北東部に位置するフランス領ギアナに数年滞在し、ギアナ・アマゾンパーク設立の責任者を務めていた。そのほか、カリブ海の群島グアドループで、国立公園の副所長だった時期もある。現在はマルセイユに暮らし、執筆活動に勤《いそ》しんでいる。

コラン・ニエルの代表作は、ギアナ・シリーズと呼ばれ、フランス領ギアナを舞台に、現地の警部アンドレ・アナートが活躍する警察小説である。デビュー作は *Les Hamacs de carton*（2012）で、以後 *Ce qui reste en forêt*（2013）、*Obia*（2015）、*Sur le ciel effondré*（2018）が発表されている。あらすじを読むと、古い風習の村やアマゾンの熱帯雨林などを舞台にしており、犯罪捜査のみならず冒険活劇の味わいもあるようだ。本作『悪なき殺人』は、はじめての単独作として注目を集め、二〇一七年にフランスの文学賞、ランデルノー賞（ミステリー部門）を受賞した。そのほか、ピレネー国立公園の監視員を主人公におき、狩猟をテーマに描いた *Entre fauves*（2020）、アマゾンのジャングルで暮らす十歳の少年ダーウィンを主人公にした *Darwyne*

(2022) などの著作がある。

また本作は、「ハリー、見知らぬ友人」などで知られる監督ドミニク・モルによって二〇一九年に映画化された。ほぼ原作に忠実な形でストーリーをたどっている。ただ小説は登場人物の語りを読ませるが、映画はカメラを通して場面を見せるため、印象や理解が異なるかもしれない。

その映画化作品は、二〇一九年開催の第三十二回東京国際映画祭コンペティション部門に出品され、観客賞と最優秀女優賞（ナディア・テレスキウィッツ）を受賞した。その際のタイトルは「動物だけが知っている」だったが、二〇二一年十二月から「悪なき殺人」の題名で劇場公開された。同時に各種の配信サービスでデジタル公開もされたが、すでに配信は終了している。ＤＶＤやブルーレイなど日本盤の映像ディスク化がなされていないのは残念だ。

ただし映画『悪なき殺人』のインターネット公式サイトはいまだ残っている。その作品紹介のなかでは、同じ出来事を複数の人物の視点で語り直すことから、黒澤明監督「羅生門」を思わせる手法だと書かれていた。そのほか、ドミニク・モル監督のコメントも掲載されているので、興味のある方はぜひ公式サイトをご覧になってほしい。

（令和五年八月、ミステリー評論家）

コラン・ニエル著作リスト

【小説】

Les Hamacs de carton ＊（2012）
Ce qui reste en forêt ＊（2013）
Obia ＊（2015）
Seules les bêtes（2017）※本書、ランデルノー賞受賞。2019年に映画化（邦題『悪なき殺人』、第32回東京国際映画祭出品時の邦題は『動物だけが知っている』）
Sur le ciel effondré ＊（2018）
Entre fauves（2020）
Darwyne（2022）
（＊はアナート警部を主人公としたギアナ・シリーズ）

【その他】

La Guyane du capitaine Anato（2019）※ギアナ・シリーズ作品とカール・ジョセフによる写真のコラボレーション

本書は本邦初訳の新潮文庫オリジナル作品です。

L・ホワイト
矢口 誠 訳

気狂いピエロ

運命の女にとり憑かれ転落していく一人の男の妄執を描いた傑作犯罪ノワール。あまりに有名なゴダール監督映画の原作、本邦初訳。

D・E・ウェストレイク
木村二郎 訳

ギャンブラーが多すぎる

ギャンブル好きのタクシー運転手が殺人の容疑者に。ギャングにまで追われながら美女とともに奔走する犯人探し――巨匠幻の逸品。

P・ベンジャミン
田口俊樹 訳

スクイズ・プレー

探偵マックスに調査を依頼したのは脅迫された元大リーガー。オースターが別名義で発表したデビュー作にして私立探偵小説の名篇。

W・グレアム
三角和代 訳

罪の壁

善悪のモラル、恋愛、サスペンス、さまざまな要素を孕み展開する重厚な人間ドラマ。第1回英国推理作家協会最優秀長篇賞受賞作！

D・ヒッチェンズ
矢口 誠 訳

はなればなれに

前科者の青年二人が孤独な少女と出会ったとき、底なしの闇が彼らを待ち受けていた――。ゴダール映画原作となった傑作青春犯罪小説。

D・R・ポロック
熊谷千寿 訳

悪魔はいつもそこに

狂信的だった亡父の記憶に苦しむ青年の運命は、邪《よこしま》な者たちに歪められ、暴力の連鎖へ巻き込まれていく……文学ノワールの完成形！

M・キャメロン
田村源二訳

密約の核弾頭（上・下）

核ミサイルを積載したロシアの輸送機が略奪された。大統領を陥れる驚天動地の陰謀とは？　軍事謀略サスペンスの極北！

D・ベントレー
村上和久訳

奪還のベイルート（上・下）

拉致された物理学者の母と息子を救え！　大統領子息ジャック・ライアン・ジュニアの孤高の死闘を描く軍事謀略サスペンスの白眉。

J・グリシャム
白石　朗訳

冤罪法廷（上・下）

無実の死刑囚に残された時間はあとわずか——。実在する冤罪死刑囚救済専門の法律事務所を題材に巨匠が新境地に挑む法廷ドラマ。

フォークナー
加島祥造訳

サンクチュアリ

ミシシッピー州の町に展開する醜悪陰惨な場面——ドライブ中の事故から始まった、女子大生をめぐる異常な性的事件を描く問題作。

コンラッド
高見　浩訳

闇の奥

船乗りマーロウはアフリカ大陸の最奥で不気味な男と邂逅する。大自然の魔と植民地主義の闇を凝視し後世に多大な影響を与えた傑作。

カポーティ
佐々田雅子訳

冷血

カンザスの片田舎で起きた一家四人惨殺事件。事件発生から犯人の処刑までを綿密に再現した衝撃のノンフィクション・ノヴェル！

P・オースター
柴田元幸訳
ガラスの街

透明感あふれる音楽的な文章と意表をつくストーリー――オースター翻訳の第一人者によるデビュー小説の新訳、待望の文庫化！

P・オースター
柴田元幸訳
幽霊たち

探偵ブルーが、ホワイトから依頼された、ブラックという男の、奇妙な見張り。探偵小説？哲学小説？　'80年代アメリカ文学の代表作。

C・ドイル
延原謙訳
緋色の研究

名探偵とワトスンの最初の出会いののち、空家でアメリカ人の死体が発見され、続いて第二の殺人事件が……。ホームズ初登場の長編。

C・ドイル
延原謙訳
四つの署名

インド王族の宝石箱の秘密を知る帰還少佐の遺児が殺害され、そこには〝四つの署名〟が残されていた。犯人は誰か？　テムズ河に展開される大捕物。

C・ドイル
延原謙訳
バスカヴィル家の犬

爛々と光る眼、火を吐く口、全身が青い炎で包まれているという魔の犬――恐怖に彩られた伝説の謎を追うホームズ物語中の最高傑作。

C・ドイル
延原謙訳
恐怖の谷

イングランドの古い館に起った奇怪な殺人事件に端を発し、アメリカ開拓時代の炭坑町に跋扈する悪の集団に挑むホームズの大冒険。

延原謙訳

ドイル傑作集（Ⅰ）
—ミステリー編—

奇妙な客の依頼で出した特別列車が、線路上から忽然と姿を消す「消えた臨急」等、ホームズ生みの親によるアイディアを凝らした8編。

延原謙訳

ドイル傑作集（Ⅱ）
—海洋奇談編—

十七世紀の呪いを秘めた宝箱、北極をさまよう捕鯨船の悲話や大洋を漂う無人船の秘密など、海にまつわる怪奇な事件を扱った6編。

延原謙訳

ドイル傑作集（Ⅲ）
—恐怖編—

航空史の初期に、飛行士が遭遇した怪物との死闘「大空の恐怖」、中世の残虐な拷問を扱った「革の漏斗」など自由な空想による6編。

ポー
巽孝之訳

モルグ街の殺人・黄金虫
—ポー短編集Ⅱ ミステリ編—

名探偵、密室、暗号解読——。推理小説の祖と呼ばれ、多くのジャンルを開拓した不遇の天才作家の代表作六編を鮮やかな新訳で。

E・レナード
村上春樹訳

オンブレ

「男《オンブレ》」の異名を持つ荒野の男ジョン・ラッセル。駅馬車強盗との息詰まる死闘を描いた傑作西部《ウエスタン》小説を、村上春樹が痛快に翻訳！

G・G＝マルケス
野谷文昭訳

予告された殺人の記録

閉鎖的な田舎町で三十年ほど前に起きた幻想とも見紛う事件。その凝縮された時空に共同体の崩壊過程を重層的に捉えた、熟成の中篇。

M・ルブラン
堀口大學訳
8 1 3
―ルパン傑作集(Ⅰ)―
殺人現場に残されたレッテル"8 1 3"とは? 恐るべき冷酷さで、次々と手がかりを消していく謎の人物と、ルパンとの息づまる死闘。

M・ルブラン
堀口大學訳
続 8 1 3
―ルパン傑作集(Ⅱ)―
奸計によって入れられた刑務所から脱獄、ヨーロッパの運命を託した重要書類を追うルパン。遂に姿を現わした謎の人物の正体は……。

M・ルブラン
堀口大學訳
奇 岩 城
―ルパン傑作集(Ⅲ)―
ノルマンディに屹立する大断崖に、フランス歴代王の秘宝を求めて、怪盗ルパン、天才少年探偵、イギリスの名探偵等による死の闘争図。

M・ルブラン
堀口大學訳
ルパン対ホームズ
―ルパン傑作集(Ⅴ)―
フランス最大の人気怪盗アルセーヌ・ルパンと、イギリスが誇る天才探偵シャーロック・ホームズの壮絶な一騎打。勝利はいずれに?

G・ルルー
村松 潔 訳
オペラ座の怪人
19世紀末パリ、オペラ座。夜ごと流麗な舞台が繰り広げられるが、地下には魔物が棲んでいるのだった。世紀の名作の画期的新訳。

B・シュリンク
松永美穂訳
朗 読 者
毎日出版文化賞特別賞受賞
15歳の僕と36歳のハンナ。人知れず始まった愛には、終わったはずの戦争が影を落していた。世界中を感動させた大ベストセラー。

悪《あく》なき殺《さつ》人《じん》

新潮文庫　ニ－4－1

Published 2023 in Japan
by Shinchosha Company

令和五年十一月一日発行

訳者　田《た》中《なか》裕《ゆう》子《こ》

発行者　佐藤隆信

発行所　株式会社 新潮社

郵便番号　一六二―八七一一
東京都新宿区矢来町七一
電話　編集部(〇三)三二六六―五四四〇
　　　読者係(〇三)三二六六―五一一一
https://www.shinchosha.co.jp

価格はカバーに表示してあります。

乱丁・落丁本は、ご面倒ですが小社読者係宛ご送付ください。送料小社負担にてお取替えいたします。

印刷・株式会社光邦　製本・株式会社大進堂

ISBN978-4-10-240351-8 C0197